사르비아 총서 · 306

무영탑(상)

현진건 지음

범우사

차 례

인간애와 예술애의 갈등 미화

임중빈(문학평론가)

빙허(憑虛) 현진건이 40세 되던 해 1939년 《동아일보》에 연재하여 널리 읽힌 〈무영탑〉은 불국사 석가탑 건립 뒤안길에 서린 전설을 다룬 역사소설이다. 백제의 석공 아사달과 아사녀의 비련(悲戀)에 머물지 않고 신라 상류사회의 주만 곧 구슬아기까지 등장시켜 비장미를 더하고 있는데, 예술적 완성과 종교적 완성의 일원화 단계로까지 애달픈 정서를 극적으로 고조시킨다.

국보 제21호인 석가탑을 빚기까지의 설화가 고색 창연함 속에서 언제나 감동편으로 받아들여지는 이상으로, 인생의 비극을 딛고 일어서는 예술을 통한 영혼의 합일이 거룩한 부처의 변용으로 성취되는 차원에서 〈무영탑〉은 야담소설을 넘어서는 작품으로 불후의 자리에 올라 있다 할 수 있다.

일제의 강점으로 인한 식민통치 막판의 암담한 정세에서 현진건이 비록 시대와의 정면대결로써야 비켜 서 있기는 하지만, 외세 강대 세력에 맞서는 주체성의 옹호 측면에서 간

접적인 대응책으로 작가정신을 반영하려 한 점으로 볼 때 리얼리즘의 일정한 성과는 없지 않다.

그러나 이 작품은 어디까지나 낭만적인 흐름을 씨로 삼고 역사의식의 용훼(容喙)를 날로 삼고 있어서, 결코 이룰 수 없는 삼각 애정의 비참한 좌초에도 불구하고 예술적인 영원성이 이상주의의 날개 아래 생동함을 반기게 한다.

다보탑에 이어 석가탑을 축조하기까지 3년의 간격을 이 작품에서는 두고 있는데, 본래 역사의 기록은 신라 경덕왕 10년인 751년 김대성 감역이 거의 동시에 완공한 것으로 나와 있다. 김대성이 얻은 천하의 명공 아사달은 부여 사람이다. 백제에서 가장 이름 높던 석수 명장인 부석의 수제자로 등장한다. 원로 부석의 딸 아사녀와 신혼 가정을 이루고 나서 사랑의 생활을 맛볼 겨를도 없이 백제의 명예를 짊어지고 아사달은 서라벌에 파견된다. 다보탑을 공교롭고 아름답게 완공하고 그가 계속해야 하는 작업은 선이 굵고 빼어난 맛이 어우러진 석가탑 축조 불사였다.

밤을 낮삼아 석탑을 다듬어 나가는데, 신라 시대의 사회적 배경을 형성하는 여러 계층 사람들의 삶이 포괄적으로 형상화된다. 당대의 귀족 권귀로부터 평민에 이르는 각 직종의 인물들과 함께 나름대로의 성격이며 생활의 방식도 구분하여 설명되고, 승려층의 생활상까지 폭넓게 보여준다.

여기에서 크게 관심을 끄는 일이 있다. 국선도에 큰 비중을 두고 있는데 일찍이 단재 신채호가 낭가사상이라 하여 이 화랑도 정신만이 민족 주체성의 주류로 규정한 바로 그 범주다. 이손 유종과 경신 형제가 국선도 계파로 당나라에 추종

하는 금지 금성 등의 당학파와 팽팽하게 대립되어 있다.

이손의 딸 주만이 아사달을 흠모한 나머지 그 제자로 자처하며 당학파 금지의 아들 금성의 청혼을 뿌리치고, 부모의 뜻에 따라 국선도로 신출귀몰하는 무예의 달인 김경신 청년과 마지못해 약혼하는 절차를 밟기는 하지만, 하나뿐인 생명을 불사르면서까지 국선도의 긍지를 살려 석가탑을 예술적 신흥으로 완성하는 아사달의 정신적 동반자 되기를 발원한다.

신라가 외세 당나라 힘을 빌려 고구려와 백제를 멸망하게 한 것은 씻을 수 없는 역사적 대과오다. 김유신과 김춘추는 공이 많다기보다 역사를 망쳐놓은 역사적인 중범을 면할 길이 없다. 삼국을 제대로 통일하기는커녕 외세에 아첨하여 제 동포를 무참하게 살상하고, 그 시체 더미 위에서 집권하기에 급급하지 않았던가. 더욱이나 만주 옛 강역도 당나라에 바치면서까지 반민족적 권력장악이나 하던 이들이 태종 무열왕이며 김유신 장군으로 천년 뒤에도 추앙받는다.

〈무영탑〉의 작가 빙허는 신라권 출신이기에 여기까지 역사의 큰 흐름을 작품 속에 용훼하지는 못하였지만, 불국사가 창건되고 다보탑 석가탑 불사가 회향되는 그 현장을 그려냄에 있어서 실권을 누리는 당학파를 마치 왜정이나 거기에 아첨떠는 부일파로 암시하면서 국선도와 백제의 한을 원융무애하게 결속하는 데 심혈을 기울였다. 말하자면 당학파 무리가 아무리 세도를 부린다 하더라도 역사의 적이 아닐 수 없음을 너끈하게 밝혀 주었다. 그뿐인가. 국선도의 표상인 경신이 약혼녀 구슬아기에게 아사달과 함께 부여로의 탈출까지 도와주기를 암약하면서 처용 못지 않은 큰사랑까지 봉헌하려 한다.

삼한 통일의 위업은 국선도를 내세웠지만 집권에 눈이 어두운 몇몇 실력자들에 의해 당학파 사대주의에 귀착되는 비극을 자초하지 아니할 수 없었다. 국선도는 민족 주체성의 권화(權化)다. 국선도의 중흥으로 민족의 위기를 극복해야 한다. 〈무영탑〉은 이러한 드센 주장을 감추고 있음이 자명하다. 현진건이 역사소설 〈흑치상지〉를 만년에 《동아일보》를 통하여 연재하다가 총독부의 강압에 의해 중단된 사정이 이를 입증한다.

아사녀는 남편 아사달을 만나고자 부여를 떠나 서라벌로 오는데 아버지 부석의 제자들마다 그녀를 겁탈하려 하며, 불국사에 도착하여 아사달을 만나려 하나 언제나 차단된다. 노파 콩콩이를 만나본들 그 주변에 또한 이리 같은 남자들만 있다. 마치 가련한 심청이 신세다. 강도들에 포위된 한국의 운명 그대로다. 작위적인 허구가 지나쳐 신파조 분위기를 탈피하기 어렵기는 하나, 임 향한 일편 단심의 묘파로서야 불가피해 보이기도 한다.

국선도냐, 당학파냐? 예술애냐, 인간애냐? 아사달로서 아사녀냐, 구슬아기냐? 삼중의 명제는 처절한 갈등 구조로, 심각한 극적 구조로 발전되기를 거듭한다.

마침내 아사달에게는 아사녀·구슬아기 따라 그림자못의 자결을 앞둔 비참하기 이를 데 없는 운명이 도사린다. 모든 것을 잃고 단념해 버린다 하더라도 그러나 석가탑 완성의 피어린 결실만은 영원히 살아 남게 된다. 고국의 땅에 갈 수도,

아사녀나 구슬아기와의 사랑을 이룰 수도 없으나, 마지막 비원은 주만의 비참한 사랑의 기념물로, 영지(影池)의 돌에 새긴 영구무변하는 작품으로 오늘까지 남겨진다.

인간은 예술 앞에 한갓 초라한 존재일 수밖에 없다. 인생은 패배를 거듭하면서도 영원한 미를 창조한다.

그런데도 〈무영탑〉에는 아쉬움의 소설 미학이 남는다. 거룩한 불상의 창조를 역사의 문맥과 너무도 추상적으로 마무리하는 정도에서 그쳐 있기 때문이다.

무영탑(無影塔)

1

　신라 경덕왕 시절.

　사월 초파일이 내일 모레. 서라벌 서울에는 석가탄일 준비
가 한창 바쁘다.

　눌지왕 때부터 몰래몰래 이 나라에 스며들어온 서천 서역
국 부처님 도(道)는 법흥왕 말엽 이차돈의 순교로 활짝 길이
열리고, 삼한 통일을 거쳐 성덕, 경덕에 이르자 그 찬란한 연
꽃은 필 대로 피었다.

　그 당시, 초파일이라면 설, 대보름, 팔월 한가위보다 더 큰
명절이었다.

　파일놀이에 첫째가는 연등과 관등. 어느 집에서도 가지각
색 등을 만들기에 야단법석이다. 모난 놈에 둥근 놈, 기름한
놈, 암팡진 놈, 장구 모양, 북 모양, 푸드득 나는 양의 봉황
새, 엉금엉금 기는 양의 자라 남생이······.

　도림의 대를 베어 곰살궂은 잔손질로 휘엉 휘청 등틀을 휘
어매고 선두리는 금당지에 은당지, 싸바르는 종이도 오색이

영롱하다.

여느 집도 이러하거니, 하물며 부처님을 모신 절들이랴. 대천세계를 밝게 밝게 비출 등 준비야 말할 것도 없거니와 축하식 봉행 절차와 법연 베풀 자리며 재 올릴 분별에 웬만한 절들은 벌써 여러 밤을 하얗게 밝혔다. 더구나 황룡사, 분황사, 백률사 같은 큰 절들은 당일 거둥을 맞이할 차비에 더욱 공을 들이고 애를 켰다. 다른 절차는 다 그만두더라도 잠시 잠깐이나마 임금님 듭실 옥좌와 고관대작을 영접할 처소를 마련하기에 쩔쩔맸다. 비지땀들을 흘리고 쩔쩔매기는 하면서도 중들은 저절로 으쓱으쓱 신바람이 났다. 한번 거둥에 쌀과 금과 은과 피륙이 산더미로 쏟아지는 까닭이다. 수가 좋으면 몇십 결 보전의 시주가 내리기도 한다. 부처님이 나셨으니 좋고 임금님이 오시니 좋고 그보다 더 좋기는 생기는 것이 많은 것이요, 음식이 질번질번하고 새옷을 갈아입게 되니 대덕 중덕의 윗도리 중은 물론이요, 비구 사미 따위의 아랫도리까지 싱글벙글 한시절을 만난 셈이다.

그럴싸해서 그런지는 모르되 목탁과 경쇠 소리도 요새 따라 더한층 우렁차게 활기를 띤 듯하다.

온 서라벌이 발칵 뒤집히도록 야단법석을 하는 가운데 오직 불국사만은 다 가무러진 잿불처럼 절 안이 괴괴하다.

불국사로 말하자면 신라에 크게 불법을 일으키신 제23대 법흥왕 시대의 초창으로 오늘날 장안에 즐비한 808사(寺) 중 가장 오랜 역사를 가진 고찰이요, 초창 이후 여러 번 중창과 수리를 겪어 그 규모의 굉걸 웅장한 품도 어느 절보다 못하지 않은 대찰이다. 더구나 서라벌의 제일 명산 토함산을 등진 그 절터는 비단 서울 근처뿐 아니라 신라 전국을 뒤져 보아도 그런 절묘한 자리를 찾아내기는 그리 쉽지 않으리라. 뒤로는 빼어난 봉우리를 느슨하게 짊어지고, 좌우로는 울창한 송림을 슬며시 끌어당기며, 쪽으로 그린 듯한 호수가에 넌지시 발을 내어밀었는데, 앞으론 광활한 평야가 훨쩍 열리어, 눈길 가는 곳 막힐 데 없으니 명찰에 절승까지 겸하였다 함은 이를 두고 이름이리라.

이만한 절이거니 파일 차림도 응당 굉장하련마는, 도무지 그런 기척을 찾을래야 찾을 수 없다.

밤이 되었건만 다른 절처럼 이글이글 하늘을 태울 듯한 화롯불도 놓지 않았다. 펄렁거리는 횃불도 볼 수 없었다. 마지못해 단 듯한 불전의 추녀 끝에 두어 개 촛불이 가물거릴 뿐 온 절 안이 죽은 듯이 고요한데 이윽고 '큰방'에서 두런두런 인기척이 난다.

'큰방'이란 절에 무슨 일이 있으면 공사하는 처소요, 또 이 절 주지 아상(阿湘) 노장의 거처하는 곳이다.

2

불국사 중들은 저녁 불공을 마쳤으니 제각기 제 처소로 돌아가도 좋으련만 그들의 발길은 의논이나 한 듯이 큰방으로 하나씩 둘씩 모여들었다.

풀기 하나 없는 그들은 주지 아상 노장을 중심으로 한겹에워싸듯 둘러앉는다.

그들은 슬금슬금 노장의 기색을 살피며 무슨 말이 떨어지기를 기다리는 듯.

그러나 아상 노장은 감중련하고 그린 듯이 앉았을 뿐이요, 이가 빠져서 합죽하게 다문 입은 열릴 것 같지도 않다.

노장의 눈치를 보다가 지친 그들은 인제 저희들끼리 서로서로 눈치를 바라본다. 다 같이 제 흉중에 먹은 마음을 누가 활활 속 시원하게 직설거를 해줄까 하고 서로 찾는 모양이었다. 그러나 아무도 입을 벌리는 사람은 없었다.

한동안 답답한 침묵이 계속되었다.

누구인지 휘하고 저도 모르게 긴 한숨을 내쉬었다.

이 '휘유' 소리가 무슨 군호 모양으로 여기저기에서 반향이 일어나고, 어떤 이는 제법 일장 설법이나 할 듯이 칵하고 큰기침까지 하였다.

마침내 말문은 터졌다.

"흥, 작년 파일도 그냥 지내고……."

누구인지 혼잣말같이 중얼거린다.

"작년뿐인가, 재작년 파일도 개 보름 쇠듯 안 했는가베!"

중늙은이 중 하나가 되받는다. 나이는 한 오십 가량밖에 되지 않았으나 겉늙어서 뺨은 살 하나 없이 홀쭉 말랐고 중풍증 탓인지 또는 신경질 탓인지 뾰쪽하게 내민 턱을 덜덜 떠는데 목청만은 쨍쨍하게 쇠되다.

"금년에는 꼭 공사를 끝내고 낙성 겸 굉장하게 파일을 지낼까 했더니 젠장맞을 그 원수놈의 탑이……."

구레나룻 자리가 새파란 이 절의 원주(살림 맡은 중)가 불쑥 이런 말을 하다가, 제 말씨가 너무 사나운데 스스로 주춤

하고 말은 중두멍이를 하였으나마, 그 부리부리한 눈망울을 불평스러운 듯이 굴린다.

아상 노장은 조는 듯하던 눈을 번쩍 떴다. 침같이 숭숭한 하얗게 센 눈썹 밑에서 그 눈은 이상한 광채를 발한다. 입을 놀리던 중들은 움찔하였으나 노장의 눈은 스르르 다시 감기고 말았다.

"그야 그렇게 말한 건 아냐. 어느 건 공든 탑이라고 그야 공이야 들지. 그렇지만 너무 오래란 말이야, 너무 오래야. 벌써 3년의 세월이 걸리지 안했나. 3년, 3년이면 일년이 360일이라, 가만있자 날수로 치면 1000날이 넘지 않나베. 에이 참 날짜로 따져보니 엄청나군, 엄청나."

'떠는 턱'은 뼈만 남은 앙상한 손가락을 꼽아가며 한바탕 늘어 놓는다.

"3년, 홍. 몇 석 삼 년이 걸릴지……."

누구인지 곱씹는다.

"그게 무슨 말인가. 아예 그런 말일랑 입밖에도 내지 말게. 3년, 3년이 셋씩 걸리면 어떡하란 말인고. 우리는 말라죽으란 말인가."

떠는 턱은 손을 쩔레쩔레 흔들며 펄쩍 뛴다.

"뚱뚱보는 말라깽이가 되고 말라깽이는 말라죽고, 킥킥."

어디서인지 웃음소리가 터진다.

떠는 턱의 옴팡한 눈엔 대번에 쌍심지가 선다. 그리고 웃음 터진 곳을 노려보며,

"오 이놈, 네놈은 살푸덤이가 얼마나 붙었다고. 그래 석 삼 년씩 굶어봐라. 산돼지같이 살이 더 찔 테니."

"그러구말구. '장실' 말씀이 옳다뿐이오. 다 이를 말이오……."

장실(丈室)이란 중들끼리 서로 위해 부르는 칭호다.

아까 말 실수로 무참했던 원주가 기회를 얻은 듯이 떠는 턱의 역성을 드는 척하면서 쏟아놓기 시작한다.

"그러게 작년만 그냥 넘긴 것도 기가 막힐 노릇이지만, 워낙 대공이라 이태쯤 걸리는 건 용혹무괴로되, 금년 파일까지도 끝을 못 내다니. 원 일을 하는 게 아니라 노라리야 노라리. 굼벵이가 쌓아도 천 날을 쌓으면 열 층 탑이라도 열은 쌓았을 것 아니냐 말야……."

말씨는 점점 우락부락해간다.

"자, 이건 역군일세 뭘세, 밥을 몇 술을 쪄내도 금세 금세 없어지고 들어오는 게 뭐 있느냐 말야. 대공을 끝내기 전이라 해서 거둥 한 번이 계신가, 대갓집에서 의젓한 행차가 있는가. 여느 집 재 올리는 것마저 절금이니 대관절 우리네는 뭘 먹고 살란 말이냐 말야"

하고 주먹으로 방바닥을 내리친다.

3

화랑을 쫓아다니다가 입산한 지 얼마 안되는 '빨강이'가 그 별명마따나 다혈질의 시뻘건 얼굴을 더욱 붉히며 자리를 헤치고 나앉는다.

말하기 전부터 목줄기에 핏대가 선다.

"우리 신라에도 사람이 없지 않은데 도대체 그런 막중대사를 부여놈 따위에게 맡기는 게 틀렸단 말이오. 그래 우리 신라에는 석수장이가 한 놈도 없단 말이오? 아무러한들 그래 그까짓 부여놈 재조를 못 당한단 말이오. 꾀죄죄한 잔손질은 혹 빠질런지 모르지만 큰 솜씨야 어디 어림 반푼어치나 있단 말이오. 정말 이 서라벌 석수들이 적이 핏기나 있는 놈들 같으면 목을 따고 죽어 마땅하지. 그놈들도 다 죽었지그려. 그런 대공을 시골뜨기 석수에게 뺏기고 열손 재배하고 가만히들 있으니. 에이 못생긴 것들, 다 죽은 것들⋯⋯."

팔을 부르걷고 분개한다.

"아니 여보, 그 말은 그 부여 석수장이를 욕하는 말이요, 또는 우리 신라 석수장이를 욕하는 말이오? 말이란 종을 잡을 수 있게 해야지."

본래부터 빨강이의 화랑 냄새를 싫어하는 떠는 턱이 한 마디 따진다.

"누가 말 시비를 캐자는 거요. 이를테면 그렇단 말이지. 그래 신라에는 석수장이가 씨가 말랐단 말이오?"

"원, 부여는 신라 땅이 아닌가베. 원 내가 석수장이를 만든단 말이가. 씨가 마르고 안 마른 걸 내가 어찌 알꼬."

"이건 말 책만 잡으면 제일이오? 아니 그래 그놈이 제 재주만 믿고 거드름을 피는 게 장실은 아니꼽지 않단 말이오. 능라주단으로 제 처소를 꾸미고 진수성찬에 엇들고 받드니 아주 제가 젠 체하고 이건 누구를 보고 인사 한 마디를 할 줄 아나, 혹 수작을 붙여보아도 대꾸는 않고 고개만 끄덕끄덕하고 마니 그래 그놈이 벙어리란 말이오, 먹쟁이란 말이오, 도대체 제 명색이 뭐란 말이오. 한금해야 돌 쪼는 석수장이 아니오. 원 아니꼽살스럽게."

"그건 또 딴말이지."

"아니 그래 장실은 끝끝내 남의 비윗장만 흔들어 놓을 작정이오? 딴말이 무슨 딴말이오. 다 한말이지. 아무튼 일을 해야 공사가 끝이 나든지 재랄을 하든지 할 것 아니오. 이건 멀거니 탑 위에 앉아서 하늘만 쳐다보고 있으니 탑을 쌓는 게 아니라 하늘에 떠다니는 구름을 잡으려는 건지. 이걸 나날이 쳐다보고 오늘이나 얼마쯤 되었나, 내일이나 끝이 나려나 하는 우리 불국사 승려야말로 불쌍하지 않소. 그놈이 아마 고량진미에 배때기가 부르고 대우가 융숭하니까 제 고장에 돌아가기가 싫어서 일부러 공사를 질질 끌기만 하는 거야."

"처음 올 적에는 밥 한 그릇씩 그냥 때려눕히더니만 인젠 아주 귀골이 됩셨는지 밥은 한술밖에 안 뜨니……."

원주가 빈정거린다.

"흥, 배때기에 발기름이 오르면 고량진미도 보릿겨떡만 못한 법이거든."

빨강이가 또 개탄한다.

뭇 입이 찧고 까부는 사이에 졸고만 있던 아상 노장은 아까부터 코까지 드르렁드르렁 골다가 이때야 또 그 영채 도는 눈을 번쩍 떠서 원주를 본다.

"요새도 그렇게 공양을 자시지 않느냐?"

위엄 있고도 간곡한 목소리다.

원주는 저도 모르게 어깨를 굽실하며,

"예, 한 술을 뜰까말까 하오이다."

아상 노장은 눈을 더욱 크게 뜨며,

"응, 그것 안되었구나. 저번에도 일렀지만 별좌(반찬 맡은 중)를 신칙해서 찬 같은 것 정결스럽게 하느냐?"

"네에, 여러 번 신칙을 했습니다. 찬이야 있는 대로는 다 올리옵지요."

"각별 신칙하여라. 먼 데 손님이 병환이나 나시면 어떡하느냐. 알아듣느냐?"

부드러우나마 꾸짖는 듯한, 타이르는 듯한 말조다. 그리고 인제는 내 할 말은 다했으니 너희들이야 얼마를 떠들든지 나는 자던 잠이나 자겠다는 듯이 다시 눈을 감아 버린다. 빨강이와 원주는 못마땅한 듯이 고개를 외우시고 입을 삐쭉한다.

4

빨강이는 끊어진 수작의 실마리를 찾으며 원주를 보고,

"참 언젠가 장실이 이야기한 것이지만 요지막은 공양은 어디로 올린다누? 제 처소로 올리는가 또는 탑 위까지 모셔 올리는가."

빨강이는 노장을 슬슬 곁눈질하고 깍듯이 위해 올리며 빈정빈정한다.

"단층만 쌓았을 적 말이지 인제야 탑 위로는 못 올리지. 벌써 두 층이나 쌓았으니까 무슨 주제로 그 꼭대기에서야 공양을 받겠다 하겠소. 아침 점심은 제 방으로 가져가고 저녁은 역시 일터로 가져간다오. 대중공양(중들이 한 자리에 모여서 밥 먹는 것)에나 한몫 끼었으면 좋으련만 이건 밥 먹는 자리까지 일정치를 않으니 원 성가시어"

하다가, 아상 노장을 꺼리어 말소리를 낮춘다.

"우리끼리 말이지만 언제든지 아침상은 그대로 나온대. 한나절까지 뒤어진 듯이 자빠져 있다가 오시가 훨씬 지난 뒤에야 겨우 눈을 비비고 일어나서 개울에 나가 늘어지게 세수를 하고 목욕을 하고 제 방에 돌아와서는 점심을 뜨는 둥 마는 둥 일터로 올라간대. 일터에 올라가서는 그대로 꿇어앉아서 그래도 잠이 미흡한지 꾸벅꾸벅 졸기만 하고 저녁 때가 되어도 내려올 줄을 모르니 부득이 저녁상을 일터로 가져갈 수밖에 있소? 공양을 보고도 내려오지를 않고 손짓으로 탑 아래 두라는 뜻만 보인다오. 상이 났는가 하고 몇 번을 가보아도 상이 그대로 있다는구려. 열 나절이나 스무 나절이나 제 한이 차야 부시시 내려와서 몇 술을 뜨고 또 올라간대. 그러니 일껏 지은 더운 밥이 다 식고 국과 찬은 먼지투성이가 되고……."

"제 고장 있을 때 식은 밥 먹던 것이 버릇이 되어서 더운 밥을 먹으면 혓바닥이 부르터 오르는 게지."

빨강이가 혀를 찬다.

"다 어두운 뒤에 또 올라가면 무슨 일을 할 거냐 말야, 흥."

원주는 다시 말을 이었다.

"그러기 말이지. 그래 탑 위에 올라가면 역시 등신같이 앉아만 있다오. 밤이 이슥하도록 내려올 생각도 않고 어느 틈에 제 방에 내려와서 자는지 아무도 본 사람이 없다는밖에."

"그러면 언제 일은 한다는 말이오?"

떠는 턱이 묻는다.

"글쎄 그게 별판이야. 그래도 그 잔손질 많은 다보탑을 끝내고 석가탑을 시작한 것만 별판이지. 3년이 아니라 30년이 걸려도!"

"그것 참 불가사의로군. 이녁들 말 같을 지경이면 그야말로 그 사람이 신통력을 가진 게로구려. 일하는 낌새도 없는데 세상에도 진기한 탑이 이루어가니."

떠는 턱이 또 말에 티를 넣었다.

"그러면 내가 거짓말을 한단 말이오?"

원주는 그 사나운 눈알을 흘긴다.

"이 좌중에 물어 보시오. 요즘에 그 작자의 일하는 걸 본 사람이 있나 없나."

"어 그렇게 진심을 내지 마시기오. 일하는 싹도 없는데 일이 되니 그야말로 귀신이 곡할 노릇이 아닌가베. 따는 나도 일하는 걸 보지는 못했으니."

"이상은 한 노릇이야. 우리도 그 석수가 탑 위에 앉고 서고 하는 건 봤지만 손 대는 것은 못 보았는걸."

누가 맞장구를 친다. 좌중도 그렇다는 듯이 고개들을 끄덕인다.

"저는 여러 번 봤어요."

먼 발치에 앉아 있던 어린 사미 하나가 말참례를 한다.

"오, 차돌이냐. 참 너는 잘 알겠구나. 그 방에 시중을 드는 터이니깐. 그래 그 어른이 어느 때 일을 하시던?"

떠는 턱은 차돌의 말에 옳다구나 하는 듯이 반색을 한다.

파일 잘 못 쇠는 분풀이로 부여 석공에게 원정을 가게 되고, 원정 끝에 그 인격과 행동까지 티를 뜯고, 나중에는 애당초에 일은 손에도 대지를 않은 것처럼 비난의 화살이 날아, 말은 꼬리에 꼬리를 물어 밤가는 줄도 몰랐다.

우하고 토함산 기슭을 스쳐 내려오는 산바람은 큰방 장지를 흔들고 첫 여름의 눅눅한 풀향기를 들이친다.

우울과 불평과 원망에 어린 방안의 무거운 공기도 이 물처럼 흘러들어오는 밤바람에 얼마쯤 완화된 듯하였다.

추녀 끝에 달린 풍경이 떵그렁떵그렁 운다.

꼬끼요, 아랫마을에서 첫 홰를 치는 닭소리가 그윽히 들려온다.

5

"그래, 차돌아, 그 어른이 어느 때 일을 하시던?"

떠는 턱은 또 한 번 재촉을 한다.

차돌은 그 총기 있는 눈을 깜박거리며 여러 스님을 둘러본다. 이런 자리에 말을 하기가 주눅이 드는 듯, 그 여상진 흰 얼굴을 살짝 붉힌다.

"어서 얘기를 하려무나. 갑갑하구나. 본 대로 말을 못해ㅡㅡ."

원주는 벌써 호령조다.

차돌은 잠깐 고개를 갸우뚱하고 어디서부터 허두를 내어야 옳을지 몰라 망설이는 듯하다가 가느나마 차근차근한 목소리로 말을 끄집어 내었다.

온 방의 귀와 눈은 차돌의 입술로 몰리었다.

"언젠가 제가 새벽녘에 잠을 깨었지요. 그래 무심코 아랫목을 보니까, 그 어른이 누워 계시던 자리에 그 어른이 계시지를 않겠지요. 뒷간에나 가셨나 하고, 그냥 쓰러져 누우려다가 웬일인지 그날은 잠이 설들어요. 암만 기다려도 그 어른은 오시지를 않고, 휘젓한 게 어쩐지 무서운 생각이 나요⋯⋯"

하고, 차돌은 부끄러운 듯이 고개를 숙인다.

"옳지, 그래 어린 것이 무섭기도 하겠지. 그래 그래서?"

떠는 턱이 연상 재촉을 한다.

"지금 생각하니 그때가 아마 작년 겨울인가봐요. 눈보라가 몹시 쳐서 문풍지는 덜덜 떨고⋯⋯ 잠은 점점 달아나고 무섭기는 하고, 그래 제가 일어나서 옷을 주섬주섬 주워입고 웅크리고 있노라니 눈보라가 버석버석 창에 부딪치는데 어디선지 이상한 소리가 들려와요. 쩡쩡⋯⋯ 그때 '석' 하시는 스님은 아직 안 나오시고 온 절 안이 괴괴한데 이 난데없는 소리를 듣고 저는 간이 콩만했다가 겁결에도 옳지 이 어른이 눈 오시는 새벽에도 탑을 지으시나부다 하는 생각이 문득 들겠지요!"

"오, 그래서."

어느 결엔지 이상 노장이 눈을 떠서 귀여운 듯이 차돌을 바라본다.

"제가 그대로 뛰어나와 버석버석하는 눈 위로 줄달음질을 쳐서 탑 모시는 곳으로 올라가 보았지요. 새벽이라 해도 아직 날이 덜 새어서 어둑어둑했지만 눈길은 환했습니다. 올라가보니 아니나다를까 그 어른이 정을 들고 한참 바쁘게 일을 하시더군요. 제가 곁에 가도 사람 오는 줄도 모르시고 머리에 등에 눈을 뒤집어쓰신 채 정과 망치를 번개같이 놀리시겠지요. 거기가 워낙 바람모지가 되어서 저는 얼마를 서 있지를 못해 귀가 떨어져 달아날 것 같고 발이 쓰리고 온몸이 덜덜 떨려서 '에이 추워' 소리가 저절로 나와 버렸습니다. 그제야 그 어른이 놀란 듯이 저를 돌아보시는데 그 얼굴에는 구슬 같은 땀이……."

누가 감탄을 한다.

"저는 숨길도 얼어붙을 것 같은데 그 어른의 비오듯 하는 땀을 보고 정말 놀랐어요. 그 어른은 저를 보시고 빙그레 웃으시며 '추운데 왜 나왔니. 어서 들어가거라. 감기 들라' 그래도 제가 머뭇머뭇하고 섰노라니 '오 네가 혼자 무서워서 나온 게로구나' 마치 제 속을 들여다보시듯이 말씀을 하시고 저를 데리고 내려오시는데, 저는 오금이 얼어붙어 댓 자국을 못 옮기겠는데 그 어른은 여상스럽게 걸어오시겠지요. 참 신통력을 가지신 어른이에요."

일좌의 얼굴에는 감동하는 빛이 흘렀다.

"그래, 그 후에도 일하는 걸 또 본 적이 있니?"

원주가 종주먹을 댈 듯이 묻는다.

"보고말고요. 낮에 틈틈이 일하시는 것도 저는 가끔 봅니다마는 사람을 기하시는지 인기척만 나면 곧 일을 중지하시지요. 요새도 꼭 밤을 새우시는 걸요. 아침이 되어 여러 스님이 일어나실 때쯤 해야 처소로 돌아오셔요. 제 귀에는 밤중에도 정 소리가 역력히 들려와요."

"참말 명공은 명공이야."

"천수관세음의 현신이시어."

"그런 명공을 얻은 것은 첫째 부처님의 법력이시고 둘째 우리 절의 복이야."

"아니, 우리 신라의 복이지."

제각기 떠들 때에 차돌은 갑자기 손으로 제 귀를 기울이며,

"가만히들 계셔요. 자 자, 저 소리를 들어 보세요. 저 소리를."

나직하게 속살거린다.

여럿은 귀를 기울였다.

무슨 소리가 그윽히 들려온다.

여럿은 숨소리를 죽였다. 귀가 쏠리면 쏠릴수록 그 소리는 더욱 또렷또렷해진다.

똑똑 바로 추녀 끝에서 완연히 낙수가 떨어지고 자그륵자그륵 연 잎에 급한 소나기가 지나가는 듯하다가 문득 쩡하고 우람한 울림이 지동처럼 울려온다.

성기고 배게, 느리고 자지러지게, 높으락낮으락 그 소리는 저절로 미묘한 곡조를 이루어 쪼는 이의 신흥을 알려준다.

여럿은 말없이 일어나 방문을 열었다. 소리 오는 곳을 눈 익혀 보려는 것처럼.

바깥은 옻빛같이 캄캄하다.

"이렇게 어두운 밤에……."

일동은 서로 돌아보았다.

그 이튿날 뜻밖에 우으로 고마우신 분부가 내렸다. 대역이 끝나기 전이니 의젓한 거둥은 못 하셔도 다른 절에서 불식을 마치신 후 미행으로 듭신다는 분부다.

6

불국사의 저녁 나절.

연옥색 하늘을 인 토함산 꼭대기 너머로 너붓이 내다보이는 담회색 구름장은 서쪽으로 향한 송아리가 햇솜처럼 눈부시게 피어난다. 산기슭 울창한 송림은 푸른 기름이 질질 흐르는 듯.

절 앞 넓고 넓은 못은, 바람도 없건마는 제 흥에 겨운 듯이 찰랑찰랑 몰려들어와 새로 쌓아올린 석축에 부딪친다. 바그를 흰 물꽃을 날리고 갈길을 몰라 쩔쩔매는 듯하다가 더러는 수멀수멀 뒷걸음을 쳐서 물러가고, 더러는 옆으로 빙그를 돌아 청운교 연화교 가를 더듬더니 마침내 돌로 튼 홍예문을 찾아내어 앞을 다투며 몰켜 나가서는 어지럽다는 듯이 뱅뱅 돈다.

저 건너 언덕에는 그림배 여러 척이 매였다. 물결이 일렁대는 대로 자줏빛 남빛 누른빛, 비단 휘장이 한가롭게 펄렁펄렁 한다. 그 가운데 가장 크고 가장 화려하고 뱃머리에 여의주를 문 청룡이 꿈틀꿈틀 움직이는 배는 아마 임금을 모실 배이리라.

물새 몇 마리가 너울거리는 나랫자락을 적실 듯 적실 듯하며 물얼굴을 스쳐 난다.

그 긴 부리로 넝큼넝큼 송사리 따위를 잡아 삼키다가, 별안간 놀란 듯이 그 반질반질한 작은 몸을 솟구쳐서 높이높이 공중으로 사라진다. 입실(절 어귀) 부근에서 들리는 인기척이 떠들썩하게 가까워 오는 까닭이리라.

거둥이 듭신 것이다.

모든 준비를 마쳐놓고 윗도리 중들은 영접차로, 아랫도리 중들은 구경차로 절을 텅 비이다시피 하고 들끓어 나왔다가 인제야 제각기 제 맡은 소임을 생각하고 줄달음질로 들어오는 것이다. 어지러운 그림자, 허둥거리는 바쁜 걸음. 조용하던 공기는 흔들렸다. 찢어질 듯이 긴장한 가운데 물끓듯 워글워글한다.

미행이라 하였지만, 도리어 화려하고 가족적인 단란한 거동이었다.

왕은 젊으신 왕비 만월부인과 후궁비빈을 거느리셨고 배종하는 몇몇 대관들도 신명을 받들어 그 부인과 딸들을 데리었다.

이번 거둥은 기실 젊으신 왕비께서 오래 불국사 구경을 못하시어 한번 소창을 하시자고 낙성이 되기 전이건만 왕을 조르신 까닭이다. 안압지 서출지의 뱃놀이도 좋지마는 절 안으로 저어드는 불국사의 그림배엔 버리지 못할 풍치가 있었다. 더구나 이번에 새로 이룩된 다보탑이 세상에도 진기하다는 소문을 들으셨음에랴.

기름 같은 물결 위에 그림배는 꼬리를 맞물고 술렁술렁 떠나간다.

배가 기우뚱기우뚱, 번쩍번쩍하는 금관이 물 속에 흔들리자, 수없는 구옥이 어지럽게 춤을 춘다. 희빈들의 어여쁜 얼굴들이 연꽃송이처럼 둥둥 떴다. 실바람에 나부끼는 구름조각과 같이 아른아른한 깁옷자락도 흐른다. 간댕간댕하는 황금 귀고리와 구슬 목걸이가 물거품 사이로 숨기잡기를 한다.

실바람을 따라 고귀한 향기가 그윽히 풍겼다.

중류를 지나자 길게 누운 으리으리한 전각의 그림자들이 소리없이 부서졌다.

동쪽으로 청운교 백운교, 서쪽으로 연화교 칠보교가 뚜렷이 나타난다. 불국사 자랑의 하나인 돌사다리다. 번들번들하게 대패로 밀어놓은 듯한 층댓돌과 그 층층 상하에 손잡이 돌이 우뚝우뚝 서고, 그 머리에 구멍을 뚫어 늘어뜨린 은사실을 바라보고 배 안에서는 경탄의 속살거림이 일어났다.

"얘 털아, 참 아름답기도 하고나."

꽃같은 희빈들 중에도 뛰어나게 아름다운 웬 아가씨가 맥맥히 돌사다리를 바라보다가 제 옆에 앉은 시비에게 소곤거렸다. 그는 은실 금실로 수놓은 끝동 소매를 조금 추켜서 옥같은 손으로 뱃전을 짚고 그 날씬한 허리를 반나마 배 밖으로 기울였다.

"어쩌면 돌칭칭대를 바루 물 속에 맨들었어요, 구슬아가씨?"

털〔毛兒〕이란 시비는 그 동그란 눈을 더욱 동글게 뜨며 맞방망이를 친다.

"그보담도 저 윗사다리와 밑사다리 어름을 좀 봐라. 그 밑에 돌로 홍예를 튼 것이 보이지 않니. 물결이 그 조그마한 홍예 안으로 들락날락하는 게 가지고 놀고 싶고나."

구슬아가씨란 이의 그 게슴츠레한 눈은 황홀해진다.

7

그는 이(伊)손 유종(唯宗)의 딸 주만(珠曼)이었다. 흔히는 구슬아가씨라고 부른다.

"아이 야릇도 해라. 참 거기 물문이 있구면요. 아가씨는 눈도 밝으시어."

털이는 그 동그란 눈을 이번에는 지그시 감은 듯이 하고 바라본다.

"그 물문 안으로 배를 타고 한번 돌아보았으면."

주만은 혼잣말같이 중얼거린다.

"그게 뭐 어려워요. 좀 돌아보자고 사공에게 그럽지요."

"글쎄, 그럼 그래볼까?"

주만은 뛸 듯이 기뻐하며 배 안을 돌아보고,

"우리 저 물문으로 지나가 볼까요?"

하고 물었다.

"그래요, 참 그래봐요."

"그러면 작히나 좋을까."

몇몇 젊은 아가씨들도 손뼉을 칠 듯이 찬성을 한다.

다른 배들이 돌사다리 밑 돌기둥에 닻줄을 매려 할 때에, 주만을 실은 배만 슬쩍 뒤로 빠져 나왔다. 청운교 백운교 사이의 홍예 밑을 돌고 다시 연화교 칠보교 물문을 접어들었다.

주만은 뱃전에 찰랑찰랑하는 물결을 손으로 움켜보기도 하고 물굽이를 따라 배가 뱅뱅 도는 것을 어린애같이 좋아라 한다.

배가 다을 데 다은 뒤에도 주만은 제가 지나온 물문을 보고 또 보며 맨 나중까지 머뭇거린다.

일행은 벌써 다 배에서 내리어 행여나 뒤질세라 하고 종종 걸음들을 친다.

"어서 나립쇼. 너무 뒤에 떨어지면 어떡하실라구……."

털이는 조바심을 한다.

"뭘, 그 동안이 얼마나 되겠니."

주만은 태연하다.

그들이 배에서 내렸을 때엔, 왕을 모신 옥교는 동쪽 사다리 위에 오르시어 자하문 안으로 납시었다. 일행들은 걸어서 왕의 뒤를 모시었다.

주만은 배 안에서 머뭇거릴 때와는 딴판으로 질질 끌리는 치마 뒷자락을 돌아다볼 생각도 않고 나는 듯이 돌사다리를 오른다. 털이는 방구리 같은 키를 꼬불거리며 아가씨의 치마 뒷자락을 추켜들고 쌔근쌔근 뒤를 따랐다.

자하문을 들어서자 그렇게 서둘 필요는 없었다. 왕은 옥교에서 내리시어 일행을 데리시고 다보탑 앞에 걸음을 멈추신 까닭이다. 주만과 털이는 쉽사리 그 행렬에 끼일 수 있었다.

주만은 다보탑을 한번 보고 제 눈을 의심 않을 수 없었다.

저것이 돌로 된 것일까. 저것이 단단하고 육중한 돌로 된 것일까. 돌을 어떻게 다루었으면 저다지도 어여쁘고 아름답고 빼어나고 의젓하고 공교롭게 지어낼 수 있었을꼬.

네 귀에 웅크리고 앉은 사자 네 마리는 당장 갈기를 털고 일어날 것만 같다. 사자 등 너머로 자그마한 어여쁜 돌층층대가 있고 그 층층대를 눈으로 더듬어 올라가면 편편한 바닥이 되는데 그 한복판에는 위층을 떠받치는 중심기둥이 있고 네 귀에도 병풍을 접쳐놓은 듯한 돌기둥이 또한 섰는데 그 기둥들이 둘째 층 밑바닥을 고인 어름에는 나무를 가지고도 그렇게 곱게 깎음질을 해내기 어려울 듯한 소로가 튼튼하고 아름답게 손바닥을 벌렸다. 첫층의 지붕엔 둘째 층의 네모 난 돌난간이 둘리어 쟁반 모양 같은 둘째 층 지붕을 받들었고, 셋째 층에는 난간이 팔모가 지고 기둥도 여덟 개가 되어 세상에도 진기한 꽃잎을 수놓은 역시 팔모진 지붕을 떠 이고 있다.

주만의 눈길은 그 뛰어난 솜씨의 자국자국을 샅샅이 뒤지는 듯이 치훑고 내려훑었다. 보면 볼수록 새로운 감흥을 자아낸다.

"절묘 절묘."

마침내 왕께서 먼저 절찬하였다.

"그 돌 다루는 재조는 참으로 하늘이 내신가 하옵니다."

왕의 곁에 모셨던 이손 유종이 아뢰었다. 너그러운 뺨에 자가 넘은 흰 수염이 은사실같이 늘어졌다.

"경신읍귀의 재화라 함은 이런 재조를 이름인가 합니다."

고자처럼 노리캥캥하고 수염도 없이 맹숭맹숭한 시중(侍中) 금지(金旨)가 한문 문자를 써가며 맞방망이를 올린다.

"저 탑이 분명히 돌로 지은 것일까. 바루 밀가루나 떡고물 반죽이라면 몰라도."

만월부인께서도 감탄하신다.

"마마의 비유가 그럴 듯하오마는 떡가루를 가지고도 마마는 저렇게 빚어내기 어려울 것 같소."

하고 왕은 웃으신다.

8

"모든 것이 부처님의 법력이시고 상감마마의 원력이신 줄로 아뢉니다. 아무리 단단하고 유착한 바위라도 높으신 원력 앞에는 나무보담 더 연하옵고 물보담 더 무른 것인가 합니다"

하고 아상 노장이 합장을 한다.

"연전에 감역 김대성(金大城)이 천하의 명공을 얻었다 하더니 저 탑도 그 명공이 쌓은 것인가?"

왕이 물으신다.

"분부와 같습니다. 오직 그 명공의 혼잣손으로……."

"혼잣손으로?"

왕은 놀라신다.

"과연 천하 명공이란 이름이 부끄럽지 않고나. 늙은 사람인가?"

"그렇지 않습니다. 이십 남짓한 젊은 사람이올시다."

"이십 남짓한 젊은 사람!"

여러 사람들도 서로 돌아보며 혀를 내두른다.

'이십 남짓한 젊은 사람!'

주만도 속에 새기듯 곱삶았다.

"서라벌 사람이오?"

이번에는 이손 유종이 묻는다.

"아닙니다. 부여에서 왔다 합니다."

"그러면 부여 사람이오?"

"부여에 유명한 부석(扶石)이란 석수의 수제자라 합니다."

"지금도 그 석수가 이 절에 있소?"

아상 노장은 다보탑 서쪽으로 여남은 칸 떨어진 자리에 두 층만 쌓아놓은 석가탑을 가리킨다. 그 탑에 걸치어 사다리가 놓여 있고 그 옆에는 아직도 집채만큼씩 한 바윗덩이가 여러 개 남아 있고, 치우고 쓸기는 하였지만 그래도 돌조각이 여기저기 흩어진 것이 아직도 공사중인 것을 가리킨다.

"이 다보탑은 작년에 끝을 내고 지금은 석가탑을 짓는 중입니다."

일행은 석가탑 앞으로 발길을 옮겼다.

아직 완성도 되지 않았지마는 얼른 보기에 다보탑처럼 혼란한 깎음새와 새김질이 없어 다보탑에서 얻은 감흥이 너무 컸던 만큼 여럿은 적이 실망을 하였다.

"제아무리 명공이라 할지라도 다보탑에 기진역진한 게로군."

금시중이 대번에 타박을 한다. 경솔하게 입 밖에는 내지 않았을망정 금시중과 동감인 사람도 적지 않았다.

주만이만 이 말에 맘 속으로,

'아니오, 아니오'

하고 외쳤다. 층마다 술밋한 돌병풍이 둘리고 그 병풍 네 귀에 접어넣은 듯한 돌기둥이 한데 어우러져 탑신을 이루었는데 그 거칠 것 없이 쭉쭉 뻗은 굵은 선이 어디인지 장중하고 웅경한 풍격을 갖추어, 비록 다보탑과 같이 잔재미는 적을망정 그 수법이 범상치 않은 것을 일러준다.

"아니올시다. 공은 이 탑이 더 든다 합니다. 탑 한 층마다 온전히 돌 한 덩이를 가지고 지어낸다 합니다. 그러니 공사가 거창하기로는 오히려 다보탑보담 여러 갑절이라 합니다."

아상 노장이 타이르듯 금시중의 말을 반박하였다.

주만은 제가 바로 알아본 것이 무엇보다도 기뻤다. 그리고 속으로,

'한 층이 돌 하나로 되었다면 다보탑보담 공이 더 들고 말고.'

혼자 뇌었다.

"따는 공사가 거창은 하겠군. 그 우람스러운 품으로는 그럴상도 싶소. 그러면 다보탑을 능라와 주옥으로 꾸밀 대로 꾸민 성장미인에 견줄진댄 이 탑은 훤훤장부의 기상이 있다 할까. 허허."

금시중도 아까 제 말이 너무 경솔했던 것을 뉘우치고, 그 득의의 한문 문자를 휘몰아 쓰며 얼른 둘러 맞춰버리고 그 노리캥한 얼굴에 어울리지 않는 웃음살을 편다.

"그 석수가 지금도 있다면 잠깐 불러올 수 없을까?"

하시고 왕은 아상 노장을 보신다.

왕의 이 말씀에 여럿의 귀는 번쩍 뜨였다. 저마다 그 석수를 한번 보고 싶었던 것이다. 이렇듯이 뛰어난 재주를 지닌 그 석수장이는 과연 어떠한 사람일까. 여럿의 눈은 호기심에 번쩍였다.

그 중에도 주만의 눈이 더욱 빛났다.

"어렵지 않습니다"

하고 들어가는 아상 노장의 걸음이 느린 것이 원망스러웠다.

9

얼마 만에 아상 노장을 따라 젊은 석수는 나타났다.

꾸미지 않은 옷매무새며 오래 손질을 않은 탓으로 까치집같이 헝클어졌으되 윤나는 검은 머리며 두루미처럼 멀쑥하게 여윈 몸피를 얼른 보는 순간 주만의 가슴은 웬일인지 찡하고 울린다.

그는 이런 자리는 난생 처음이라 어찌할 줄을 모르고 먼발치에서 머뭇거릴 제 왕은 가까이 오라는 분부를 내리셨다.

그는 몇 걸음 더 다가들어와서 어색하게 허리를 굽히는데 그 고개는 땅에 다을 듯이 숙였다.

"얼굴을 들어라."

젊은 석수는 한참 망설이다가 분부대로 머리를 들었다.

번듯한 이맛전, 쭉 일어선 콧대, 열에 뜬 것 같은 붉은 입술, 더구나 가을 호수를 생각케 하는 맑고 깊숙한 눈자위, 제아무리 천하 명공이라 하더라도 한낱 시골뜨기 석수장이로 이렇게 청수한 풍채와 씩씩한 품위가 있을 줄은 몰랐다.

젊은이 축의 곁눈질하는 눈초리에는 흠모의 빛이 역력히 움직였다.

주만은 그의 얼굴과 풍골에 다보탑의 공교롭고 아름다운 점과 석가탑의 굵고 빼어난 맛이 쩍말없이 어우러진 듯하였다.

"어쩌면 재주도 그렇게 좋고, 인물도 저렇게 잘났을깝시오?"

멍하니 석수를 바라보던 털이는 주만의 소매를 잡아당기며 재재거린다.

주만은 그런 소리는 귀에도 들려오지 않는다는 듯이 아무 대꾸가 없다.

"아가씨, 구슬아가씨, 저 연연한 입술을 봅시오. 마치 연지를 찍은 듯……."

주만은 듣기 싫다는 듯이 그 가느나마 숱 많은 눈썹을 찡그린다. 털이는 제 아가씨의 눈치도 볼 새 없이 제 눈은 그 석수의 얼굴에서 떼지도 않으면서 노상 종알거린다.

"아이그, 가엾어라. 그 탑을 쌓느라고 얼마나 애간장을 조렸기에 저렇게 말랐을까. 저 뺨에 살점이나 붙었던들 작히나 더 의젓하고 엄전할깝시오."

주만은 털이의 입을 틀어막고 싶었다.

왕은 이윽히 석수를 바라보시다가,

"얼굴도 준수하다."

칭찬하시고,

"이름은 무에냐?"

"아사달(阿斯怛)이라 부릅니다."

맑고도 씩씩한 목소리다.

"부여에는 부모가 있느냐?"

"아비와 어미가 다 없습니다."

"그러면 형제는 있느냐?"

"동기도 없삽고 스승의 집에서 자라났습니다."

"스승은 누구냐?"

"부석이라 합니다."

"지금도 살았느냐?"

"녜, 살아 있습니다마는 벌써 칠십이 넘어 걸음도 잘 걷지 못합니다."

털이는 끝끝내 재잘거린다.

"보고 또 보아도 참 잘난 얼굴. 그 검은 머리는 옻빛 같고……."

주만은 잃었던 정신을 수습하려는 사람 모양으로 눈을 떴다 감았다 하다가 털이를 돌아보며,

"네 눈에도 그렇게 잘나 보이느냐?"

마지못해 대꾸를 해준다.

"왜 쇤네 눈은 눈이 아닌 갑시오? 저 목소리를 들어봅시오. 어쩌면 저렇게 청청해요?"

"맑고 부드럽고……."

하고 주만은 속에 가득한 것을 내뿜는 듯이 숨을 크게 내쉰다.

털이는 또 말끝을 이어,

"우리 서라벌에도 저런 인물이 쉽지 않겠습지요?"

"우리 서라벌에 저런 인물이 있을 말로야"

하고 주만은 연거푸 한숨을 쉰다.

"왜 우리 서라벌에 그런 인물이 없기야 한갑시오? 첫째로 금공자가 계신데."

금공자란 말에 주만의 아름다운 얼굴은 별안간 흐려졌다.

금공자라 함은 시중 금지의 아들 금성(金城)을 가리킨 것으로 주만과 혼인 말이 있는 귀공자다.

"금공자 따위야."

"왜요, 키가 조금 작으시지만 얼굴이 희시고 싹싹하시고 재주 있으시고……."

"얘, 입 고만 놀려라. 듣기 싫다. 그 키가 작기만 한 키냐, 꼽추지."

"그래도 당나라까지 가셔서 공부를 하시고, 한문이라든가 진서라든가, 그 어려운 글을 썩 잘 하시고, 당나라 벼슬까지 하시고……."

"그까짓 당나라 공부가 그렇게 장하냐. 그 어수선한 글자나 잘 알면 무슨 소용이 있을꼬."

"금시중 대감이 세도가 당당하시고……."

"세도가 나한테 무슨 상관이냐"

하고 주만은 화를 더럭 낸다. 털이도 제 아가씨의 비위를 너무 거스른 것이 죄송하다는 듯이 입을 다물어 버렸다.

10

어스레하게 땅거미가 들면서부터 절 안은 더욱 북적대었다. 왕을 맞이하여 저녁 재를 굉장하게 올리는 것이다.

불전마다 매달린 가지각색의 무수한 등들이 차차 불빛이 밝아온다. 임금님이 듭신 것을 가리키는, 용무늬를 올린 청사초롱에 밀초가 부지짓부지짓 타오른다.

이 불바다에 헤엄치듯 갖은 풍악이 울려온다.

두리둥둥 법고가 운다. 엎어치는 바라가 지르렁지르렁. 쾅쾅 태증이 억세게 고함을 지르는 사이로 가냘픈 호적이 껄떡이며 넘어간다.

법당 뒤 큰방에 임시로 옥좌를 베풀고 듭셨던 왕은 일행을

데리시고 법당에 납시어 예불을 마치시고 재 올리는 구경을
하셨다.

승무가 한창 자지러지는 판에 주만은 살그머니 총중에서
빠져나왔다.

얼굴이 확확 달아오르고 골 속이 힝힝 내어둘린다. 풍악
소리도 아무 곡조도 없는 듯 잉잉하고 시끄럽게 귀를 찢어
내는 것 같다. 재미있는 춤가락도 눈에 어지럽기만 할 따름
이다.

사람이 많은 푼수로 방 안이 좁아서 공기가 울체한 까닭인
가, 그 까닭도 있었다.

어느덧 첫 여름이라 여럿의 땀내와 살내와 훈훈한 사람의
훈기가 그의 비위를 뒤흔든 탓인가, 그 탓도 있었다.

가마에 흔들리고 배에 흔들리고 절 음식이 맞지를 않아 저
녁을 설친 때문인가, 그 때문도 있다.

그러나 이 모든 원인보다도 그는 저 혼자 있기를 원하였던
것이다. 조용하고 호젓한 자리가 그리웠던 것이다. 그는 아
무도 없는 자리, 아무것도 안 보이는 자리, 아무 소리도 안
들리는 자리가 아쉬웠던 것이다.

그는 오직 저 홀로 무엇을 생각하고 싶었다. 제 넋과 단 혼
자 은밀히 무슨 이야기를 하고 싶었다.

법당 문 밖에 나서니 선선한 밤바람이 그의 옷깃 속으로
처근처근하게 기어든다.

그는 살 것같이 눅눅한 공기를 들이마시며 지향없이 걸음
을 옮겼다.

주인과 나그네가 모조리 재 올리는 데로 몰린 듯, 밖에는

개미 한 마리 얼씬거리지 않는다. 그는 불빛을 피하듯 어둑한 데로만 바라보고 발을 내어디뎠다. 얼마를 걷지 않아 광선의 테 밖에 헤어나올 수 있었다. 어슴푸레한 가운데 낮에 보던 다보탑이 저만큼 보인다.

그 탑을 바라보는 찰나 까닭없이 가슴이 찌르르해지며 눈물이 핑 돌 것 같아졌다. 이 묵묵한 돌탑이 이렇게 반가울 줄이야 주만이 저도 생각지 못하였으리라.

그 탑은 부른다. 손짓하며 부른다. 두 팔을 벌리고 어서 오라 하는 듯하다. 쩨기발을 디디고 왜 늦었니 하는 듯하다.

주만은 허정허정 재게 걸었다. 그는 한순간이라도 빨리 그 품 속에 뛰어들고 싶었다. 아까 눈으로만 더듬던 자국자국과 구석구석을 손으로 어루만져보리라 하였다. 그렇듯이 고와보이는 돌결이 얼마나 부드럽고 미끄러운가 뺨을 대고 비벼보리라 하였다. 그 오똑 솟은 손잡이들을 휘어잡고 그 자그마한 돌층층대를 껑충껑충 뛰어올라가리라 하였다. 그 판판한 밑바닥에 퍼쩍 주저앉아 어느 때까지 제 넋과 은밀한 수작을 주고받아보리라 하였다.

처음 생각엔 거기가 고대인 줄 알았더니 걸어보매 꽤 동안이 떴다. 더구나 서투른 길이요 어두운 길이라, 마음이 급할수록 발은 움펑진펑하여 하마터면 여러 번 고꾸라질 뻔하였다.

땅바닥을 보고 조심조심 몇 걸음을 걸어가다가 언뜻 다시 고개를 들매 초생반달이 탑 위에 걸렸다. 그 빛물결은 마치 흰 비단오라기 모양으로 탑 몸에 휘감기어 빛과 어둠이 서로 아롱거리며 아름다운 탑 모양은 더욱 아름답게 떠오른다.

주만은 마치 두억시니에게나 홀린 사람 모양으로 걸어간
다기보다 차라리 끌리듯이 탑으로 한 자국 두 자국 다가들었
다.

문득 탑에만 어린 그의 눈 앞에 난데없는 검은 그림자가
얼른하고 지나간다.

주만은 깜짝 놀라며 몸을 소스라쳤다.

11

밝은 데서 나온 까닭으로 눈이 어둠에 채 익지 않았기도
하려니와 탑에만 정신이 쏠렸기 때문에 주만은 제 주위를 보
살필 겨를이 없어, 아까부터 탑 주위를 돌고 있는 사람을 못
보았던 것이다. 으슥한 곳에 무심한 가운데 불쑥 나타난 사
람의 그림자처럼 사람을 놀라게 하는 것은 없으리라.

"아!"

나직한 외마디 소리를 치고 주만은 한 걸음 뒤로 물러섰다.

그러나 그 그림자는 인기척도 외마디 소리도 도무지 못 들
은양 묵묵히 탑의 둘레를 그대로 돌아간다.

주만은 아뜩한 정신을 가까스로 바로잡자 그는 아까와는
다른 의미로 또 한 번 놀랐다. 그에게는 이번 놀람이 아까
놀람보다 몇 곱절 더 컸다. 가슴이 두근두근 두방망이질을
한다.

그는 제 앞으로 어른거리며 지나가는 검은 그림자야말로
다른 사람 아닌, 낮에 본 그 석수인 것을 알아보았다.

먼 불빛과 달빛이 어우러진 여름, 희미한 광선이건만, 그 빼어난 이마와 검고 사내다운 눈썹과 연연한 입술이 또렷또렷하게 주만의 눈 속으로 아니, 가슴 속으로 박히는 듯이 들어왔다.

주만은 몸을 움직이려 하였다. 그에게로 와락 뛰어 달려들든지, 그렇지 않으면 뒤도 돌아보지 않고 달아나 버리든지 두 가지 방도 가운데 한 가지 방도를 취하려 하였다. 그러나 아까 선 그 자리에 오금이 붙어버린 듯 발가락 하나 꼼짝할 수 없었다.

그이는 제 길만 돈다. 별을 따려는 사람 모양으로 하늘만 쳐다보고 어느 때는 급하게 어느 때는 느리게 돌고 또 돈다. 벌써 주만의 앞을 네 차례 다섯 차례 돌아갔건만 단 한 번 거들떠보지도 않는다.

"나 여기 있어요."

여섯번째 제 앞을 지나칠 때 주만은 버럭 소리를 지르고 싶었다. 그러나 '나' 라 한들 그이가 '나' 가 누구인 줄 알 것인가. '나' 라는 사람이 그이와 무슨 알음알음이 있단 말인가.

회오리바람에 등 뜨인 듯한 머리건만, 제 생각이 하도 어처구니없는 것을 깨닫고 어둠 속에서 호젓하게 얼굴을 붉혔다.

'그런데 저이가 왜 탑의 둘레를 자꾸만 돌고 있을까?'

주만은 차차 설레는 마음을 가라앉히자 처음에는 괴이쩍은 생각이 들다가,

'오, 옳지, 오늘이 초파일. 그에게도 무슨 발원이 있나부다'

하고 스스로 깨우쳐내었다.

석가탄일의 밤에 소원성취를 빌며 탑의 주위를 도는 풍속을 주만은 이때까지 까맣게 잊어버렸던 것이다.

'나도 저이와 같이 좀 돌아볼까.'

이렇게 생각하매 저는 그이보다 발원할 것이 열 곱절 스무 곱절 더 많은 것 같았다.

그이가 한 번을 돌면 저는 백 번이나 천 번을 돌아도 이 크고 큰 발원에는 오히려 정성이 부족할 듯하였다.

첫째로 금시중 집과 혼인이 되지 말기를 빌고 싶었다. 아버지께서 굳굳하게 끝끝내 거절해 주소서, 어머니는 언제든지 제 편을 들고 역성해 주소서, 하고 빌고 싶었다.

둘째로 지금 제가 수를 놓고 있는 수병풍이 잘 되어지이다, 그리고 당나라에 보내는 선물 가운데 첫째로 뽑혀지이다, 하고 빌고 싶었다.

셋째로 이번에 빌 것이야말로 첫째 둘째보다 더 소중하고 더 엄청나고 더 어렵고 더 간절한 발원이었다.

"그러면 그것이 무슨 발원이냐?"

누가 종주먹을 대고 물어도 주만은 꼭 집어서 무엇이라고 대답은 못 하였으리라.

남에게 대답은커녕 제 속생각에나마 분명치 않았다. 물속에 흐르는 달빛과 같이 꼭 잡아낼 수는 없으나마, 아무튼지 안타깝고 애달픈 발원임에는 틀림이 없었다. 영롱한 무지개처럼 눈부신 발원임에는 틀림이 없었다. 넘치는 봄 물결과 같이 마음 가득한 발원임에는 틀림이 없었다……

그의 발길은 다시 가까워 온다. 달빛을 담쑥 안은 뒷머리가 검게 빛난다.

주만은 곧 그의 뒤를 따르려 하였다. 그러나 내디디려던 발은 다시 옴츠러지고 만다. 아아, 염통은 왜 뛰기만 하는고.

"에구 아가씨, 구슬아가씨, 아가씨가 여기 계시구먼."

등 뒤에서 털이의 쌔근거리는 소리가 들린다.

12

주만은 이때처럼 털이가 반가운 때는 없었다. 백만의 응원 병이나 얻은 듯이 든든하였다.

"오, 털이냐. 너 참 잘 나왔고나. 이것 봐, 오늘이 초파일 아니냐. 너 나와 이 탑을 돌아보자. 소원 성취하게."

"원 아가씨도 급하시기는. 사람이 숨이나 좀 돌려얍지요"

하고 장히 가쁜 듯이 숨을 모두 꾸려 쉰다.

"누가 여기 와 계실 줄이야 알았나. 한참 승무 구경을 하다가 아가씨를 찾아보니 어느 결엔지 계시지도 않겠지요. 왼 방 안을 찾아보아도 없으시고, 그래 생각다 못해 밖으로 나왔습지요. 미친년 뽄으로 못가엘 다 가보고 산기슭도 헤매보고 어디 계서야지. 까막나라라 몇 번을 호방에 빠지고 참 죽을 뻔했답니다. 어쩌면 이년을 그렇게 속이시어. 후우, 아이 숨차."

찾기에 애쓰던 원정을 늘어놓는다.

"……대뜸 이 탑 생각을 했더면 좋을걸. 이 원수년의 대강이에 어디 그런 생각이 얼른 돌아야지……."

"야, 수다 작작 떨고 어서 탑이나 돌자."

주만은 벌써 한 걸음 내어디디며 털이를 재촉하였다.

털이는 막 발을 떼어놓으려다가 말고 별안간에,

"에구머니나!"

외마디 소리를 지르고 주만의 손에 매달린다. 털이는 그제야 아사달의 검은 그림자를 알아보고 깜짝 놀란 것이다.

"아가씨, 아가씨. 그 그게 누군갑시오?"

털이는 더욱 달라붙으며 가슴을 발랑발랑한다.

주만은 돌아다보며 손을 저어 아무 소리도 말라는 뜻을 보였다.

"게, 게 누군갑시오?"

어느덧 주인의 눈치를 알아차리고 이번에는 주만의 귀가 간질간질하도록 입을 대고 소곤거렸다.

"왜 그 석수 아니시냐."

주만은 성이 가시지만 가만히 일러주는 수밖에 없었다.

"네에——"

하고 고개를 까닥까닥하다가,

"그럼, 아가씨가 혼자가 아니시군요"

하며 살그머니 제 아가씨의 얼굴을 쳐다본다. 그러고는 모든 것을 알아차렸다는 듯이,

"그럼 쇤네는 괜히 온걸입시오"

하며 해해 웃는다.

주만은 눈을 흘겨 보였다.

"아가씨는 눈을 흘기시면 더 예쁘시어…… 해해."

털이는 농치듯이 또 한 번 웃어 보인다.

털이는 주만의 유모 딸이다. 나이도 다 같은 열여덟에 한

동갑이요, 어려서부터 같이 자라났고 시방도 밤낮으로 몹시 중을 드는 터이라, 이따금 상전과 종이라는 상하구별을 잊어 버리고 꽤 버릇 없이 굴었다.

주만은 털이의 말씨가 분하고 괘씸하였으나 여기서야 어찌 할 도리가 없었다.

털이는 벌써 제 아가씨의 기색을 살피고,

"참 어서 탑을 돌아얍지요, 네 아가씨. 자 아가씨가 앞장을 서십시오."

주만을 앞으로 떠다밀다시피 하며 서둔다.

뭉실뭉실 떠도는 구름장이 그 흐늘흐늘하는 엷은 한 자락을·펼쳐서 슬쩍 달 얼굴을 가렸다. 초생달의 약한 빛을 그나마 가려 놓으니 사면은 어렴풋하게 조는 듯.

네 칸만큼 세 칸만큼 두 칸만큼! 주만과 털이의 걸음은 차차 빨라지며 가까이 가까이 아사달의 뒤를 따르며 매암을 돈다. 한 칸만큼 반 칸만큼! 그들의 떨어진 사이가 좁혀졌다. 앞에 가는 이의 뒤로 흔드는 손길이 뒤따르는 이의 앞으로 내미는 손길과 자칫하면 마주치게 되었다. 앞선 이의 헐레벌떡 숨소리가 역력히 들린다. 앞선 이의 그림자가 뒤선 이의 발끝에 밟혔다. 그 순간 그들의 거리는 다시금 멀어간다. 한 칸 두 칸 세 칸. 동안은 자꾸 떨어져간다.

앞선 이도 제 뒤를 밟는 자국 소리를 분명히 들으련마는 단 한 번을 돌아다보지 않는다. 호리호리한 여윈 뒷모양이 주만의 눈길에서 가까워졌다 멀어졌다 할 뿐이다.

이럴 줄 알았던들 차라리 아까 모양으로 한 자리에 서 있기나 할 것을, 떨어질 때 떨어지더라도 앞으로 지나칠 적마다 그 모습이나마 자세자세 볼 수 있었을 것을.

주만은 무엇을 잃어버린 듯 마음이 허수해진다. 무엔지 슬프고 원망스럽고 서운하였다. 다리는 맥이 다 풀리고 걸음걸이는 허전허전해진다.

"어쩌면 뒤 한 번을 돌아보시지 않을까?"

털이는 제 주인의 속을 들여다보듯이 혼잣말로 종알거리고 축 늘어지는 주만의 허리를 부축한다.

"아가씨, 우리 인제는 앞으로 질러가 보아요."

털이는 마침내 묘안을 내렸다.

13

주만과 털이는 돌쳐섰다.

앞지르는 것이 과연 묘안은 묘안이었다. 그러나 이것도 수월한 노릇은 아니었다. 궁금하던 그의 앞모양과 얼마든지 마주칠 수는 있었건만 딱 맞닥뜨릴 뻔하다가 슬쩍 옆으로 비킬 적마다 주만의 가슴은 못 견딜 만큼 뛰논다.

아까는 뒤밟는 동안이 떴다가 줄다가 하더니 이번에는 그들의 매암 도는 둘레사이가 멀어지고 좁아들고 하였다.

저 둘레와 이 둘레가 차차 차차 다가들어 두 둘레가 한 둘레로 어우러질 만하면 다시금 멀리멀리 갈리어 나간다. 너무 멀어지면 안타깝고 너무 좁아들면 숨길이 막힐 듯하고…….

주만의 이마에는 구슬 같은 땀방울이 맺혔다. 새빨간 뺨은 농익은 홍시처럼 아늘아늘 터질 듯하고 가쁘게 내쉬는 단김에 흑근흑근 입술이 마른다.

곁에서 보기에는 허청허청 탑의 둘레를 도는 것이 어렵지 않아 보였지만 막상 돌아보니 여간 고된 일이 아니었다.

인제는 눈이 핑핑 내어둘리고 머리까지 어찔어찔하다.

그래도 주만은 이를 악물고 돌고 또 돌았다.

"아이 사람 죽겠네. 아이 사람 죽겠네."

털이는 쌔근쌔근하면서도 연해 잔소리를 재우치며 땀을 빡빡이 흘린다.

달을 가렸던 구름장은 어른어른 지나간다. 가닥가닥이 풀어지고 엷어져서 마지막엔 뿌유스름한 김처럼 달 얼굴에 서리었다가 이내 가뭇없이 사라졌다.

거물거물하던 그늘과 빛이 뚜렷해졌다.

탑신이 은물에 적시어 놓은 듯 불현듯 번쩍인다.

어느 결엔지 또다시 같은 둘레를 돌고 있던 아사달과 주만은 거의 정면으로 마주치게 되었다.

그들의 상거는 너댓 걸음밖에 남지 않았다.

하늘만 쳐다보고 있던 아사달이 갑자기 무엇을 찾는 듯이 제 주위를 둘러본다.

달빛을 안고 흰 꽃송이처럼 피어난 주만의 얼굴에 아사달의 시선이 떨어졌다.

그 찰나! 아사달의 걸음은 주춤하고 멈춰졌다. 놀람과 반가움이 뒤섞인 표정이 한 순간 그 꿈꾸는 듯하던 눈자위에 떠올랐다. 흑! 하고 앞으로 고꾸라질 듯하며 한 발짝 내디디자 아사달의 눈은 불같이 빛났다. 한참 주만을 뚫어지게 바라보다가 그 다음 순간에는 정신을 모으는 듯 눈을 감아 버린다.

주만도 별안간 변한 아사달의 거동에 깜짝 놀랐다. 뜨거운 저편의 눈길에 동여매인 듯 주만이 또한 그 자리에 딱 발길을 붙인 채 손끝 하나 꼼짝일 수 없었다. 온몸의 피까지 돌기를 그치고 그대로 얼어붙어 버린 듯, 오고 가는 두 시선만 불꽃을 날렸다.

그때였다. 재 올리는 구경이 한 고비가 넘었는지 법당에 몰렸던 젊은이 축들이 떼를 지어 와하고 쏟아져 나온다.

"아이 여기는 시원도 해라. 법당 속은 바루 도가니 속이야!"

"이런 줄 알았더면 진작 나올 것을."

"어디, 어디를 가볼까?"

"이 마당 끝까지 가보지."

제각기 지껄이며 뜰을 내려온다.

"우리 저 솔숲으로 가볼까?"

"까막나라에 뱀이나 있으면 어떡하게."

"뱀이 무슨 뱀이야."

"여길 나오니 달도 밝구먼."

"저기 다보탑이 보이네."

"저것 보아, 저 다보탑 밑에 사람 셋이 섰네."

"하나는 남자고 둘은 여자고."

"한 남자와 두 여자! 찐답잖은 일인걸."

"하하하."

"하하하."

구슬을 깨는 듯한 웃음소리가 달 그늘로 사라진다.

"달도 희고 임도 희고……."

누가 노래 위꼭지를 딴다.

"저것 좀 봐요. 남자가 두 여자를 버리고 저리 돌아가네."

"어느 결에 안타까운 이별인가?"

"초생반달이 지기도 전에."

"오호호."

"오호호."

웃음소리를 먼저 보내며 그들의 춤추는 듯한 달뜬 발길이 탑을 향해 걸어온다.

"참 재 올리는 구경에 팔려서 탑 도는 걸 잊었네."

"옳거니, 오늘이 파일이거니, 발원을 올려야지."

"발원이면 무슨 발원?"

"나라가 태평토록."

"오곡이 풍등하게."

"성수가 무강토록."

"늙으신 부모 궂기지 말게."

"효녀 충신 많으시군."

"알뜰한 내 발원은 고운 님 만나나 뵙게, 오호호."

14

아사달은 쫓기는 듯이 제 처소로 돌아왔다.

요새는 으레 탑 위에서 밤을 새는 버릇이로되 오늘 밤 따라 떠들썩한 인기척이 수선스럽기도 하려니와 어쩐지 몸과 마음이 실실이 풀리어 지렛대와 정을 들출 기력조차 날 것 같지도 않았다.

쓰러지는 듯이 제자리에 드러눕자 잠이 곧 올 것처럼 눈이 감겼다. 천근이나 되는 몸이 마치 큰 돌멩이가 물 속으로 떨어지듯 밑으로 가라앉는다. 온몸이 으스러지게 고단하면서도 오려던 잠은 설 들고 정신이 새삼스럽게 말똥말똥해진다.

'그 처녀가 누굴까.'

무두무미하게 이런 생각이 떠올랐다. 아까 주만이와 마주치던 기억이 생생하게 살아온다.

'옷 맨드리만 보아도 귀인이 분명한데 아사녀로 속다니'

하고 아사달은 어이없이 웃었다.

아사녀(阿斯女)란 그의 아내의 이름이었다.

제 아내와 그 처녀의 얼굴을 다시 한 번 눈앞에 그려보매, 갸름한 판국과 입모습 언저리나 비슷하다 할까, 다른 데는 아무데도 닮은 점이 없었다.

아사달이 주만을 보고 그렇게 놀라고 반긴 것은 한갖 제 고장에 두고 온 아내로 그릇 본 까닭이었다.

사랑하는 아내와 떠난 지도 어느덧 3년, 이 길고 긴 동안에 얼마나 아내가 아쉽고 그리웠던가. 탑 쌓는 대공에 바친 몸이요 마음이건만, 천 리에 넘나드는 상사몽은 막을 길이 없었다.

오늘도 일터에 올라갔다가 절 안이 들레어 그대로 내려오고, 그 들레는 까닭으로 오늘이 파일인 줄 알게 되자 집 생각이 더욱 간절하였다.

부여도 오늘은 야단이리라.

우리 집에서도 등을 만드리라.

그 혼란한 솜씨로 내 등은 또 얼마나 훌륭하게 아름답게 만들었을까.

아사달은 아내와 같이 쉬던 지난 날의 재미나던 파일을 생각하고 가슴이 뻐근해졌다.

부여에서도 파일이 되면 식구 수효대로 등을 만들고 등마다 그 등 임자의 생년월일을 써서 복을 빌었다.

자기도 파일을 진작 알았던들 비록 객지에서나마 장인과 아내를 위하여 등을 만들었을 것을. 등은 못 만들었을망정 밤에는 탑을 돌아 제 스승과 아내의 복을 빌리라 하였다.

절 안이 너무 붐비어 일은 손에 잡힐 것 같지도 않아, 낮에는 제 처소에서 누워서 보내고, 저녁이 되어 모든 사람이 재 올리는 데로 몰린 뒤에 그는 홀로 탑을 돌러 나왔던 것이다.

한 둘레 두 둘레 돌아갈 때 날개 돋친 생각은 훨훨 고장으로 난다.

갸웃질을 쳐주는 구름자락을 마다하고 달은 서쪽으로 서쪽으로 미끄러졌다.

아사녀도 저 달을 보고 있으리라. 만일 저 달이 거울이런들 예 있는 나도 저 속에 비치고 제 있는 저도 저 속에 비칠 것을.

달착지근한 감상이 사라지자 집 걱정이 새록새록이 가슴을 누른다.

제일 염려는 제 스승이요 장인인 부석의 건강이었다.

아사달이 떠나올 때에도 부석의 천촉증은 매우 심하였다. 한번 기침을 시작하면 그 쿨룩소리는 좀처럼 끝나지 않았다.

오장육부를 쥐어짜는 듯한 그 악착한 기침소리, 지금도 선하게 귓가에 울리는 것 같다.

나이 벌써 칠십이 넘었으니 아무 병 없이 정정하더라도 춘한노건을 믿을 수 없겠거든 그런 고질까지 지녔으니 오래 부지야 어찌 바랄 수 있으랴.

'만일 돌아가셨으면!'

이런 불길한 생각이 문득 일어나자 그는 몸서리를 치고 탑도는 발을 빨리빨리 옮겼다. 한 둘레라도 더 도는 것이 마치 제 발원을 이루는 데 큰 등별이 있을 것처럼. 만일 장인이 돌아가셨다면! 아사녀에게 그야말로 하늘이 무너진 것이다.

자기도 혈혈단신 외토리요, 처갓집도 어느 일가 친척 하나 들여다볼 사람이 없는 홑진 집안이다. 홀로 남은 아사녀는 어찌 되었을까. 어리고 약한 여자의 몸으로 그런 큰일을 어떻게 겪을 것인가. 큰일을 감당하고 못 하는 것은 오히려 둘째 셋째 문제다. 남유달리 눈여린 그가 이 지극한 슬픔에 어떻게 견디어낼 것인가.

위로해 주는 사람도 없이 울고 또 울다가 그대로 자지러지지나 않았을까.

머리는 풀어 산발을 하고 울어서 퉁퉁 부은 눈을 그대로 감아 버린 아사녀의 모양이 얼찐 눈앞에 나타났다.

15

아사달은 지긋지긋한 생각을 쫓는 듯이 머리를 흔들었다.

"설마 죽기야, 설마 죽기야."

그는 저 자신이 알아듣도록 뇌고 또 뇌었다.

사람이란 슬프다고 간대로 죽는 것은 아니다. 설령 아버지가 죽었다 하기로서니 딸마저 죽으리라고 단정하는 것은 너무 지나친 생각이리라.

그러나 이렇게 돌려 생각해 보아도 그의 걱정은 놓이지 않았다. 만일 장인이 죽고 아내는 살았다 해도, 더욱 그의 애를 조리게 하는 또 다른 켯속이 있기 때문이다.

남편도 이별하고 아버지조차 여읜 외로운 딸과 아내! 그 고단한 신세를 엿보는 이리떼 같은 부석의 제자들이 마음에 켕긴다.

그 중에도 우두머리가는 팽개(彭介)의 모양이 언뜻 보인다. 그 후리후리한 키와 감때 사나운 상판이 엎어 누를 듯이 쑥 나타난다. 그 얼굴은 능글능글하게 웃는다.

그는 아사달보다 나이도 네 살이 위요, 부석의 문하에 들어오기도 아사달보다 일년이 먼저였다. 집안이 그리 군색지 않은 탓으로, 제자들 가운데 차림차림도 가장 말쑥하였고 잔돈푼도 곧잘 써서 동무들의 마음을 사기도 하였다. 자세히는 모르지만 가난한 스승의 살림도 가끔 도와주는 듯하였다.

재주는 무디었지만 나이 값과 돈냥 덕으로 여러 동무를 휘두르고 한동안은 의젓한 수제자로 내남 없이 허락하였던 것이다.

드러내놓고 말을 안 했으되, 수제자가 된다는 것은 곧 어여쁜 아사녀의 신랑감을 약속하는 것이었다. 늙어가는 스승도 든든하고 넉넉한 팽개와 같은 사위를 얻어 노경을 의탁하려 하였는지 모르리라.

그러나 한 해 두 해 지나갈수록 아사달의 재주와 솜씨는 너무도 뛰어났다.

예술을 생명으로 아는 부석의 사랑은 마침내 아사달에게 쏟아지게 되었다.

이 눈치를 챈 팽개는 푼푼한 나머지에 울분한 생각을 꽃거리에 풀기 시작하였다. 그런 소문이 들릴수록 스승의 눈 밖에, 더군다나 장래 장인의 눈 밖에 나게 되었다.

빛나는 승리는 아사달에게 돌아오고야 말았다. 뭇 제자의 부러워하고 시기하는 눈총을 맞으면서 아름다운 아사녀의 남편이 된 것이다.

아사달이 기쁨의 절정에 올랐다면 낙망의 구렁에 천길 만길 떨어지기는 묻지 않아 팽개이리라.

그러나 팽개는 그런 사색을 조금도 드러내지 않았다.

혼인날에도 다른 제자보다 오히려 더 일찍이 와서 모든 일을 총찰하였고 모꼬지〔宴會〕자리에서도 가장 기쁜 듯이 술을 마시고 춤을 추고 즐겼다.

아사녀를 아이었으니 팽개는 인제 스승의 문하에 발을 끊으리라 하는 것이 여럿의 일치한 공론이었으나 팽개는 여상스럽게 출입을 할 뿐 아니라, 도리어 전보다도 더 성건하게 다니었다.

그의 배짱은 수수께끼였다.

하루는 여럿이 모인 자리에서 키다리 장달(長達)이란 제자가 그 꾸부정한 어깨를 축 늘어뜨리고 앉았다가 팽개를 보고 무두무미하게,

"원 자네는 비윗장도 좋아"

하고 놀리는 가락으로 말을 툭 내던졌다.

"이 짜디짠 친구가 이건 또 웬 수작이야? 어째 내 비윗장
이 좋단 말이냐?"

팽개가 되받으니까, 장달은,

"나 같으면 벌써 발그림자도 않을 텐데…… 그래도 못 알
아듣겠나? 이 될뻔댁아"

하고 히히 웃어 버린다.

"응, 그 말이야? 그러면 계집 뺏기고 스승마저 잃어버리
게, 허허."

하고 팽개는 아사달을 향하여 능글능글하게 웃어 보였다.

그 능글맞은 웃음이 아사달에게는 도무지 잊혀지지를 않
았다. 웬일인지 그 웃음이 무서웠다. 소름이 끼쳤다.

지금도 탑을 돌며 멀리 아내의 신상을 생각할 제, 그 흉물
스러운 웃음이 나타나고야 만 것이다.

'이놈 아사달아, 이걸 좀 봐라, 허허.'

팽개는 앙탈하는 아사녀를 두리쳐 끼고 역시 그 흉한 웃음
을 웃어 보인다.

'내가 왜 이런 불길한 생각을 하는고.'

아사달은 진저리를 치며, 제 앞에 그린 환영을 떠다박지르
듯이 팔을 내저으며 급히 걸어 보았다.

그래도 불길한 환영들은 꼬리를 맞물고 굳이굳이 떠나온다.

16

아사녀를 흠모하기는 결코 팽개 하나뿐이 아니다.

키다리 장달, 되바라진 작지, 웅성 깊은 싹불, 여낙낙한 웃보…… 어느 제자치고 아사녀를 내맡겨도 마음을 놓을 만한 위인은 눈을 닦고 보아도 없었다.

그들의 환영도 하나씩 둘씩 번갈아들며 제각기 다 다른 비웃음을 던진다.

아사달은 눈을 멍하게 뜬 채로 흉측한 꿈을 꾸어 내려간다.

그 흉한들이 겹겹이 에워싼 한복판에 아사녀는 울면서 갈팡질팡한다. 이 틈을 비집아도 무쇠 같은 팔뚝들이 막고 저리로 버르집어도 그 가냘픈 몸을 빼쳐낼 길이 없다. 마지막엔 기진맥진하여 그대로 쓰러지매 사나운 짐승의 떼는 우하고 달겨든다!

'무슨 그럴 리야 있을까. 저희들도 사람이거니 스승의 은혜를 생각한들 외동딸에게 그런 몹쓸 짓이야…….'

아사달은 지겨운 제 환상을 스스로 털었다.

집에는 아무 일도 생기지 않았을 것이다. 장인도 그저 생존해 계시고 아사녀도 몸 성히 잘 있을 것이다. 떠날 때보다 얼마를 더 자라나고 더 아름다워졌는지 모르리라. 내 올 때를 손꼽아 기다리며 바시시 사립문을 열고 서울길을 바라보는지 모르리라. 그 갸름한 종아리에 인제는 살이 올랐는가.

아사달은 견딜 수 없었다.

부여가 그립다. 스승이 그립다. 아내가 그립다.

탑이고 무엇이고 다 집어치워 버리고 지금 당장 고장으로 날아가고 싶다.

달 비친 사자수는 금물결 은물결이 굽이굽이 넘노리라. 병상에 누웠던 스승은 얼마나 반기실까. 방싯 웃는 아사녀의 얼굴에는 기쁨이 넘치리라.

이 먼 데를 왜 왔던고. 스승도 없고 아내도 없는 이 먼 데를 왜 왔던고.

대공을 이루리란 불 같은 정열에 앞뒤를 헤아리지 않고 허둥허둥 길을 떠난 것이 몹시 후회되었다.

이렇게 그리웁고 마음이 조릴 줄 알았더면 아무리 스승의 명령이 엄하더라도 한사코 좇지를 않았을 것이다.

서울에 큰 절을 이룩하고 그 절에 탑을 모시는데 천하의 명공을 구한다는 방이 내걸리기는, 그들이 혼인한 지 일년 안팎이었다.

저자에 갔다가 이 방을 보고 아사달의 가슴은 뛰었던 것이다. 속에 가득한 재주와 솜씨는 쏟힐 곳을 찾지 못하여 발버둥질을 치고 있었던 것이다.

돌아와서 스승에게 그 사연을 알리매 늙은 스승은 앉은 자리에서 몸을 소스라치며 애들처럼 기뻐하였다.

"인제야 네 재주와 솜씨를 보일 때가 왔구나. 이런 기회란 사람의 일생에 몇 번 있는 것이 아니다. 어서 행장을 수습해라. 어디 서라벌 석수들과 좀 겨루어 보아라."

스승은 흰 수염을 거스리며 매우 흥분된 말씨다. 그리고 이튿날로 길을 떠나라고 서둘렀다.

그는 사랑하는 제자의 예술적 대원을 이루어주기 위하여, 빛나는 전통의 솜씨를 자랑하기 위하여, 단 하나 사위를 내놓는 헛헛함도 잊어버린 듯하였다. 귀여운 딸의 안타까운 이 별도 돌아보지 않는 듯하였다.

아사달은 신이야 넋이야 하며 행장을 재촉하였으나 아내와 나누일 생각을 하니 가슴이 뻑적지근 않을 수 없었다.

새 정이 들까말까 한 아내! 그러하다, 그들은 아직 정조차 흐뭇하게 들지 못하였다. 어린 아내는 언제든지 그를 부끄러워하였고, 그도 또한 무슨 깨어지기 쉬운 보물처럼 아내를 소중히 알아, 흥껏 마음껏 다루지를 못하였다. 부부가 되기는, 햇수로 따져보면 벌써 이태를 잡아들건만 그들에게는 장가들고 시집온 지가 바로 어제런 듯하였다. 행복스러운 날은 꿀보다 더 달고 번개보다 더 빠르게 지나간 것이다.

이러한 아내이거니 그와 어떻게 작별을 할 것인가. 그래도 자기는 사내 대장부다. 대공을 이루기 위하여 마음을 도지게 먹을 수 있었지만, 아사녀는 얼마나 슬퍼할까. 차마 그 앞에서도 갈린다는 소리를 끄집어낼 수가 없었다.

내일같이 길 떠날 오늘.

그는 아사녀와 단둘이 마주치는 동안을 될 수 있는 대로 늘이려 하였다.

낮에는 이리 저리 피할 수가 있었지마는 해는 어찌 그리 엉덩뚱 지나가는지 어느새 저녁이 되고 말았다.

아내와 만날 시각이 자꾸자꾸 다가들자 그의 마음은 조비비는 듯하였다.

저녁에 그를 보내는 조그마한 잔치가 벌어진 자리에서도 그는 끝까지 몸을 일으키려 들지 않았다.

자정이 지나 밤이 이슥한 뒤에야,

'인제는 잠이 들었겠지'

하고 아사달은 가만가만히 제 방으로 돌아왔다.

살그머니 문을 열고 들어서니 아내는 거물거물하는 촛불 밑에 그린 듯이 앉아 있지 않은가.

17

아사달은 제 아내가 자려니 지레짐작을 하였다가 그저 앉아 있는 것을 보고 적이 놀랐으나, 이내 미안한 생각이 불일 듯 하였다.

아내는 자기 들어올 때를 고대고대하며 그 곤한 잠도 잊어버리고 저렇게 단정하게 앉았는가 하매 그는 가슴이 찌르르하도록 애연하였다. 그런 줄은 모르고 일부러 만날 동안을 질질 끈 저 자신이 원망스러웠다.

오늘 밤 내일 아침까지만 보면 몇 해를 그릴 것이 아니냐. 그 귀중한 시간을 어줍잖은 이허(裏許)로 헛되이 넘긴 것을 생각하면 뼈가 저렸다. 한 치 한 푼을 다투어도 오히려 아까울 것을.

"왜 입때 자지를 않소?"

아사달은 아내의 앞에 주저앉으며 번연히 아는 잠 안 자는 까닭을 물었다.

"고대 자요"

하고 아내는 방긋 흘지게 웃어 보인다. 그 웃음 속에는 눈물이 그렁그렁 맺힌 듯하다.

"……."

"……."

부부는 마주 보며 한동안 말이 없었다.

"곤한데 눕구려."

"눕지요."

그러나 둘이 다 누우려는 기척도 보이지 않았다.

"……."

"……."

또 한동안 말은 끊어졌다.

"나는 내일 서라벌로 떠나가오."

한참 만에야 아사달은 큰 힘을 써서 가까스로 허두를 내놓고 아내의 기색을 살폈다. 아사달은 이 말만 끄집어 내면 담박에 슬픔의 회오리바람이 일어나려니 하였었다. 울며 불며 발버둥을 치려니 하였었다.

그러나 아내는 의젓하게 도사리고 앉아 있을 뿐, 대답도 간단한 한 마디였다.

"나도 알아요."

이 홀가분한 한 마디가 만근의 무게를 가졌다. 천 마디 만 마디의 슬픈 원정과 설운 사설보다도 몇 갑절 되는 뜻을 풍겼다.

그 자그마한 가슴에 커다란 고통을 부둥켜안은 채로 꿀꺽 꿀꺽 참고 있는 모양이 못 견디리만큼 애처로웠다. 아사달은 제쪽에서 엉엉 목을 놓고 울고 싶었다.

"내일은 일찌거니 길을 떠나실 텐데 정말 어서 주무셔요."

하고 아사녀는 깔아놓은 이부자리를 다시금 매만지다가 갸웃이 남편을 쳐다본다. 방안은 덥지도 않은데 그 오목한 코 끝에는 땀방울이 송송 솟아났다. 슬픔을 누르느라고 마음 속 으로 무한 힘을 쓰는 까닭이리라.

아사달은 대번에 목이 꽉 잠기는 듯 대꾸도 나오지 않았다.

"어서 주무셔요."

아사녀는 또 한 번 조른다.

아사달은 그대로 쓰러지는 듯이 누웠다.

"이렇게 바루 누우셔요."

아내는 베개를 고쳐 베이고 이불의 접힌 자락을 펴서 따둑 따둑 덮어주고 나서 물끄러미 남편의 얼굴을 내려다보다가 남편의 쳐다보는 눈길과 딱 마주치자 그 젖은 눈동자는 달아 날 곳을 몰라 잠깐 허전거리는 듯하더니 어색하게 상긋 웃고 저도 따라 눕는다.

아사녀는 눕는 길로 곧 눈을 감는다.

이윽고 아사달은 고개를 쳐들어 아내의 얼굴을 자세자세 보고 또 보았다. 제 머리 속 깊이 새기어 넣으려는 것처럼.

은행 껍질 같은 눈시울이 띠룩띠룩 움직이고 남유달리 긴 속눈썹이 가늘게 떠는 것을 보면 아내도 눈만 감았다뿐이지 잠을 이루지 못한 것은 곧 알 수 있었다.

아니나다를까, 아내는 번쩍 눈을 떴다. 고개를 쳐들고 있 는 남편을 보고,

"아이 큰일났네. 입때 안 주무시고 내일 어찌 길을 떠나시어."

살짝 눈썹을 찡기고 제 얼굴을 치우는 듯이 돌아누우려 하 였다. 마치 제 남편의 잠 안 자는 원인이, 제 얼굴이 그 눈앞 에 놓여 있는 탓만 여기는 듯하다.

아사달은 더 참을 수 없었다. 돌아누우려는 아내를 끌어당기자 그 가냘픈 몸을 으스러지도록 안았다.

이런 때에도 수줍은 아내는 고개를 숙여 남편의 가슴에 제 얼굴을 파묻는다.

그 언저리가 뜨겁고 축축해지는 것은 아내도 인제야 소리 없이 우는 탓이리라.

한참 만에야 하나로 녹아드는 듯하던 두 몸은 떨어졌다.

아내는 먼 길 가는 남편에게 끝끝내 요사한 눈물을 보이지 않으려고 어느 결엔지 눈을 닦고 또 닦은 모양이었으나, 아무리 해도 젖은 속눈썹은 옥가루를 뿌린 듯 번쩍이고 발그스름해진 콧등이 더욱 안타까웠다.

18

탑을 도는 아사달의 발길은 느리게 지척거린다.

그 날 밤 아내와 지나간 정경이 그림자등[影燈]에 어른거리는 환영처럼 뚜렷이 비친다.

그들은 마침내 그 날 밤을 꼬바기 밝혔다. 서로 어서 자라고 권하고 조르면서 저마다 모를 사이에 도란도란 이야기를 주고받는 그들이었다. 서로 외면을 하고 등을 졌다가 어느 결엔지 뚫어지게 마주보고 있는 그들이었다. 분명히 떨어져 누웠는데 언뜻 깨달으면 두 뺨을 마주 비벼대는 그들이었다……

이별을 아끼는 밤은 너무도 짧고 너무도 헤프다.

어느덧 아침이 되었다. 아내는 아침밥을 지으러, 남편은 미진한 행장을 꾸리러 이 방을 나가는 수밖에 없다.

옷을 주섬주섬 주워입고 먼저 일어선 아내가 방문 앞까지 나가다가 다시 돌쳐서서 서너 걸음 도로 들어온다. 그는 작별 인사를 잊었던 것이다. 길 떠날 시각이야 아직도 얼마 남았지만 그들 단둘이 하는 작별은 이 자리가 마지막이 아닌가.

"부디 안녕히 다녀오셔요."

"부디 잘 있소."

"부디 대공을 이루셔요."

"그야!"

하고 아사달의 젊은 눈동자는 자신 있게 번쩍이다가,

"장인이 저렇게 늙고 편찮으시니……"

하고 얼굴을 흐린다.

아내는 무슨 긴히 부탁할 말이 있는 것처럼 나붓이 다시 앉는다.

"그런 걱정일랑 조금도 마셔요. 내가 어쩌든지 모시고 꾸려갈 테예요. 몇 해가 걸리든지 부디 대공만 이루셔요"

하고 얼굴빛을 바루며 단단한 결심을 보였다.

"부디 대공만 이루셔요."

나직하나 힘있던 그 말소리! 지금도 아사달의 귀를 울리고 마음을 울린다. 안타까운 이별도 애달픈 그리움도, 남편의 재주를 빛내고 이름을 이루기 위하여 즐기어 견디려는 그 씩씩한 태도! 언제 생각해 보아도 든든하고 고맙고 눈물겹다.

아직 철부지로 알았던 아내가 어느 틈에 그렇게 장남해졌을 줄이야. 물보다 더 무른 줄 알았던 그 마음이 그렇게 여무질 줄이야.

생각할수록 새록새록이 아내가 그립다.

어여쁘고 의젓한 아내! 그리운 그 얼굴을 단 한 번 눈 한 번 깜짝일 짧고 짧은 동안에나마 보여 준다면 그는 목숨을 내놓아도 아깝지 않았으리라.

마지막으로 아내를 보던 애틋한 정경 한 토막이 또 선하게 나타난다…….

여러 동무들에게 옹위되어 사립문 밖까지 나왔다. 병중의 장인도 기침을 쿨룩쿨룩하면서도 지팡이에 몸을 버티고 지축지축 따라 나온다.

그는 재빠르게 눈을 사방으로 돌렸다.

'인제 아주 정말 길을 떠나는구나'

하매, 거기까지 범연히 나온 그도 다시 한 번 아내의 얼굴이 더 보고 싶었던 것이다.

그러나 아내의 얼굴은 거기 없었다. 별안간 큰 쇳덩이가 발목에 매달리는 듯 걸음이 내켜지지 않았으나 마음을 도지게 먹고 일부러 쾌활하게 땅을 쾅쾅 구르는 듯 걸었다.

길 모퉁이를 도는 데 왔다.

"인제 고만 들어가십시오."

아사달은 걸음을 멈추고 스승에게 더 따라 나오기를 말렸다.

"응, 그래 그럼 잘 다녀오너라, 쿨룩쿨룩. 머 먼길에 몸 조심하고, 쿨룩쿨룩. 원 몹쓸 기침이……."

튀하고 가래침을 뱉는데 그 늙은 눈에 눈물이 걸신걸신한 것은 한갓 기침탓만 아니리라.

"네"

하는 아사달의 대답도 목이 메었다.

무릎을 꿇고 마지막 작별 절을 하고 일어서면서 언뜻 제가 지금 나온 사립문을 바라보았다.

돈짝만큼씩 새 잎사귀가 파릇파릇하게 돋아나는 느티나무 밑에 아내가 외로이 서 있지 않은가. 여럿이 우 나올 때에는 부끄러워서 같이 따라 못 나오고 뒤미쳐 좇아나온 것이리라.

슬쩍 한번 오고간 두 눈길! 이것이 마지막 이별이었다…….

"아사녀, 아사녀!"

아사달은 소리를 내어 가만히 불렀다. 그 이름이나마 입술에 올려보고자.

발은 제 돌던 자국을 찾아 제대로 돌아가건만 아사달의 마음이 탑돌기를 떠난 지는 벌써 오래다.

"아사녀, 아사녀!"

그는 또 한 번 불러 보았다.

아내는 완연히 제 앞에 와 서는 듯하다.

하늘만 쳐다보던 환상에 싸인 눈을 앞으로 돌릴 제 과연 제 아내는 제 앞에 의젓이 서 있다! 일순간 꿈이 현실로 나타날 때 그는 흑하고 놀란 것이다. 한 걸음 바싹 더 다가들며 똑똑히 제 아내의 얼굴을 살펴매, 그는 물론 제 아내가 아니었다. 제 아내 나이만한 다른 여인이었다.

설레던 정신을 수습하고 다시 탑돌기를 시작하였건만 한

번 어지러워진 마음은 좀처럼 가라앉지 않았다. 그는 무엇에 쫓기는 듯이 제 처소로 돌아와 버린 것이다.

19

"털아 털아, 얘 털아."

주만은 아까부터 기쁜 듯이 털이를 깨우고 있었다. 털이는 앙바틈한 다리를 큰 대(大)자 모양으로 퍼더버리고 입 가장 자리에 침을 흘리며 곤하게 잔다.

"얘, 털아 좀……."

주만은 털이의 팔뚝을 잡아 뒤흔들며 귀에다 대고 소리를 딱새같이 질렀다.

털이는 '응, 응' 잠꼬대를 하고 흔들린 팔뚝으로 숭숭 맺힌 제 이마의 땀을 문지르고는 다시 돌아누워 버린다.

"얘 얘, 좀 일어나거라. 일어나요."

깨우는 이는 바작바작 애가 마르는 듯. 자는 이는 꿈적꿈적 몸을 움직이는 듯하다가도 이내 쌕쌕 코고는 소리를 낸다.

"얘, 어서 좀 일어나. 원 잠귀도 이렇게 어두운가. 털아, 털아!"

주만은 돌아누운 털이의 어깨를 이리로 잡아 젖히며 짜증을 낸다.

"네 네."

털이는 코로 대답만 할 뿐이요 그저도 잠을 못 깬다.

"얘, 좀 얼핏 일어나라니까. 얼핏, 얼핏 좀 일어나."

이번에는 깨우는 이가, 입술을 쪼무리고 옷이 수세미같이 말려 올라가서 벌겋게 드러난 자는 이의 허벅지를 꼬집었다.

"이래도 못 일어날까, 이래도 못 일어날까, 털아 털아."

"아야! 네"

하고 털이는 별안간 나는 듯이 일어나 앉는다. 그제야 자는 이는 주인이 깨우는 줄 알고 질겁을 하며 일어난 것이나 아직도 잠은 덜 깨어서 연상 조아붙는 눈을 비빈다.

"얘, 정신을 좀 차려, 좀."

주만은 힘없이 끄덕이는 털이의 머리를 사납게 회술레를 돌리며 재우친다.

털이는 또 한참 주먹으로 눈을 비비고 닦고 나더니 발그스름하게 잠발이 선 눈으로 어색하게 웃어 보인다.

"얘, 무슨 잠이냐. 그래도 잠이 깨지를 않니?"

"왜 안 깨긴요. 벌써 깬 걸입시오."

"그렇게 불러도 일어나지를 않으니."

"아마 깜박 잠이 들었던가봐요, 헤헤."

깬 이는 무안한 듯이 또 한 번 웃는다.

주만은 깨우느라고 진땀을 뺀 것이 아직도 성이 풀리지 않은 듯 털이를 노려본다.

"원 원수년의 잠이!"

하고 털이는 제 머리를 제 주먹으로 몇 번 쥐어지른 뒤에,

"그저 죄송합니다. 무슨 심부름을 하랍시오?"

절이라도 할 듯이 사죄를 하고 착착 부닌다.

"왜 또 알찐거리기는! 어서 옷이나 입어요."

주만은 내던지듯 명령을 내렸다.

"왜요. 무슨 큰일이 났어요?"

털이는 그제야 확실히 잠을 깨며 저도 놀란 듯이 서둔다.

"어서 옷이나 입으라니까."

털이가 발딱 일어나 부산하게 속옷의 꾸김살을 펴고 치마를 떼어 입고 버선을 신는다.

"누가 그 옷 말야."

주만은 털이의 다 해진 치맛자락과 깜둥족제비가 된 버선목을 바라보다가,

"나들이 옷을 입어요. 어디 좀 갈 데가 있으니."

다시 영을 내렸다.

"어디를 갑시오. 벌써 날이 다 새었납시오?"

"얘 잠꼬대 작작 해라. 무슨 날이 벌써 새니. 아직 자시도 안 되었을걸."

"녜! 아직 자시도 안 되었납시오. 그러기 첫잠이 깜박 들었던 거야. 첫잠이 들면 동여가도 모른다고 하는 걸입시오."

털이는 기어코 제가 잠을 얼핏 못 깬 변명을 하고야 만다.

"어서 새 옷을 좀 갈아입어요. 제발 좀."

주만은 울 듯이 재촉을 한다.

"아니, 자시라면 한밤중 아녜요. 이 밤중에 어디를 가시랍시오?"

하고 자던 이는 그 토끼 같은 눈을 더욱 동그랗게 뜬다.

예삿일이 아니라는 것을 그도 인제야 깨달은 모양이다.

"수다 고만 좀 떨어요. 나 가자는 대로 가면 고만 아니야."

주만은 전에 없이 황황해한다. 털이는 입을 아 벌린 채 수상쩍다는 듯이 제 아가씨의 기색을 살폈다. 쾌를 올리고 거

물 거물하는 밀초 불빛에도 제 아가씨의 얼굴이 이글이글 타는 듯이 붉은 것을 알아볼 수 있었다. 그 새까만 눈썹 위에도 심상치 않는 기운이 떠돈다. 더구나 그 옷맨두리를 보고 놀랐다.

주만은 남빛 반비의를 입고 수놓은 비단 바지를 입고 갈데없는 귀공자로 차리지 않았는가.

20

주만의 어머니 사초(史肖)부인은 외동자식이 딸 된 것이 원통하여 이따금 주만을 남복을 시켰다. 수놓은 통손 바지에 남빛 반비의를 떨쳐입고 세포 복두를 젖혀쓰고 백옥 허리띠에 구슬끈을 주렁주렁 늘어뜨리고 손잡이에 금을 올린 환도를 느슨하게 차고 나서면 동뜨게 아름다운 귀공자였다. 장난꾸러기 주만이도 남복을 좋아하고 화랑의 흉내도 곧잘 내었다.

서리 같은 칼날을 뽑아들고 공릉버선 위에 눌러 신은 목화로 터벅터벅 땅을 구르며, 그 영채 도는 눈을 제법 무섭게 부릅떠서 악 소리를 치고 달겨들면 털이는 혼뗌을 하고 사초부인은 허리를 분질렀다.

그러나 이런 장난도 나이가 차가자 점점 그 도수가 줄고 이마적해서는 별로 한 적이 없거늘, 이 밤중에 남장을 차리고 어디를 가자는 것인가. 털이도 한옆으로 겁도 나거니와 의심증이 더럭 났다.

"아이그 아가씨, 왜 또 남복을 입으셨네. 또 쇤네를 혼을 내시려고 그럽시오?"

하며 털이는 벌써 몸단속을 마치고 일어선 주만을 보았다.

"왜 또 네 목에 칼을 겨눌까봐 겁이 나니?"

주만은 방싯 웃고 제 손으로 허리띠를 휘 한번 더듬어 보이며,

"이것 봐. 어디 칼이 있니. 오늘 밤에는 칼은 안 찼으니 그렇게 겁낼 건 없어. 어서 따라 나서기나 해라"

하고 방문을 열고 나간다. 털이도 옷을 다 입고 뒤를 쫓아 나가다가 주춤 섰다.

"아이, 이렇게 어두우니 누가 뺨을 쳐도 알깝시오."

"그러면 초롱 준비를 할까?"

주만은 진국으로 묻는다.

"어디를 가시기에 초롱 준비까지 하신단 말씀이에요. 방안의 촉대를 좀 들고 나오랍시오?"

"촉대를 들고 갈 수야 있나."

"그럼 어디를 멀리 가시랍시오?"

"가만 있거라."

주만은 무엇을 생각하듯 다시 방으로 들어왔다. 벽장에서 부리나케 초 몇 자루를 내어 털이를 준다.

"너 초롱은 어디 있는 줄 아니?"

"초롱이야 광에 들었습지요."

"광에…… 광문이 잠기지 않았을까?"

"왜 안 잠겨요. 해구녕이 훤할 때 벌써 닫아 거는뎁시오."

"그럼…… 그럼 그 열쇠는 누가 맡았을까?"

"원 아가씨도. 마님이 맡으셨지 누가 맡아요."

".............."

주만은 잠깐 말이 없다.

"초를 몇 자루씩 내놓으시고 대관절 어디를 가시랍시오.
이 깊은 밤에."

털이는 제 주인의 행동에 갈수록 불안을 품는 눈치였다.

"어머니가 맡으셨다? 어머니가……."

주만은 제 혼잣말로 중얼거린다.

"글쎄, 가실 곳을 좀 말씀을 합시오. 그러면 제가 무슨 도
리든지 차릴 테니."

"만일 열쇠를 찾으러 갔다가 어머니께서 잠을 깨시
면……."

"어이구, 또 광문이 여닫하기나 한뎁시오? 어떻게 빽빽
한뎁시오. 한번 열자면 왈그륵 달그륵 왼 집안 사람이 다 잠
을 깰 텐데……."

털이는 벌써 주만의 뜻을 알아차리고 또 광문 열 소임은 갈
데 없이 제 차지인 것을 깨닫자 미리 방패막이를 한 것이다.

방 한복판에서 서성서성하고 있던 주만은 펄썩 주저앉는다.

"어떡하나!"

그 소리는 벌써 울멍울멍한다.

"불국사엘 가시랴고 그리시지요. 이 밤중에 안됩니다. 안
되고말곱시오. 대감께서나 마님이 아셔봅시오. 큰일납니다,
큰일나. 애꿎이 이 털이란 년이 물고가 나겠읍시오. 아유, 생각
만 해도 소름이 쪽쪽 끼치는뎁시오. 맙시사, 맙시사."

털이는 벌써 주만의 흉중을 꿰뚫어보고 호들갑을 떨며 고

개를 살레살레 흔든다.

"설령 초롱을 꺼낸다손 치더라도 그 먼데를 어떻게 걸어가십니까. 게까지가 20리는 잔뜩 될 걸입시오. 한낮에도 어려울 텐데 이 캄캄 칠야에 말도 안 타시고 수레도 안 타시고 보행을 하시다니 될 뻔이나 한 말씀이에요. 자, 수레나 말을 꺼낸다고 해보십시오. 아무리 쉬쉬한들 자연 왁자지껄해서 집안이 벌컥 뒤집힐 걸입시오. 천만다행으로 몰래몰래 안장을 짓는다 해도 한 입 건너 두 입 건너 내일이면 소문이 쫘아할 것 아닙시오……."

"듣기 싫여!"

털이가 안된다는 까닭을 미주알고주알 캐내서 수다스럽게 늘어놓는데 주만은 참다 못하여 소리를 빽 질렀다.

21

불국사에서 돌아온 날 밤을 주만은 뜬눈으로 밝혔다.

눈만 감으면 그 안타까운 석수의 모습이 선연하게 눈시울 속으로 들어선다. 처음 왕께 알현할 제 어색하던 그 모양이 떠올랐다. 어찌할 줄을 모르고 허전허전하던 그 눈매가 무엇이라 말할 수 없이 아름다웠다. 땅바닥에 거의 다을 듯이 고개를 숙이고 있던 광경도 우스웠다.

주만은 제 옆에 마치 그 석수나 있어서 놀려먹는 것처럼 생글생글 웃어가며,

"이렇게"

하고 베개에 제 이마를 푹 파묻어서 흉을 내보였다.

탑을 돌 제 그 꿈꾸는 듯한 느린 걸음걸이, 회오리바람같이 달음질을 치던 그 열정 가득한 행동들이 어른어른 눈앞에 지나간다. 달빛으로 더욱 희게 드러난 코, 그 열이 오른 듯한 붉은 입술이 한량없이 그리웠다. 그 청청한 목소리가 바로 귓가에서 나는 듯 나는 듯하다…….

첫여름 밤은 고요하다. 창 밖은 실바람도 불지 않는지 잎사귀 하나 간댕하지도 않는 듯. 찌잉하고 귀 속만 우는데 문득 사푼하는 무슨 소리가 나는 것 같다.

주만은 귀를 기울였다. 갈데 없는 인기척 소리다. 그 발자국은 가만가만히 걷는 듯 마는 듯 제 방 가까이 와서 사라진 것 같다. 몰래몰래 들어온 사람의 입김이 완연히 문풍지에 서리 듯.

'그가 왔고나, 그이가 왔고나.'

머리도 없고 끝도 없이 주만의 가슴에는 이런 환상이 번개같이 일어났다.

그는 이불 자락을 젖히고 벌떡 일어나 앉았다. 쏜살같이 문을 열어 젖뜨리다가 말고 제 생각이 너무 헛되고 어림없음을 깨닫자 춤추는 촛불 아래에서 호젓하게 혼자 웃었다.

초도 벌써 다 달아 옥촉대 밑바닥에 촛농이 켜켜이 앉았다.

주만은 새 초를 또 한 자루 꺼내서 다시 붙였다.

그도 이 밤에 잠자기는 단념한 것이다.

그는 다시 자리에 누웠다.

환상은 꼬리를 맞물고 한번 사로잡은 제 아름다운 포로를 놓치려들지 않았다.

저와 그가 정면으로 마주칠 때 흑하고 그가 제 앞으로 몇 걸음 다가들던 광경이 뚜렷하게 나타난다.

　그는 왜 나를 보고 그렇게 놀랐을까. 그의 얼굴엔 반가워하는 빛이 역력히 움직였다. 곧 나를 부둥켜안기나 할 듯이 달겨들 제 그의 눈은 이상하게 번쩍였다. 그러다가 문득 돌아서 버린 것은 무슨 곡절일까.

　그도 분명히 나를 알아본 것이다. 내 마음을 알아본 것이다. 그런 놀라운 재주를 가진 그이거늘 어찌 조그마한 여자의 흉중을 살피지 못할 것이랴.

　그렇다면 나를 사람으로 여겼으랴. 단 한 번 먼빛으로 보고 그대로 마음을 쏟아 버린 나를 상없다고 하지나 않을까.

　주만은 이불을 뒤집어쓰고도 누가 곁에서 보기나 하는 것처럼 얼굴을 붉혔다.

　"아이 부끄러워라, 부끄러워라."

　혼잣말로 속살거리고 더욱 이불 속으로 파고들어갔다. 그러고도 미흡한 듯이 이불 속에서 또다시 두 손으로 얼굴을 가렸다.

　그러나 부끄러운 생각도 잠시 잠깐이다. 타오르는 정열은 걷잡을 수 없었다.

　그도 나를 생각하는지 모르리라. 그도 나를 그리며 이 밤을 꼬바기 새우는지 모르리라. 그렇게 반가워하다가 그렇게 물러선 것은 그의 정과 의젓한 것을 한꺼번에 알리는 듯도 싶었다.

　온몸이 끓고 얼굴이 확확 달아서 뒤덮었던 이불 자락을 걷어찼다.

암만해도 그가 보고 싶어 견딜 수가 없다. 그립고 그리워 참을래야 참을 수 없다.

주만은 마침내 또다시 몸을 일으켰다.

그는 이 밤으로 아사달에게 뛰어가고 싶었다. 세상없어도 만나고 싶었다. 당장 이 시각에 그를 보지 않고는 못 배길 것 같다.

벗었던 옷까지 다시 주섬주섬 주워 입었다.

주만은 살그머니 창문을 열었다. 제 갈길을 미리 보아나 두려는 것처럼.

선뜩한 밤공기는 그의 불같이 타는 뺨을 씻어준다.

벽오동의 너푼너푼한 잎사귀에 다 기울어진 조각달이 뉘엿뉘엿 걸렸다.

주만은 이윽히 지는 달을 바라보고 있다가 제가 저를 타이르 듯이 소곤거렸다.

"내일 날이 밝거든!"

22

주만은 남복을 입은 채로 그대로 쓰러져 털이의 꼴도 보기 싫다는 듯이 돌아누워 버렸다.

이윽고 그 어깨가 들먹들먹한다.

"아이 저를 어쩨. 아가씨가 우시는구면."

털이는 딱하다는 듯이 저 혼자 종알거렸으나 무엇이라고 달래야 옳을지 몰라 매우 난처해 한다.

털이는 제 아가씨의 성미를 잘 안다. 싹싹할 때에는 연한 배 같지만 한번 역정을 내면 물불을 헤아리지 않는다. 만일 어설피 달렸다가는 또 무슨 벼락을 만날런지 모른다. 아까만 해도 '듣기 싫다'는 불호령을 받지 않았느냐.

주만의 어깨는 갈수록 더욱 사납게 들먹거린다. 필경엔 훌쩍훌쩍하는 울음소리를 내고야 만다. 인제 무슨 벼락이 떨어지는 한이 있더라도 제 아가씨를 그냥 내버려둘 수는 없었다.

주만의 어깨는 부들부들 떨린다. 털이는 손을 들어 그 어깨를 흔들려다가 말고 한숨을 획 내쉬었다.

그 한숨 소리를 들었는지 주만은,

"왜 이렇게 가까이 왔니? 저리 가려무나."

볼멘소리나마 아까처럼 날카롭지는 않다.

"아가씨 아가씨, 왜 우십시오? 진정을 하시고 무슨 말씀이든지 하십시오. 쇤네가 죽기 한사하고 아가씨의 원을 풀어드릴 테니."

털이도 덩달아 울멍울멍하며 등뒤에 대고 간곡한 목소리를 떨었다.

"울기는 누가 울어."

주만은 역시 돌아보지도 않고 되받았으나 울음을 그치려고 애를 쓰면서도 말소리는 여전히 껄떡인다.

"안 우시면 왜 돌아누워 계십시오? 쇤네를 좀 보십시오. 이것 보십시오. 이 새 옷이 죄 구겨집니다. 자, 바루 좀 누우십시오."

"그까짓 옷이야 좀 구겨지면 어떠냐?"

"어유, 그 옷이 이만저만한 옷입니까? 한벌 다시 장만하려면 돈이 얼마나 드는뎁시오."

"그까짓 돈 드는 걸 누가 아니? 구겨지면 안 입으면 고만 아니냐."

"웬걸입시오. 앞으로 이 옷 쓰일 때가 많을 걸입시오."

"내게 남복이 당하냐. 오늘 밤에 꼭 한 번 쓰랴 하였더니만······."

"오늘 밤만 날인갑시오? 앞으로도 이런 밤이 얼마를 올 걸입시오."

털이의 말이 그럴 듯하다는 듯이 주만은 눈물을 거두고 일어 앉아 윗옷의 구김살을 편다.

눈물 방울이 아직도 그렁그렁한 주인의 눈을 바라보며 털이는 '옳지!' 하고 제 무릎을 제가 친다.

"쇤네가 좋은 꾀를 하나 생각해 드릴깝시오?"

"네 따위가 무슨 좋은 꾀가 있을라구."

"왜요, 쇤네가 이래봬도 꾀주머니랍시오. 그만 일에 우시다니. 내일은 세상없어도 쇤네가 불국사엘 뫼시고 갈 테니······."

"또 내일······."

주만은 재우쳤다. 또 내일! 과연 그에게는 여러 해포나 되는 듯싶다. 어제 밤에 그 날이 밝기를 기다린 그가 아니냐. 그러나 낮에는 더더군다나 몰래 빠져나갈 길이 없었다.

'오늘 밤에는!'

그는 또다시 밤을 기다린 것이다.

단 하루 해를 보내기에 삼사월의 해가 길기도 길었지만,

그에게는 백 날 천 날이 넘는 듯하였다. 그야말로 일일이 삼추 같은 이 길고 긴 해 동안에 궁리궁리해낸 것이 남장을 차리고 털이를 데리고 불국사를 찾아가려는 것이었다.

밤이 든 뒤에는 또 집안 사람들이 잠들기를 기다릴 수밖에 없었다.

이 밤의 몇 시각은 낮보다도 더욱 길고 더욱 지리하였다.

남장을 갖추고 털이를 깨워 일으키고 막상 길을 떠나려 하니 어느 결에 달은 지고 캄캄칠야에 불 없이는 댓자국을 내디딜 수 없었다. 20리나 되는 밤길을 걸어간다는 것도 여간 큰 일이 아니었다.

이 뜻하지 않은 난관으로 말미암아 그렇게 기다렸던 오늘 밤에도 뜻을 이루지 못하는 것을 생각하매 참고 참았던 것이 그만 울음으로 터지고 만 것이다. 금이야 옥이야 자라난 그는 난생 처음으로 그 뜻대로 안되는 일도 있는 줄 알았다.

"내일이라도 뭐 얼마나 남았납시오? 고대 밤이 밝을 것을."

털이는 달래기 시작한다.

"내일이면 무슨 좋은 수가 있니? 어디 말을 좀 해보렴."

털이는 주만의 귀에 입을 대었다.

"저, 내일 마님을 조르십시오. 불국사에 불공을 올리러 가시자구요."

"기껏 좋은 꾀라는 게 그게야."

"아닙시오. 쇤네 말대로만 하시면 꼭 됩니다. 왜 아드님 없지 않읍시오? 이번 상감마마께서도 석불사에 공을 들여 동궁마마를 보시지 않으셨납시오. 자꾸 동생을 하나 낳아달라고 조르십시오. 불국사는 새로 증수를 한 절이요, 그 부처님이 더 영금이 계시다고 조르시면 될 것 아닙시오?"

주만은 그윽히 고개를 끄덕였다.

23

책상 머리에서 졸고 있던 금성은 킹킹 콧소리를 하다가 재채기를 한번 되게 하고 졸림 오는 눈을 떴다.

"오호호."

금성의 누이동생 아옥(娥玉)은 허리가 부러지라고 웃어제친다.

"아이 우서, 아이 우서."

아옥은 때굴때굴 구른다.

그는 사랑에 놀러 나왔다가 제 오빠가 책상에 코방아를 찧고 있는 것을 보고 심지를 꼬아 코 안으로 비비어 넣은 것이다.

"이 대낮에 낮잠이 무슨 낮잠이에요. 고리타분하게."

"어, 무슨 괴란쩍은 짓이람."

오빠는 제법 점잔을 빼고 나무란다.

"어이구, 그 조시는 모양이란 꼴도 사나웁지. 이 책 속에다가 코를 비벼대고."

아옥은 한 팔로 제 머리를 휩싸고 펴놓은 《시전(詩傳)》 속에 제 얼굴을 뒤엎어 보인다.

오빠는 조아붙는 눈으로 빙긋이 웃는다.

"에그, 그 입 가장자리에 침이나 좀 닦아요. 어린애 모양으로 침까지 지르르 흘리고, 으흐흐."

아옥은 그 가느다란 실눈을 거의 감는 듯하며 연방 웃음을
흘린다.

"요런 오두방정은! 지금 한창 재미난 꿈을 꾸는 판인데."

오빠는 웅얼웅얼하는 갈라진 목소리로 게두덜거리며 입가
에 희게 느러붙은 침자국을 닦고 싱겁게 또 한 번 웃는다.

"꿈을 꾸었어요? 어디 재미난 꿈 얘기나 좀 해봐요."

"얘기가 무슨 얘기냐. 막 꾸랴는데 네가 헤살을 놓은걸."

"그러면 채 꿈도 꾸지 못하셨군요."

"말하자면 꿈의 서문을 초하다가 만 셈이지."

"뭐 꿈도 서문이 있고 본문이 있나 뭐."

"그럼 꿈도 서문이 있고말고. 본문을 지나면 발(跋)까지
있는 법이야."

"발은커녕 머리가 어때요."

"무식쟁이란 할 수가 없군. 말까지 상스럽거든."

"왜 내가 무식쟁이에요. 《맹자》《논어》를 다 읽었는데 이
까짓 '요조숙녀책' 만 보면 제일이에요?"

아옥은 책상에 놓인 《시전》을 못마땅한 듯이 손가락 끝으
로 튀겼다.

"허, 성경현전을 그렇게 함부루 구는 법이 아니야"
하고 금성은 펴놓은 책을 겹쳐서 한옆으로 치운다.

"입에다 대고 침을 흘릴 제는 언제고, 오호호."

누이는 또 때때굴 웃었다.

금성은 누이의 이번 말은 들은 척 만 척하고 아까 말만 가
지고 티를 뜯는다.

"홍, '요조숙녀책!' 그러기에 무식하단 말이지. 《시전》이란 말은 못 하고."

"누가 《시전》인 줄이야 모르나요. 오빠가 그 책만 펴들고 앉으면 밤낮 '요조숙녀'만 고성대독을 하니 그렇지. 남의 귀가 아프게시리."

"누가 네게 들으라고 하던."

"그건 고만두고, 그 꿈의 머린가 발인가 얘기나 좀 해요."

"맑고 맑은 물가에 비둘기 한 쌍이 나려와서……."

"오호호, 비둘기가 왜 물가에 나려올꼬."

"왜 '관관저구 재하지주로다', 바루 《시전》에 있는걸."

"《시전》에만 있으면 고만예요, 호호. 그러면 으레 '요조숙녀'가 또 뛰어나왔겠군요?"

"암 그렇지, 그야."

"그래 그 요조숙녀가 누구입디까?"

"꿈 속에 나타난 걸 어떻게 분명히 아누."

"모르긴 왜 몰라요. 꿈에 보고도 몰라요?"

"글쎄 네가 잠을 깨워서 놓쳐 버렸다는밖에."

"아이구 가엾어라. 꿈에나 실컷 보시게 할 걸 갖다가."

"그렇기에 방정을 떨지 말란 말이야, 히히."

금성은 또 웃는다.

"그래 오빠는 꿈에 본 요조숙녀를 정말 모르신단 말예요?"

"몰라, 몰라."

금성은 고개를 쩔레쩔레 흔들었다.

"왜 이렇게 시침을 떼서요. 그러면 내가 알려드릴까?"

"내가 꿈을 꾼 것을 네가 어찌 안단 말이냐?"

"그래도 난 오빠 속을 당경(唐鏡)보담도 더 환하게 들여다 보고 있어요."

"어디 알아맞춰 봐라."

"구슬아기지 누구야?"

"아니야."

"아닌 게 뭐예요?"

"구슬아기가 내 꿈 속에 나타날 까닭이 있나?"

"어느 건 오매불망이라고 꿈엔들 안 보이리."

"흥흥."

금성은 콧소리를 내고 제 아버지를 닮아서 맹숭맹숭한 얼굴에 어울리지 않게 웃음살이 벙글벙글 벌어진다.

24

아옥은 제 오빠가 싱글벙글하는 양을 빤히 바라보다가 하도 어처구니가 없어 저도 덩달아 웃어 버렸다.

"아이 오빠. 또 꿈에 좀 봤다고 그렇게 좋으시오? 생시에 만났으면 큰일났겠네, 호호."

"아무렴."

금성은 역시 코로 웃는다. 그 실룩실룩하는 콧잔등엔 잔주름이 잡힌다.

"난 생시에 구슬아기를 보았는데, 그런 줄 알았더면 오빠에게 좀 보여 드릴 걸 갔다가."

"언제, 언제?"

금성은 그 소리에 귀가 번쩍 뜨이는지 목이 마르게 묻는다.

"언제는, 저번 파일날 불국사 놀이에서 봤지."

"오, 옳지. 거기는 같이들 갔겠고나. 그런 줄 알았더면 나도 참예를 할 걸 그랬군."

"어규, 오빠 마음대로 갈 수는 있구요. 명부와 딸들만 데리고 오랍시란 분부신데 오빠가 어떻게 참예를 해요."

"멀리서 구경도 못 해?"

"그야 길가에는 거둥 구경꾼이 백절치듯 했습니다."

"그것 봐. 내가 보랴면 어떡하면 못 보았을라구."

"그러니 더 앵하시지. 더 기가 막히시지."

"그래 정말 구슬아기가 오기는 왔던?"

"그럼 거짓말로 왔을까?"

"거짓말인지 참말인지 네 말을 누가 믿누."

"안 믿거든 고만두어요. 누가 믿으래요?"

"정말 구슬아기가 왔으면 옷은 무슨 옷을 입었던?"

"남의 옷 입은 것까지 어찌 일일이 일러바쳐요. 입을 만치 입었지요."

"저것 봐. 무슨 옷을 입은 것도 모르니 봤다는 게 거짓말이지."

"그렇기에 고만둬요. 거짓말인 줄로만 알면 그뿐 아녜요."

아옥은 그 실눈이 더욱 샐쭉해지고 두 볼이 뾰로퉁하게 부어오른다. 참말을 거짓말이라고 몰아세우는 데 골딱지가 난 까닭이리라.

오라비는 그래도 나이가 세 살이나 위인지라 일부러 짓궂은 척을 하고 누이동생의 골을 슬슬 올려가며 제 듣고 싶은 대꾸를 끌어내려 한다.

"그러면 옷은 고만두고 손목에 팔찌는 끼었던?"

"그럼 팔찌를 안 꼈을라구. 바루 번쩍번쩍하는 황금 팔찌던데."

"그래, 그 손목이 굵던 가늘던."

"굵다면 굵고 가늘다면 가늘지."

"그러고 그 손은 어떻던. 조막손이지?"

"조막손은 왜. 손가락 끝이 갸름갸름한 것이 천연 돋아나는 죽순 같던데."

"응, 그건 영악스럽게 보았구나. 그래, 그 손가락에는 아무것도 끼지를 안 했지?"

"아무것도 안 끼긴! 옥가락지를 끼었던데."

"그래, 그 손을 어쩌고 있던?"

"원 내 참, 땀을 뺄 노릇일세"

하고 인제야 아옥도 제 오라비의 뜻을 알아차리고 그 실눈에 생글생글 웃음을 흘린다.

"손을 어쩌고 있기는! 들었다 놓았다 늘어뜨렸다 오그라뜨렸다……."

"그만하면 네가 주만을 보기는 보았구나. 그래, 너를 보고 아무 말도 않던?"

"말이 무슨 말예요?"

"그래, 인사도 않더란 말이냐?"

"임금님이 계시고 어른들이 계신데 애들끼리 인사가 무슨 인사예요?"

"그렇게 너희들 사이가 데면데면하나? 언제는 퍽 친하다고 하더니."

"내가 언제 그런 말을 해요?"

"왜 팔월 한가위에 궁중에 들어가면 너희들끼리 베짜기 내기를 하고, 언제는 네가 져서 주만이 앞에 절까지 하고 회소곡을 불렀다더니."

"그야 어데 구슬아기하고 나하고 단둘이 하는 거예요? 여럿이 패를 갈라가지고 하는 노릇이지. 그럴 말로야 거기 모이는 여러 사람들과 모두 친하다고 하겠네."

"그러니 너희들은 만나도 인사를 않는단 말이냐?"

"그야 딱 마주치면 인사야 하지만, 사람 많이 모인 자리에서야 쫓아다니며 알은 척할 까닭은 없지 않아요?"

금성은 고개를 끄덕끄덕하고 적이 실망을 하는 눈치였으나 또 잼처 물었다.

"불국사에는 너희들도 배를 타고 들어갔겠고나?"

"그럼."

"주만이와 한배를 탔던?"

"아녜요, 내 탄 배는 다른 배예요."

아옥은 어설피 주만의 말을 끄집어 내었다가 제 오라비가 미주알고주알 캐고 파는 데 진절머리를 내고, 금성은 주만의 눈매 하나 몸짓 하나 빼어놓지 않고 알알 샅샅치 알고 싶고 듣고 싶은데 제 누이가 말을 잡아떼려고만 하니 어디로 또 말 뿌리를 돌려볼까 궁리궁리하였다.

25

오라비는 말 허두를 어디로 돌릴까 하고 눈을 끔벅끔벅하더니,

"배를 타고 들어가서는 너희들끼리 한자리에 모였겠고나."
하고, '그렇지?' 하는 듯이 제 누이의 얼굴을 본다.

"그야 한데로 가기야 갔지요."

"나란히 서 있었지?"

"아니, 멀리 떨어져 있었는걸요."

"뭘, 가까이 있고서는!"

"가까이는커녕 아주 서로 얼굴도 못 알아볼 만큼 멀리멀리 있었다오."

아옥은 인제는 제 오라비의 꾀에 좀처럼 넘어가지를 않고 도리어 뱅글뱅글 웃으며 애만 말린다.

금성은 바싹 제 누이의 앞으로 다가앉으며 비대발괄을 한다.

"그러지 말고 그 날 지낸 일을 하나도 빼지 말고 죽 강을 좀 해라."

"글 배운 것 강하기도 귀찮은데 그것까지 강을 하란 말예요. 난 싫어."

"싫기는. 그럼 무슨 청이든지 들어주께."

"정말?"

"정말이고말고."

"저 당서 가르치는 것 제발 고만둬주어요. 그러고 아버지께서 잘 배우느냐 물으시거든 잘 배운다고만 해주실 테요?"

"그래그래, 그 청이야 들어주지."

"그리고 또 아버지께서 강을 받으실 때 오빠가 그 대문을 나는 보이고 아버지는 안 보이는 데서 보여주실 테요? 그렇잖으면 오빠가 옆에서 뚱겨주든지."

"얘, 그것 참 어렵구나. 아버지께 들키면 큰일나게."

"그러기 아버지께 안 들키게 하란 말이지, 누가 들키게 하라나베."

"그건 좀 어려운데, 암만해도."

"그럼 고만둬요. 나도 그 날 본 것을 말 안 하면 고만이지."

"그래 그래라. 네 말대로 다 들어주마. 자, 그 날 본 대로 들은 대로 다 얘기를 하렷다."

"싫여, 얘기만 다 듣고 나면 또 딴청을 부리실걸 뭐. 난 얘기 않을 테야."

아옥은 샀을 보고 더욱 비싸게 굴며 단단한 다짐을 받는다.

"한번 약조를 한 담에야 일러주다뿐이냐, 뚱겨주다뿐이냐. 다짐짱이라도 두자면 두지, 자 어서 얘기를 해라. 그래그래, 주만이가 어떡하고 있던?"

"어떡하긴 뭘 어떡해요? 배를 저어 들어가서 돌사다리를 올라가서 다보탑을 구경하고 왕께서 석수장이를 불러 보시고……."

"그래서 그래서."

"그런데 오빠, 그 석수장이가 참 잘났어."

"그까짓 놈이야 잘났든지 말든지."

"아녜요. 그 석수장이가 어떻게 잘났는지 몰라요. 눈이 어글어글하고, 얼굴이 백옥 같고……."

하고 아옥은 그 실눈을 멍하니 뜨고 눈앞에 무엇을 노려보는 것 같다.

"이 애가 미쳤나? 웬 석수장이 사설만 늘어놓을까. 그래, 그 다음에는 어떡했단 말이냐?"

"그 다음에는, 그 다음에는…… 내가 무슨 얘기를 하다가 말았던가."

"원 얘가 넋이 다 빠졌구나. 석수장이 불러 본 데까지 안 했니?"

"옳지, 그 다음에는 불공을 올리고 저녁을 먹고 재를 올리고 돌아들 왔지요."

"그뿐이야?"

"그뿐이지 무에 또 있어요?"

"주만이는 어떡하고?"

"주만이를 누가 어떡해요. 다들 같이 왔지 뭐."

"올 적에는 너하고 동행이더냐?"

"그럼, 다들 동행이지요."

"그래, 동행을 하면서도 아무 말들이 없었단 말이냐?"

"말이 무슨 말이에요. 아무리 초롱불이 밝아도 밤길이라 모두들 땅만 나려다보고 가까스로 못까지 나려온걸."

"작별 인사들도 안 했단 말이야?"

"언제 작별 인사나 할 틈이 있어요. 못을 건너와서는 제각기 제 수레를 찾아 타고 돌아왔는데요."

"얘기란 단지 그게야?"

"그야말로 서문에서 본문까지, 본문에서 발까지 다 얘기를 했는데 그래도 미진하시단 말이오, 호호."

"그래 그뿐이야, 기껏."

금성은 대번에 풀기가 꺾이며 매우 서운해한다.

"그러면 구슬아기가 나보고 오빠에게 무슨 전갈이나 할 줄 아셨소. 오호호."

아옥은 자질치게 웃는다.

"전갈이야 않겠지만."

"그러면 뭘 뇌고 또 뇌이시오. 딱하기도 하시지."

금성은 엎어지듯 책상 머리에 고개를 푹 숙인다.

"왜 또 주무실 테요? 오 참, 한 가지를 빼놓았군. 구슬아기가 탑 돌던 얘기를."

"응!"

하고 금성은 고개를 번쩍 쳐들었다.

26

"주만이가 탑을 돌다께."

금성은 별안간 정신이 번쩍 나는 것처럼 고개를 쳐들고 제 누이동생을 거의 노려보다시피 바라본다.

"그만 일에 그렇게 놀라실 건 없잖아요, 오호호."

아옥은 우스워 죽겠다는 듯이 또 웃음보를 터뜨린다.

"얘가 웃기는. 무두무미하게 탑을 돌았다고만 하니 궁금치를 않으냐?"

"참 궁금도 하실 거요. 그렇게 후비고 파는데 구슬아기 얘기란 그것뿐이니."

"얘, 또 그뿐이냐? 탑을 돌았다면 무슨 탑을 어떻게 돌았단 말이냐?"

"불국사에 새로 쌓은 다보탑을 돌았지 무슨 탑이 또 어디 있어요?"

"그래 탑은 별안간 또 왜 돌았단 말이냐?"

"별안간이 무에예요? 그 날이 바루 사월 파일. 탑만 돌면 소원 성취하는 날인 줄 오빠는 모르시오?"

"옳지 참, 사월 파일이라 발원을 하는 날이것다."

"어유 오빠도. 그래 구슬아기의 발원이 무엔지도 모르시오?"

"주만의 발원을 내가 어찌 알겠니?"

"그래, 참 정말 모르신단 말예요?"

"그걸 어떻게 아나."

"그것도 모르시면서 남이 땀이 빠지도록 물으시긴 왜 물어요?"

"모르니 묻는 것 아니냐?"

"그러시지, 그렇고말고. 당초에 모르시지."

"참말 알 수 없고나. 그래 무슨 발원일까?"

"발원을 올리는 것도 유만부동이지. 임금님도 계시고 여러 어른이 느른 듯한데 저 혼자 빠져나가 탑을 돌 적엔 그 발원이 여간 이만저만한 발원이었겠어요?"

"글쎄 그래. 그렇다면 더더구나 무슨 발원일까?"

"이적도 오빠는 모르시겠단 말예요?"

"그럼 내가 어찌 알꼬."

"그럼 고만둬요. 난 기가 막혀서 말도 못 하겠네."

"네가 기가 막힐 거야 무에 있어? 아는 대로 말만 하면 고만 아니냐?"

금성은 곁의 사람도 알 만큼 벌렁벌렁 숨길이 사나워간다.

"그야 뻔한 노릇 아니예요?"

"뻔한 노릇이 뭐냐?"

금성은 그리 크지 않은 눈을 찢어지라고 홉뜨고 아옥을 흙
어본다.

"그만하면 아실걸."

"모른다는밖에."

"그럼 내가 말해드릴까?"

"그래 무슨 까닭이냐. 무슨 발원이냐?"

"어서 시집을 가여지이다 하는 발원이지 뭐예요."

"응, 그래!"

금성은 평좌진 다리로 그대로 뛰어서 몇 간통이나 나갈 듯
하다가 다시 주저앉기는 않았다. 그는 주만의 발원이 그 근
처이리라는 것은 어슴푸레하게마나 짐작은 하였지만 제 어
린 누이가 게까지 직설거를 하리라고는 미처 생각을 못 하였
던 것이다. 어차어피에 그는 아니 놀랄 수 없었다.

"어유 오빠도, 그 짐작이 안 나셔서 지금 새삼스럽게 놀라
시오, 오호호."

아옥은 짜장 우스워 못 견디겠다는 시늉이다.

"시집 어서 갈 발원? 그러면 시집은 누구한테로 간다던?"

"어이 오빠는 내흉스럽기도. 그야 갈데 있나. 장님이 더듬
어 보아도 알 노릇이지."

"응 장님! 어느 장님한테로 간다던?"

오라비는 일부러 더욱 놀라는 척을 하여 보인다.

"장님! 왜 오빠가 장님이오?"

아옥은 한옆으로 우습고 한옆으로 어마 싶었다. 그런 줄 몰랐던 제 오빠가 어쩌면 이렇게 능청맞고 엉뚱할까 하였다.

남매는 서로 넘보는 터이었다.

"그러면 주만이가 내게 시집을 오고 싶어한단 말이냐?"

"옳지, 인제 바루 알아채셨군. 그야 정한 노릇이지."

"흥, 정한 노릇!"

"그래도 미심다우시오?"

"누가 아나."

"그러기 낮잠이나 자고 있을 때가 아니란 말예요. 어서 좀 기운을 내보시란 말예요."

"무슨 기운을 어떻게 내란 말이냐?"

"그렇게 미심답거든 지금이라도 뛰어가 보시란 말이야요."

"어디로 뛰어간단 말이냐?"

"미심다운 사람한테로 가보시란 말이지."

"미심다운 사람이나 있으면 좋게……."

"왜 이러시오. 어서 가보시라는 데나 가보아요. 똑똑히 일러드리리까, 구슬아기에게 말이야요."

"구슬아기, 구슬아기."

"왜 입으로 외이기만 하서요? 어서 가보서요. 자칫하면 남에게 아일 테니. 아닌 밤에 탑을 돌고 시집을 어서 가여지라 하는데. 마음이 그만큼 달떴으면 다 알아볼 것 아니야요?"

금성은 남이 제 마음 먹은 것을 영락없이 알아맞출 때처럼 간이 오그라붙는 듯하였다.

27

아옥이가 들어간 뒤에도 금성은 혼자 안절부절 못하였다.

그는 일어나 방안을 거닐어 보았다. 까닭없이 발 놓이는 것이 지척지척한다. 다시 책상 앞에 도사리고 앉아 보았다. 치웠던 《시전》을 다시 펴들고 소리를 높여 읊조렸다.

아옥이가 흉을 본 대로 역시 '요조숙녀 군자호구'란 대문을 되씹고 곱씹고 하다가 마침내 책을 집어던지고 머리를 흔들어 본다. 밀물처럼 밀려들어오는 갖은 생각을 떨어 버리려는 것처럼.

그의 눈앞에 먼저 떠나오는 것은 주만이와 처음 만나던 광경이었다.

정월 보름날 그는 달재〔月城〕로 달맞이를 올라갔다. 온 서울 안 아녀자들이 한창 구름같이 모여드는 판이었다.

자단과 심향목 수레들이 으늑한 향기를 풍기며 비단줄을 흔들고 사람의 물결을 헤치며 지나간다. 은안장에 새파란 반딧불처럼 옥충의 등자가 번쩍이며 말탄 공자들도 펀득펀득 보인다.

사르륵사르륵 깁옷 자락이 부드럽고 미끄러운 소리를 낸다. 제글제글 노리개와 구슬줄이 운다.

금성도 성 등성에서 말을 내려 몇몇 친구들과 지껄이며 올라갈 제 그들의 앞에 심향목 수레 하나가 사람에 채어 머뭇거린다. 수레채를 곱게 꾸민 계집애 종이 잡고 가는 것을 보면, 대갓집 아씨나 아가씨의 행차가 분명하다.

얼마 가지를 않아 그 수레를 끌던 살찐 황소는 그 기름이

지르르 흐르는 누른 몸뚱어리를 부르르 한 번 털고 걸음을 멈춘다. 인제는 더 못 올라가겠다는 뜻인지 모르리라.

짙은 남빛 바탕에 자줏빛 점이 별처럼 발린 양장이 펄렁하고 걷어쳐졌다.

그 속에서 나타나는 아름다운 처녀! 날씬한 키와 몸매만 보아도 벌써 뛰어난 미인임을 짐작하겠는데 황금사슬에 뀐 비취옥 귀고리가 가볍게 흔들리는 사이로 내다보이는 분결 같은 귀밑과 뺨! 뒷모양만 보고도 금성은 이미 반나마 넋을 잃었다.

무례한 짓인 줄 저도 번연히 알건마는 마치 난봉꾼 화랑 모양으로 슬쩍 옆을 지나치어 서너 걸음 앞을 질러 걷다가 힐끗 돌아다 보았다.

먹으로 그은 듯한 진한 눈썹이 초생달 모양을 그리고 그 밑에서 번쩍이는 영채 도는 눈매, 곱고 맑으면서도 활발하게 움직인다. 품위 있는 콧대를 따라 내려오면 연꽃 꽃판 같은 입술이 바시시 웃는 듯하다.

어둑어둑 저물어가는 황혼을 뚫고 붉은 놀은 환하게 서쪽 하늘에 뻗쳤다.

이 으늑한 빛깔 가운데 그 처녀의 모양은 더욱 뚜렷하게 더욱 선연하게 오늘 밤의 달 모양으로 떠오른 듯하였다.

한 걸음 걷다가 돌아보고 두 걸음 걷다가 돌쳐섰다. 저도 제 태도가 너무 괴란쩍은 것을 깨닫기는 깨달았으나 몇 걸음을 걷지를 않아서 고개는 누가 뒤로 잡아당기는 듯이 돌려지고 또 돌려지고 하였다. 좀이 쏠아서 견딜 수 없는 것을 억지로 참고 이번에는 제법 여러 걸음 걸어가다가 다시 돌쳐서서 돌아보았다. 그러나 그때는 벌써 늦었다. 그 처녀는 어느 결엔지 좌정하고 달 뜨는 편을 향하여 돌아앉아 버렸기 때문에 백절치듯 하는 사람 틈바구니 사이로 그 옆모양이 어른어른 보일 뿐이었다.

이윽고 놀도 가뭇없이 스러져 버리고 온 하늘이 텅 빈 듯이 제 임자가 나타나기를 기다리는 것 같더니 마침내 동녘 하늘이 밝아오며 보름달이 그 둥근 모양을 나타냈다.

사람들은 와하고 일어섰다.

"어째 달빛이 저렇게 허여스름할까!"

어떤 입빠른 친구가 먼저 말을 끄집어낸다.

"대보름달이 희면 큰물이 진다는데!"

"쉬, 달님이 들으시오. 처음 뜰 때야 으레 허여스름한 법이오."

"꼭 그런 것도 아니지요. 어떤 때는 아주 새빨갛기도 하니까."

"붉으면 가뭄이 심하다고 하지만 흰 것이야 그렇게 염려할 것 없소. 조금만 더 기다려 봅시다. 흰 대로 그냥 있지 않을 테니."

"둥글기는 참 둥글군. 어느 한 모 이지러진 데 없이. 둥글면 풍년이 든다지요."

"보름달 안 둥그런 것 보았습니까?"

제각기 아는 척을 하고 떠들썩하는 가운데 금성은 틈을 비집고 슬금슬금 그 처녀 가까이 몸을 빼쳐 들어갔다.

달빛을 받은 얼굴이 더욱 어여뻤으나 어딘지 모르게 범하지 못할 위압을 느끼고 감히 더 지싯대지는 못하였다.

그 후 또 한 번 삼월 삼짇날 꽃놀이터에서 보기는 보았지만 이때는 벌써 혼인 말이 왔다갔다할 때라 금성은 체모를 돌보아 날뛰는 마음을 가까스로 참고 먼빛으로 슬쩍슬쩍 바라보기만 하였을 뿐이었다.

28

그 후 여러 번 매파를 보내보았으나 저편에서는 선선히 승낙도 않고 그렇다고 딱 거절하는 것도 아니요 '아직 미거하니까' 라는 말로 뒤를 둘 뿐이요 종시 결말을 짓지 못하고 오늘날까지 미룩미룩 내려온 것이다.

당당한 금시중의 아들이요 당나라의 말이나 글을 조금만 알아도 금쪽같이 쓰이어 먹는 오늘날 자기는 당나라 유학까지 하였겠다, 한림학사란 기가 막힌 벼슬 가자(加資)까지 얻었겠다, 어느 모를 어떻게 뜯어놓고 보더라도 신라 천지를 통틀어 자기만한 신랑감은 없을 것이다.

통혼만 하면 저편에서 감지덕지 곤두박질을 하고 승낙을 할 줄 알았던 것이 이렇게 질질 끌 줄이야 정말 생각 밖이었다.

호사다마란 예로부터 있는 말이니 무슨 변통이 어디서 어떻게 생길런지도 알 수 없는 노릇이다.

이리 될 줄 알았으면 두 차례나 만났을 그때에 아주 당자끼리 아퀴를 지어버렸던들 차라리 나을 뻔하였다. 거추장스럽게 매파니 통혼이니 할 것도 없이 일은 쉽사리 귀정이 났을런지 모른다.

그렇다면 저번 불국사 거둥에 주만이가 끼일 것을 까맣게 몰랐던 것이 천추의 유한이었다.

만일 주만이가 거기 끼인 줄만 알았더면 세상 없어도 쫓아가 보고야 말았을 것이다.

아무리 잡인을 금하고 남자를 금하시는 거둥이라 할지라도 멀리 멀리 따라가는 것이야 누가 금할 것이냐. 그 넓은 불국사에 어디 몸을 숨기면 못 숨길 것이냐. 어느 나무 그림자 밑이나 불전 그늘에 몸을 감추었다가 주만이가 탑을 돌 때에 같이 탑을 돌아도 좋을 것이요 달도 밝으니 그 아름다운 얼굴을 실컷 마음껏 바라볼 수도 있을 것이다. 갖은 수작을 주고받을 기회도 있었을 것이다.

아옥의 말마따나 저도 탑돌기를 할 적에는 마음이 달떴을는지도 모르리라.

월색이 의희한데 재자가인이 서로 만나 일창일수는 얼마나 운치 있는 놀이였을까.

'아옥의 말대로 오늘 밤에라도 그를 찾아볼까.'

금성은 문득 이런 생각을 하고 자리에서 벌떡 일어섰다.

이렇게 쉬운 생각을 왜 입때까지 못 하였던고. 지난 일을 탓하고 뉘우칠 것은 조금도 없다. 오늘 밤이라도 그를 찾기만 하면 그만이 아니냐. 오늘 밤 달은 파일날 달보다 더 크고 더 밝을 것이 아니냐.

교교한 월색을 따라 시흥에 겨운 절대의 문장이 절세의 가인을 찾는 것은 옛날에도 흔히 있는 풍류성사가 아니냐. 나는 사마상여의 옛 본을 받아 상사곡을 읊으리라. 저 비록 탁문군이 아닐망정 그만큼 아름답고 풍정 있는 그이거니 오현금 두어 곡조야 어찌 아끼리요.

금성의 방안을 거니는 발은 점점 활기를 띠어온다. 그의 팔은 이따금 춤이라도 출 듯이 벌어진다.

자지러지는 제 생각에 미치광이 모양으로 홀로 싱글벙글한다.

주만이 있는 별당문을 두들기기만 하면 주만은 어느 틈에 제 목소리를 알아듣고 맨발로 뛰어나올 것 같다. 자기에게 몸을 던지고 그리움에 주렸던 눈물을 흘릴 것 같다.

홍등을 돋우고 또 돋우고 남남 사이에 밤 가는 줄 모를 것 같다.

그의 공상은 차차 현실성을 띠어오고 나중엔 자릿자릿한 육감까지 느끼게 되었다.

그의 입에서는 문득 당시(唐詩) 한 구가 굴 듯 흘러나왔다.

新情未洽天將曉
更把羅衫問後期
새 정이 드자마자 어느새 밤이 밝네.
옷소매 부여잡고 언제 또 오시랴오.

이 한 구를 읊고 또 읊다가 나중에는 미친 듯이 껄껄 웃었다.

앉으락 누우락, 일어서서 거닐어 보다가, 발랑 나동그라져 보다가, 바작바작 애를 조리며 간신히 그 낮을 보내고 말았다.

그의 바라고 기다리던 밤이 되었다.

밤이 되어도 얼마를 더 서성거리다가 마침내 영창을 열어제치고,

"고두쇠야"

하고 크게 불렀다. 고두쇠란 그의 마부의 이름이었다.

29

"불러곕시오?"

고두쇠는 곧 문 앞에 대령하였다.

금성은 아까와는 딴판으로 아주 점잔을 빼고 거의 눈을 흡뜨다시피 하고,

"너 말 안장 좀 지어라."

호령하였다.

"밤중에 어디를 행차하시랍시오?"

마부는 그 유자덩이 같은 코에 거기 알맞게 큼직한 콧구멍을 벌름벌름하며 묻는다. 삐죽하게 멋없이 큰 키에 퉁겨나올 듯한 핏발 선 눈이 매우 사나우면서도, 더부룩한 구레나룻 밑으로 헤벌어진 입이 그리 흉물스럽지는 아니하였다.

"밤이면 어떻단 말이냐?"

"녜에 헤에, 그저 좀 어두우니 어떻게 행차를 하실까 여쭙는 것입지요."

"미친놈, 달이 대낮 같은데 어둡다니."

"녜에, 황송합니다. 그저 영대로 시행합지요, 헤헤."

금성은 잠깐 무엇을 생각하는 듯하더니,

"너 안에 가서 놀이[霞兒]더러 주안상을 좀 차려 내오라고 일러라."

"주안상입시오, 헤에."

고두쇠는 또 한 번 입이 벌어지며 그 뻐드렁니를 내어놓고 웃는다. 주안상이 나오면 상전도 물론 얼근해지려니와, 저도 한잔 얻어걸리게 되는 것이 기쁜 모양이었다. 그보다도 더 좋기는 상전이 술이 취하면 마음새가 더 좋아지는 탓도 탓이지마는.

고두쇠가 안으로 들어간 뒤에도 금성은 일락 앉으락 하면서 옷을 입었다 벗었다 하였다.

당견 복두에 공작꼬리도 뻗쳐 꽂아보고, 금 올린 허리띠에 구슬줄을 늘어뜨려보고, 당경(거울)을 두 번 세 번 보고 또 보았다.

"밤중에 무슨 주안상이야요?"

한참 만에야 놀이가 주안상을 들고 들어온다.

놀이란 금성의 몸종으로, 말하자면 장가 안 든 도련님을 맡은 소임을 가졌다.

도련님은 도련님이지만 나이도 많을 뿐더러 더군다나 놀라운 당나라 벼슬까지 하기 때문에 도련님을 높여서 서방님이라고 부른다.

"주안상이란 으레 밤에 차리는 게지. 잔소리가 무슨 잔소리냐?"

금성은 오늘 저녁은 웬일인지 들이닥드미로 불호령이다.

"그저 여쭈어본겁지요."

놀이는 상긋이 웃어 보인다. 쫄작한 키에 보조개 지는 뺨이 제법 어여쁘다.

"여쭈어 보기는!"

하고 눈을 부라리는 금성의 앞에 놀이는 서슴지 않고 술상부
터 놓았다. 으리으리하게 윤이 흐르는 자단 소반에 은주전자
와 안주 접시가 까딱하면 미끄러지려 한다.

놀이는 술상 앞에 도사리고 앉아서 옥잔에 퐁퐁 소리를 내
고 호박빛 술을 붓는다.

"당주냐."

금성은 무엇이 못마땅한지 연해 그 뱁새눈을 부라리며 따
진다.

"당주, 당주, 귀가 아프군요. 그럼 서방님 잡수시는 술이
야 언제든지 소홍주지 무에예요."

"그러면 그렇지."

금성은 아주 뽐내고 한 잔을 홀짝 들이켠다. 안주는 신신
치 않다는 듯이 상아 젓가락 끝으로 이 접시 저 접시 뒤적대
보다가 해송자 앉힌 전복 한 젓가락을 집고 나서 연방 폭배
로 놀이가 미처 부을 틈도 없이 마시고 또 마신다. 한 주전자
에 반나마 차 있었던 술이 어느 틈에 없어진다.

"왜 술을 요것만 내왔단 말이냐. 이번에는 한 주전자를 잔
뜩 내어와!"

"어유, 또 한 주전자를 더 잡수시면 어떡하시게. 또 쉰네
를……"

하고 그 가늘게 찢어진 눈초리를 살짝 깔아메친다.

"내어오라면 내어오지 무슨 딴말이냐."

금성은 눈을 지릅뜨고 죽일년 족치듯 한다.

놀이는 하릴없이 안으로 또 들어가면서 얼굴을 찌푸렸다. 서방님의 본 버릇이 또 나왔구나 하였다. 밤이 이슥하면 중 뿔나게 주안상을 차려 내오라고 야단야단을 하고 술만 취하면 갖은 행투를 다 부리고 끝끝내 사람을 놓아주지를 않는다. 밤새도록 주정받이를 하고 그 이튿날에는 또 마님에게 죽일년 살릴년 하며 톡톡히 꾸중을 모시는 것이 놀이의 늘 당하는 고역이었다.

30

놀이가 내어온 두번째 주전자를 금성은 빼앗는 듯이 받아서 들어보더니,

"이번에는 꽤 묵직하고나"

하고 입이 헤벌어지려다가 말고 다시 새침하게 아무려 버린다. 붓고 마시고, 붓고 마시고, 두번째 주전자도 거의 다 비어가건마는 금성은 웬일인지 술취한 낌새도 보이지 않는다.

놀이는 속으로 이상한 일도 있구나 싶었다.

여느 때 같으면 벌써 해갈을 떨 것 아닌가. 자기를 끌어당기고 무릎 위에 올려놓았다가 내려놓았다가 그 술내 나는 입술을 비비대었다가…… 몸서리나는 주정으로 남을 못살게 굴 것 아닌가.

그런데 오늘 밤에는 주정은커녕 농담 한 마디 걸지 않고 아주 못마땅한 눈치를 보이며 이따금 제 눈길과 마주치면 슬쩍 외면을 해버린다.

매도 먼저 맞는 놈이 낫다는 격으로 이왕 받을 주정이면 어서 받고 마는 것이 도리어 속이 시원할 듯하였다. 이렇게 시침을 떼고 점잔을 빼고만 있으니 나중에 무슨 벼락이 어떻게 떨어질지 몰라 마음이 조마조마하고 송구스러웠다.

또 한 주전자를 더 내어왔다.

그 맹숭맹숭한 얼굴이 하얗게 시어서 철색이 지고 꼬부장한 어깨를 연방 추스른다.

"아이그 무슨 술을 이렇게 많이 잡수십시오? 큰일나겠네."

놀이는 보다가 못하여 이런 말을 하고 그만 술상을 치우려 하였다. 전 같으면,

"그럼 그럴까"

하고 그 음탕한 눈을 지긋지긋하며 곧잘 말을 듣는 서방님이었다. 그러나 오늘 밤은 댓바람에 역정부터 낸다.

"요년, 방정맞은 년."

욕지거리를 하고 놀이의 손에서 주전자를 뺏어가지고 제가 손수 따라 먹기 시작한다.

금성은 속으로 오늘 밤에는 주만을 보러 가는데 네까짓 년이 다 무엇이냐 생각하였던 것이다. 하늘 위의 별을 따려 가는 그이거니 발부리에 핀 한 송이 풀꽃이야 돌아볼 나위도 없었던 것이다.

그는 놀이를 안은 채로 주만을 꿈꾸기도 여러 번이었다. 눈을 지그시 감고 주만의 얼굴을 그리어 놀이의 얼굴과 바꾸어 보기도 하였었다. 이따위 종년의 살도 이렇게 부드럽고 미끄럽거든! 하고 한숨도 한두 번 쉬지 않았었다. 벼르고 벼르던 오늘 밤에야말로 그를 찾을 것이 아니냐. 이런 때에 놀

이 같은 것을 가까이하다니 그것은 주만에 대한 모독이요 죄송스런 일이었다.

이런 줄이야 까맣게 알 수 없는 놀이는 상전의 태도가 이상하다 하면서도, 굳이굳이 술먹는 것을 말리려 들었다.

"아이그, 제발 좀 고만 잡수십시오. 너무 취하시면 또 쉰네를……"

하고 놀이는 이번에는 잔을 치워 버리려 하였다.

"요년, 버릇없는 년, 더러운 년!"

금성은 눈을 흡뜨고 소리소리 질렀다.

"누가 네까짓 더러운 년을……."

당장 잡아나 먹을 듯이 흘겨본다. 주만을 보러 가는데 백배천배의 용기를 자아내게 하는 술잔을 빼앗다니. 괘씸한 년.

놀이는 대번에 눈물이 펑펑 쏟아질 듯하였다. 아무리 상전이기로 사람의 괄시를 이렇게 한단 말이냐. 사람을 짓주무르고 놀릴 적에는 할 소리 안 할 소리 갖은 잡보짓을 다 하고 채신머리없이 굴면서 술 그만 먹으라는 것이 무엇이 그렇게 버릇이 없단 말이냐.

"흥, 더러운 년!"

더럽기는 누가 더럽단 말인가. 더러운 짓을 가르치기는 도대체 누가 가르쳤단 말인가.

원통하고 억울한 일은 맡아놓고 당하다시피 하는 처지이지만 이때처럼 놀이가 분심을 일으킨 적은 없었다. 발딱 일어나서 안으로 들어가 버릴까 하다가 또 무슨 벌을 받을지 몰라서 주저주저하고 있자니까 창 밖에서 고두쇠 소리가 났다.

"안장을 다 지었습니다."

"응 그래"

하고 금성은 경정경정 뛸 듯이 기뻐하며 영창을 연다.

고두쇠는 술상을 보고,

"여쭙기는 황송합니다마는 소인도 목이……."

말끝을 얼버무리고 연방 허리를 굽실굽실한다.

놀이에게는 그렇게 팩하게 성을 내던 금성은 고두쇠를 보고는 얼굴을 편다.

"그래 목이 컬컬하단 말이지. 자 옛다. 이걸 먹어라"

하고 제가 먹던 주전자를 내어준다.

"네, 황송합니다."

"놀아, 이 상마저 내어줘라."

'무슨 까닭이 있고나.'

놀이는 상을 내어주면서 생각하였다. 주안상을 하인에게 그대로 내어주는 것은 전무후무한 일이다.

31

탑골에 있는 금시중 집에서 상서골 이손 유종의 집으로 가자면 안압지를 돌아내려 햇님다리를 넘어서면 남내 건너 남산 기슭에 너리펀펀한 기와집이 곧 그 집이다.

집 가까이 오자 금성은 말에서 내렸다. 열흘 지난 달이 낮같이 밝지마는 처음 온 집이라 어디가 어디인지 분별하기가 어려웠다. 금지의 주종은 벌써 여러 번 담장을 휘둘러보았다. 그러나 담은 두 길도 넘고 게다가 회칠을 번질번질하게 해놓았으니 어디 발붙일 곳도 없는 듯하였다.

　몇 바퀴를 돌아보다가 금성이와 고두쇠는 서로 마주 보았다.

　"어디 발붙일 데나 있어야지"

하고 금성은 짜증을 낸다.

　"암만 둘러봐야 어느 한모 허술한 데가 있어얍지요. 참 큰일인 걸입시오."

　"왜 너는 몇 번 심부름을 와봤다며. 그래 어디 보아둔 데가 없단 말이냐?"

　"소인이 왜 도적놈인갑시오. 그런 허술한 데를 보아두겝시오, 허허."

　"애 웃을 때냐. 무슨 수로 어떻게 하든지 들어는 가봐야지."

　금성은 화를 버럭 낸다.

　"들어는 가보셔야겠지만…… 젠장맞일 무슨 도리가 있나? 진작 소인에게 그런 분부라도 하셨더면 미리 보아나두든지, 이댁 하인들하고 연통이나 해놓았습지요."

　"인제 와서 그따위 소리를 하면 무슨 소용이 있단 말이냐."

　고두쇠는 무엇을 생각하는 듯이 그 사나운 눈방울을 이리저리 굴리고 있더니 고개를 번쩍 들며,

　"좋은 수가 있습니다. 서방님이 소인의 어깨 위에 올라서시면 어떨깝시오. 말하자면 무동을 서시란 말씀입니다. 그러면 담 위에야 올라가실 수 있겠습지요."

　"무동을 서라! 그래, 무슨 짓이라도 해보자."

　금성은 술이 잔뜩 취한 판이라 체모를 돌아볼 나위도 없고 앞뒤를 헤아릴 힘도 없었다. 무슨 창피를 어떻게 당하더라도

불같은 욕심에 들어갈 생각뿐이다.

　주종은 다시 뒤꼍으로 돌아 등성이 발채에 담이 조금 낮은 데를 찾아내었다.

　"자, 올라타십시오"
하고 고두쇠는 어깨를 턱 버티고 주저앉는다. 금성은 허전허전하는 발을 올려놓았다.

　"자, 소인의 어깨를 단단히 디딥시오. 자, 일어섭니다."

　금성은 지척지척 떨면서 몸을 일으키려다가 "어규, 어규" 하고 다시 주저앉는다.

　"자, 두 손으로 소인의 대강이를 꼭 붙드시고 계시다가 소인이 일어서거든 서방님이 일어서셔야 됩니다."

　금성은 고두쇠가 시키는 대로 그 목덜미에 몸을 붙이고 고두쇠의 머리를 틀어 안았다.

　고두쇠는 일어섰다.

　"자, 인제 소인의 대강이를 놓으시고 일어서셔서　담머리를 더위잡아보십시오."

　금성은 일어서려 하였다. 오그렸던 무릎이 덜덜 떨리다가 한발이 비뚝하며 어깨 밑으로 뚝 떨어지는 바람에 고두쇠의 이마를 얼싸안고 가까스로 다시 목에 걸터앉았다. 고두쇠의 목 힘이 세었기 망정이지 그렇지 않으면 주종은 엎치락뒤치락 법사를 넘을 뻔하였다.

　그래도 금성은 벌써 혼이 반이나 떠서 진땀이 쏟아지고 사시나무 떨 듯한다.

　한동안 숨을 돌린 뒤에야 젖먹던 힘을 다 들여 겨우 담머리에 손을 얹게 되었다.

"자, 몸을 솟구쳐 보십시오. 그러고 배를 담에다가 척 걸쳐 보십시오"

하면서 고두쇠는 제 주인의 발을 떠받쳐준다. 금성은 간신간신히 한 다리를 끌어올리어 담을 타고 앉아서 헐레벌떡 가쁜 숨을 모두꾸려 쉰다.

"자, 어뎁시오. 아래로 내려 뛰실 수 있습니까?"

금성은 담 안을 굽어보더니,

"애 큰일났다, 큰일. 이 발 밑이 바루 연못이로고나."

"녜 연못? 그러면 석가산을 쌓아놓은 데 말입시오?"

"그래, 그래."

"그러면 일은 바루 되었는뎁시오. 거기가 바루 구슬아가씨 거처하시는 별당인뎁시오."

"응, 그래!"

금성은 씨근벌떡 숨도 옳게 쉬지 못하면서도 새 기운이 부쩍 나는 듯하였다.

"바루 내려 뛰실 수가 없으시면 두 손으로 담머리를 움켜잡으시고 두 다리를 담 안으로 쳐들여 보십시오."

금성은 담 밖에 놓인 한 다리를 끌어올려 담 안으로 집어넣으려다가 말고 죽을 상을 해가지고 고두쇠를 내려다보며,

"애, 암만해도 안되겠으니 네가 좀 올라와야겠다."

"네, 소인도 올라오란 말씀입지요. 어떻게 올라를 가나."

고두쇠는 올라갈 곳을 찾는 듯이 이리저리 담을 기웃거리고 있는데 문득 난데없는 카랑카랑한 소리가 들려왔다.

"도적이야, 도적야."

32

아사달은 파일날 밤에 집 걱정, 아내 생각으로 말미암아 온 밤을 거의 다 새우고 새벽녘에야 고달픈 졸음에 잠깐 눈을 붙인 둥 만 둥 깜짝 놀란 듯이 몸이 소스라치자 쏜살같이 탑 쌓는 일터로 올라갔다.

어제 밤을 꼬바기 새우다시피 하였건만, 이상하게도 머리가 가뿐하고 몸은 날아갈 듯이 가뜬하다. 잠 못 잔 이튿날에 항용 있는 무겁고 흐리터분한 기운은 가뭇없이 사라지고 어떻게 쨍쨍하게 맑은지 튀기면 터질 듯하다.

그는 제 핏줄 가운데 제것 아닌 무서운 힘이 용솟음함을 느꼈다.

오래간만에, 참으로 오래간만에 어마어마한 신흥(神興)이 저를 찾아온 줄 그의 넋은 이미 깨달은 것이다.

이 흥이 오기를 얼마나 바랐던고, 기다렸던고, 이 '흥'이란 한없이 곱고 한없이 사납고 철석같이 미쁘다가 바람같이 변한다. 너르자면 온 누리에 차고 잘자면 겨자알도 오히려 크다. 활달할 적엔 양양한 바다에 봄바람이 넘놀고 까다롭자면 시기하는 지어미도 물러앉을 지경이다. 그리고 갖은 조화를 다 가진 듯 고대 여기 있는가 하면 까마득하게 사라지고, 분명히 손아귀에 들었거니 하다가 돌아서면 간 곳을 찾을 길 없다. 어느 때는 푸드득 나는 새 날개에서 그대로 뚝 떨어져서 품 속으로 기어들고 어느 때엔 발부리에 밟히는 조약돌에서도 불쑥 그 안타까운 모양을 나타낸다.

겨누와 정을 들고 얼마를 신고를 하고 생각을 하여도 날이 마치도록 그림자도 얼씬 않을 때도 있고, 생각이 나면 심술궂게도 아닌 밤중에나 샐 녘에야 언뜻 얼굴을 비치기도 한다.

바윗덩이에나 지질린 것 같은 답답하고 캄캄한 머리 가운데 으렷이 한 가닥 광명이 어릿거린다. 그 실낱 같은 빛줄이 차차 굵어지다가 떼구름을 쫓고 쑥 햇발이 붉어지듯 갑자기 머리 속이 환해지면 어느 모를 어떻게 갈기고 어디를 어떻게 쪼아야 될 것도 따라서 환해지는 것이었다.

그러나 보통 때는 이 신흥이 그리 길지 않았다. 번개처럼 번쩍하다가 그대로 사라져 버리기도 하고, 길어도 한두 시간을 지나지 않는 법이었다.

그런데 오늘은 식전 꼭두부터 찾아온 것도 전보다 다를 뿐인가, 그 빛깔도 유난히 부시고 그 흐름도 잇달고 연달아 그칠 줄을 모른다.

그리고 그 빛물결도 여느 때 모양으로 한결같고 조용하지 않다. 너무도 아름답고 너무도 찬란하고 너무도 급하다.

영롱한 무지개가 곤두서고 달과 별들이 조각조각 부서져서 수없는 금점 은점이 소용돌이 친다. 넘놀고 뛰놀고 곤두박질을 치고 줄달음질을 친다.

이 급류에 따라 아사달의 팔은 무섭게, 빠르게 놀려졌다.

'이 줄기를 잃어서는 안된다.'

'이 고비를 놓쳐서는 안된다.'

그는 혼신의 힘을 다 들여 번개같이 마치와 정을 놀리었건만 굽이치는 급류를 따라가기에 허덕허덕하였다.

그는 아침도 잊었다, 점심도 잊었다, 저녁도 잊었다.

밤이 되었다. 날이 새었다.

그의 줄기찬 정질과 마치질은 쉴 줄을 몰랐다.

쉴래야 쉴 수가 없었던 것이다. 한번 그를 휘어잡은 '흥'은 좀처럼 그를 놓아주지 않았던 것이다. 황홀의 경계에 그는 온전히 들어서고 만 것이다.

돌결은 그의 손 아래에서 나뭇결보다 더 연하게, 더 하잘 것없이 부서지고 밀려졌다.

영락없이 꼭꼭 제 자국에 들어가 맞는 쇠와 돌의 부딪치는 소리는 그의 귀엔 이 세상의 무슨 풍류보다, 무슨 곡조보다 더 아름답고 더 신이 났다.

제 손이 거칠 때마다 드러나는 일머리는 이 세상의 무슨 보배보다도 더 소중하고 더 살가웠다.

그는 목마른 줄도 몰랐다. 배고픈 줄도 몰랐다. 죽고 사는 것조차 그는 몰랐으리라.

그는 이 흥겨운 한 시각이 아까웠다. 한 찰나가 아까웠다.

이따금 그의 팔에 힘이 아니 빠지는 것도 아니지만, 그 다음 순간에는 아까보다 몇 곱절 더 되는 힘을 다시 돌이킬 수 있었다.

둘째 층의 새김질과 다듬질은 댓바람에 끝이 나고 말았다. 셋째 층을 지을 바위도 몇 번 겨누질에 어렵지 않게 매만질 수 있었다.

돌 다루는 울림은 잔 가락 굵은 가락을 섞어가며 마치 급한 소나기 모양으로 온 절안을 뒤덮었다.

아사달의 일은 인제 낮도 없고 밤도 없었다.

33

점심 대중공양을 마치고 아상 노장이 들어가자 불국사 중들은 한자리에 모인 김에 '공론'이 분분하다. 벌써 며칠째 밤이고 낮이고 그치지 않고 귀 아프게 들려오는 돌 다루는 소리에 그들은 진저리를 내었다.

"벌써 며칠째나 되었을까."

"이틀은 더 될걸."

"이틀이 뭐요. 아마 5, 6일은 되지."

"벌써 그렇게 되었을까."

"아무렴, 그렇게 되고말고."

"나미아미타불, 5, 6일을 먹도 않고 자도 않고."

"원 그렇게들 정신이 없단 말이오."

듣다가 못한 듯이 떠는 턱이 중론을 가로맡아 시비를 가릴 듯이 나선다.

"가만 있거라. 오늘이 사월 열하루, 파일 이튿날이니 곧 아흐렛날 식전부터 일을 시작했으니깐 꼭 오늘이 사흘째 잡아드는군."

떠는 턱은 꼬챙이 같은 손가락을 또박또박 꼽아가며 따지고 나서, 휘 한번 좌중을 훑어본다.

내 정신이 이렇게 좋은데 어느 누가 감히 딴소리를 할까보냐 하는 눈치다.

"장실 말씀이 옳소. 따져보니 오늘이 꼭 사흘 되는 날인가 보오."

원주가 이번에는 고분고분히 찬성을 해버린다.

"단 사흘이라도 어려운 노릇이야."

"어렵다뿐이오. 단 하루라도 어려운 노릇인데……."

"사흘씩 굶다니 어렵고말고. 그야 우리 세존께서야 칠년 고행도 하셨지만!"

"아니 그것도 말이라고 하오? 일개 석수를 어찌 우리 세존께 댄단 말이오."

말과 말이 주거니 받거니 벌써 중구난방이다.

"원 일을 해도 주책머리가 없지그려. 안 하려 들면 이틀 사흘 손끝 까딱하지 않고 하려 들면 며칠씩 굶고 야단이니."

빨강이도 마침내 말참견을 한다. 말씨가 우락부락한 것을 보면 아직도 아사달에 대한 미움이 그대로 남은 듯.

"그것도 소위 명공의 유세랄지"

하고 누가 빈정거린다. 파일 잘 못 쉰 분풀이는 뜻밖의 거둥으로 말미암아 풀어졌을 법도 하지마는 그래도 '떠 들어온 부여놈 따위'가 아니꼽다는 감정이 어디선지 움직이고 더구나 자기네가 신벗고 따르랴 따를 수 없는 그 뛰어난 재주를 까닭없이 시새웠던 것이다.

"그야 그렇게 말할 것 있소. 일이야 될 수 있는 대로 속히 할수록 좋은 것 아니오?"

이번에는 원주가 전날과는 아주 딴판으로 아사달의 역성을 든다. 산댓속이 빠른 그는 거둥으로 생길 만큼 생겼고 또 왕이 한번 길을 터주면 후로 대갓집 불공도 푸득푸득 들어오기 시작한다. 첫째로 이손 유종댁 아들 발원의 3일 불공이 들지 않았느냐. 더구나 불시에 거둥을 하시게 된 것이 전하는 말과 같이 다보탑 구경하시는 데 계셨다면 그것을 쌓은 석수를 미워할 까닭은 도무지 없었다. 하루바삐 석가탑마저 이루어지면 무슨 수가 또 어떻게 생길지 누가 아느냐.

"침식을 잊으니 그것이 딱한 노릇이야"

하고 그 눈방울이 검도는 눈에 제법 걱정하는 빛까지 보였다.

한 절의 살림을 맡은 주장중이 이렇게 역성을 들어놓으니 입 놀리던 중은 멀쑥해지고 난데없는 동정들이 쏟아진다.

"공양을 안 드니 정말 큰일이군."

"병이나 나면 어떡하나."

"글쎄, 나도 그게 걱정이야."

"억지로라도 좀 들게 못 할까?"

"기어이 좀 권해보시지요."

"글쎄 나도 두어 번 권해 보았지만 원체 열이 난 사람이라 말이 들리지도 않는 모양이니, 허허."

귀찮고 성가신 일은 웃음으로 막아 버리는 것이 원주의 버릇이다.

"그런 신통력을 가진 분이니 사흘쯤 굶는 것이야 관계치 않겠지만."

"아무리 법력이 놀라워도 너무 곡기를 끊어가지고는 염려지, 염려야."

"그러나 어쩔 수가 있소. 대공을 방해할 수도 없는 노릇이고."

"혈마 오늘쯤이야 일을 그치겠지."

"만 이틀에 해놓은 일머리를 보면 엄청나더군, 엄청나."

"그야 이 세상에서 다시 얻기 어려운 명공이라는밖에."

"그 탑을 모시라고 부처님이 일부러 내신 사람이지."

"어, 놀라운 재주거든."

가장 동정을 하는 척도 하고 추어도 올리면서도 속살로 아사달의 신상을 염려하는 위인은 하나도 없었다. 무슨 수로 어떻게 하든지 미음 한 모금이라도 결단코 마시게 해보자는 씨알머리는 아직 생겨나지도 않았다. 불전에 공양 들이듯 하루 세 끼니만 갖다 놓았다가 치워 버렸다가 하면 그만이었다.

34

아사달의 머리 속을 꿰뚫고 쏜살같이 닫는 흐름은 갈수록 혼란해지고 갈수록 급격해진다.

처음에도 물꽃 송이송이마다 별처럼 빛을 발하여 마치 별로 엉기인 은하수가 굽이치는 듯 눈부시지 않음이 아니요 영롱하지 않음이 아니었으나 그래도 그 광채는 밝고도 부드러웠지만, 인제 와서는 그 물결이 그대로 기름인 양 물보라를 날리는대로 훨훨 불길을 일으키어 물꽃인지 불꽃인지 분간할 수조차 없다.

그리고 빠르기는 물결이라느니 보다 차라리 바람결같다. 어지럽게 춤추는 꽃구름을 획 몰아가는 회오리바람도 이러할 듯.

아사달의 손길도 바람결같이 날쌔다.

머리 속에서 쉴 새 없이 터지는 줄불보다 못하지 않게 그의 눈앞에서도 쇠와 돌이 단판 씨름을 하는 불꽃이 번쩍번쩍 흩어졌다.

이 휘날리는 불꽃 사이에 모래알만한 작은 아내의 모양이 튀기는 듯 번득이다가 스러지기도 하였다. 그리운 아내와 애달픈 '홍'이 두 손길을 마주잡고 그를 찾는 수가, 이전에도 흔히 있었다. 그리운 생각이 쌓이고 쌓이어 손바람이 절로 나는 '홍'을 빚어내고 자아내기도 기실 여러 번이었다.

아쉬운 마음이 도저하고 간절할수록 그에게 '접'하는 '홍'도 놀랍고 엄청날 때가 많았었다.

구축축한 풋사랑과 거룩한 '솔도파'(탑)가 한데 뒤범벅이 되는 것은 발을 구를 일인지 모르리라. 기가 막힐 노릇인지 모르리라. 그러나 사랑에서 홍이 오고 홍이 어리어 세상에도 진기한 탑이 이루어지는 것을 어이하랴. 부처님도 웃으시며 눈을 감으실지 모르리라.

이번만 해도 외로운 나그네의 몸으로 명절을 맞이하게 되고 지나친 그리움과 걱정에 몸이 달고 애를 태운 나머지에 이런 신홍이 그의 덜미를 짚은지 모르리라.

'홍'은 인제 이글이글한 불덩어리가 되어 그대로 디굴디굴 군다.

그는 불채찍에 휘갈기는 사람 모양으로 죽을판 살판 정과 마치를 휘둘렀다.

몇 날이 되었는지, 몇 밤이 되었는지 그는 모른다. '홍'이 끊어진 때나 그에게 낮도 있고 밤도 있었지만, '홍'이 꼬리를 맞물고 잇달아 일어날 때에야, 기실 그 '홍'이 계속되는 동안이 그에게는 도무지 한 순간인지 모른다.

머리에는 아직도 꽃불이 법사를 넘고 뒹구는데 몸의 힘은 마음의 힘에 차차 휘감겨 들어가는 듯하다.

'이래서는 안 된다.'

'이래서는 안 된다.'

용을 쓰면 쓸수록 팔의 맥은 자꾸만 풀려진다.

'저기 불덩어리가 굴지 않느냐. 저 불을 쫓아가야 한다. 세상 없어도 따라가야 한다.'

애가 마르도록 외치면 외칠수록 정과 마치는 제자리에 가서 놓이지 않는다.

웬일일까! 그전에도 '홍'의 불길이 껌벅껌벅 꺼지려 할 때에도 손길은 신이야 넋이야 쫓아가서 아주 꺼져버린 뒤라도 그 남은 운으로 얼마쯤은 끌어갔었거든 이번에는 불줄이 이렇게 춤을 추는데도 팔을 마음대로 놀릴 수가 없으니 웬일일까!

'될 말인가, 될 말인가.'

차차 차차 까무러져가는 제 몸의 힘을 소리소리 불러일으키려 하였건만 기를 쓰면 쓸수록 팔은 허둥지둥 꿈지럭거릴 뿐이다.

'이것 큰일났구나.'

아사달은 저도 제 힘에 절망을 느끼면서도 마치와 정을 더욱 단단히 쥐었다. 분명히 댈 데 대고 칠 데 쳤건만 빗맞고 허청을 쳐서 귀에 익은, 제 자국에 들어가 떨어지는 쾌음이 여간해서는 일어나지를 않았다.

아사달은 수렁에 빠지는 사람 모양으로 버르적거리며, 이번이란 이번에야말로 제 자국을 때리리라 하고 마치를 번쩍 들어 보기좋게 한번 휘갈겼다.

아뿔싸! 할 겨를도 없이 마치는 허공을 치고 그의 몸을 이상한 힘으로 휙 앞으로 잡아낚구치는 듯하였다.

그 찰나, 그의 머리 속에서 마치 눈보라처럼 설레던 불길이 한꺼번에 확하고 타올라서 삽시간에 불바다를 이루더니 아뜩하게 꺼져 버린다…….

까무러친 아사달의 머리 위에 지나치는 달빛이 조용하게 흐른다.

35

"그것 보십시오. 쇤네 꾀가 어떠한가."

"그 잘난 꾀."

"모로 가도 장안만 가면 고만 아닙시오?"

"그야 마님께서 내 말을 잘 들어주신 탓이지. 어디 꼭 네 꾀 때문이냐."

"아니, 누가 마님을 졸라보시라고 했는뎁시오."

"얘 말도 마라. 생으로 사내 동생을 하나 낳아줍시사고 떼를 쓰느라고 내 땀이 얼마나 빠졌기에."

"뒹굴고 발버둥을 치시고 하하. 아이 웃어라. 그래도 애초에 묘책을 생각해내는 것이 여간 슬기가 아니랍니다. 이런 대강이도 쉽지는 않답니다."

털이는 제 머리가 대견하다는 듯이 주먹으로 자근자근 두들겨 보이며 연해 공치사를 한다.

주만과 털이는 다보탑 있는 데로 걸어올라가며 기쁘게 얘기를 주고받는 것이다.

"아이 장해라. 그 모과머리가."

"생기기야 모과면 어떤갑시오. 머리란 슬기만 들면 고만 아녜요."

"슬기! 놀라운 슬기도 있고는 보겠고나."

"놀랍구말굽시오. 그래 아닌 밤중에 남복을 차리고 수레도 안 타시고 등불도 없이 이 먼 길을 오실 법이나 합니까. 발만 부르트고 호방에나 빠지고 죽을 고생만 하셨지 뭐입시오. 아이 생각만 해도 지긋지긋한뎁시오"

하고 털이는 머리를 살래살래 흔들고 나서,

"자, 오늘은 어떱시오. 구종을 늘은 듯이 앞세우시고 마상에 높이 앉으시어……."

"아이 장하다, 네 꾀가 장하다. 고만두어라. 무슨 난리를 치러 나가니. 마상에 높이 앉아서, 호호"

하고 주만도 가만히 웃음을 터뜨렸다.

"장하구말굽시오. 중들은 앞에서 굽실굽실하고. 그 날 밤에 보행으로 초라하게 그냥 와보십시오. 절문 안을 들어서시게나 할 텐뎁시오. 맙시사, 아하하."

털이는 아주 신이 나서 재깔거리며 웃어댄다.

"애, 무슨 방정맞은 웃음소리냐. 누가 들으면 괴란쩍게."

"누가 들으면 어떤갑시오. 이손 댁에서 불공을 드리러 오시고 그 댁 아가씨께서 저녁에 달빛을 따라 절 구경을 하시는데 어느 뉘가 감히 탄한단 말씀입시오."

"아무리 그렇다 해도 요란스럽다."

"어유, 조심은 퍽도 하시네. 어느 때는 밤중에라도 그냥 지쳐 들어오실 듯이 자는 사람을 깨워 일으키시고 야단법석을

하시더니. 그래 만일 아가씨 하시자는 대로 했더라면 그야말
로 큰 야료가 일어날 뻔하였지! 왼 집안이 벌컥 뒤집히고, 왼
절 안이 벌컥 뒤집히고, 쇤네는 목이 달아나고, 아하하."

털이는 웃음이 체해서 눈물까지 글썽글썽해졌다.

"그래도 또 웃음이야, 무에 그렇게 좋으냐?"

주만도 털이를 나무라기는 하면서도 솟아나는 웃음을 감
추지 못한다.

"무에 좋으냐굽시오. 쇤네도 좋기야 좋습지요. 그 날 밤에
그 고생을 안 했으니. 그렇지만 아무리 한들 아가씨만큼이야
좋을 깝시오."

"내가 좋을 일이 무에냐."

어쩐지 주만의 목소리는 조금 기어들어가는 듯하다. 귀밑
언저리가 갑자기 불그레하게 환해지는 것은 달빛이 거기만
비치는 탓만도 아니리라. 털이는 염치없게도 주만의 얼굴을
말끄러미 들여다보며,

"아가씨도 그런 시침을 떼시오. 좋거든 그냥 좋다구 그리
십시오, 히히."

털이는 정작 제가 좋은 듯이 정겅정겅 뛴다.

"원 그 애는!"

하고 주만도 입을 다물려 해도 그 가장자리가 자꾸만 풀리
었다.

그들의 발길은 어느덧 다보탑 가까이 왔다.

"얘, 인저는 제발 좀 떠들지 말아다오."

주만은 진정으로 털이를 타이르고, 고름을 다시 매고 옷깃
을 여미었다.

그는 거룩한 자리에 들어서는 것처럼 기쁨에 헤벌어진 마음이 도사려짐을 느꼈다.

"탑돌기에 애간장을 태우던 데를 다 왔는 걸입시오."

그래도 털이는 까불기를 그치지 않았다.

36

주만과 털이는 다보탑을 한 바퀴 휘 돌아보았다.

눈이 어리는 아름다운 그 모양이 전보다 한결 더 정다웠다. 홀로 묵묵한 돌이 아니요, 숨길이 돌고 맥이 뛰는 생물인 양 주만을 반기어 맞는 것 같다. 그 연연한 입술을 열어 그리고 그리던 회포를 하소연하는 듯하다. 그 부드러운 가슴을 헤치고 아늑하게 안아주는 듯하다.

이 탑의 둘레를 돌고 또 돈 지가 단 며칠이 안되건만 주만에게는 해포가 넘는 것 같았다. 햇수조차 따질 수 없는 까마득한 옛날인 것도 같았다.

그 날 밤보다 더 밝고 더 둥근 달이 역시 그 날 밤 모양으로 탑의 몸에 서리었다.

주만은 서성서성하며 차마 발길을 못 돌리고 있노라니 털이는 옆에서 재재거렸다.

"왜 오늘 밤에도 탑돌기를 또 하시랍시오. 왜 또 여기 이러고만 계십니까. 어유, 쇤네는 생각만 해도 진절머리가 나는뎁시오. 정말 쇤네는 그 날 밤에 죽을 고를 치른 걸입시오. 몇 바퀴를 돌았는지 어디 헤일 수도 없지. 그러니 이년의 발

목장이가 성할 겁니까. 그때 시큰거리기 시작한 게 입때 낫
지를 안 했답니다"
하고 털이는 절룸절룸 절어 보인다. 달 비친 땅 위에 땅딸보
같은 그림자를 그리고 낑낑 매며 돌아가는 것이 허리가 부러
지도록 우스운 꼴이었으나 주만은 낄낄대고 웃기는 싫었다.
　"여기 이러고 밤을 새우시랍시오. 어서 가보십시오."
　제가 재롱을 떨어도 알은 체를 안 해주는 데 적이 흥이 깨
어진 털이는 절름발이 놀음을 그치고 잠깐 입을 닫쳤다가 또
보챈다.
　시름없이 달만 쳐다보고 있던 주만은 성가신 듯이,
　"가기는 또 어디를 가잔 말이냐?"
　"아니 고작 이 다보탑을 보시랴고 그 애를 쓰시고 여길 오
셨단 말씀입시오. 저 석가탑으로 어서 가보셔야 될 것 아닙
시오."
　"석가탑으로?"
　주만은 무심코 말을 받는다.
　"그러면입시오. 거길 가셔야 만나실 분을 만나실 것 아닙
시오."
　"……."
　주만은 다시 달만 쳐다본다.
　"어서 좀 가보십시오. 나도 모시고 갈게."
　"무에 그리 급하냐."
　그렇게 급하던 마음이지만, 정작 예까지 오고보니 축 늘어
진다.
　갈까 말까. 지금 와서 새삼스럽게 망설여진다. 단 한 번만

보아도 원이 풀릴 것 같더니만 그대도록 중난하던 원을 이렇게 쉽사리 풀 수 있게 되었거늘 가슴은 왜 이리 답답한가. 여기서 몇 걸음을 뜨지 않아 '그이가 있고나' 하는 생각만 해도 얼굴은 왜 이렇게 화끈거리는가……

"언제는 그렇게 서두시더니 인젠 또 급할 게 없단 말씀입시오. 아가씨도 알고 보니 여간 변덕쟁이가 아니시군."

털이는 이번 일에 제 공이 이만저만이 아닌 것을 믿고 함부로 지싯거리고 말씨도 마구잡이다.

"그 어른이 거기 꼭 계실 줄 네가 어떻게 꼭 안단 말이냐."

빈말뿐이 아니요, 참으로 주만에게 이런 생각이 지나갔다. '거기 가면 그이가 있거니' 하고 믿기는 하였지만 꼭 있다고야 어찌 장담하랴. 혹은 없을런지도 모른다. 만일 없다면!

'있거니' 할 때는 마음이 조아붙기는 하였으되 느긋하고 든든하더니, '없거니' 하매 별안간 속이 텅 빈 듯이 헛헛해지며 불이야 살이야 뛰어가보고 싶었다.

"그 탑에 꼭 계시구말구. 벌써 다 알아본 걸입시오. 그 방에서 시종드는 차돌이란 아이놈에게 넌지시 다 물어보았답니다. 어서 가시기나 하십시오."

하고 털이는 주만의 등채를 밀다시피 한다.

몇 걸음을 걷지 않아 석가탑 위에 사람이 있고 없는 것을 분명히 알아보게 되었다.

"저기를 보십시오. 그 어른이 마치를 들고 일하시는 게 보이지 않읍시오."

털이는 내 말이 어떠냐 하는 듯이 연방 손가락질을 하며 가리켜준다.

실상 털이보다 주만이가 먼저 보았다. 희미한 달빛 아래 아사달이 마치를 쥐고 돌 위에 꾸부리고 있는 것을.

"애, 그런데 어째 돌 다듬는 소리가 들리지를 않니?"

주만은 주춤 걸음을 멈추고 귀를 기울여본다.

"글쎄시오."

털이도 들어보다가,

"참, 소리가 안 나는군요. 차돌의 말을 들으면 어두운 밤에도 일을 잘 하신다던데"

하고 째기눈을 뜨고 이윽히 바라보더니만 또 깔깔댄다.

"저길 좀 봅시오. 얼굴을 돌멩이에 비비대시고 아주 한잠이 드셨군요. 그 맨바닥에, 으흐흐."

37

주만과 털이는 석가탑 앞에 와 걸음을 멈췄다.

"아하, 아주 늘어지게 한잠이 드셨는 걸입시오. 쇤네가 올라가 볼깝시오."

털이는 다짜고짜로 거기 놓인 사다리에 한 발을 얹으려 하였다.

"애, 주무시면 조금 있다가 다시 오는 게 좋지 않니?"

"글쎄시오. 왼 종일 일을 너무 많이 하시어 고단도 하실 테니."

털이도 이번에는 순순히 이르는 대로 들었다. 아무리 주책 없는 털이라도 생면부지의 사내가 자는 것을 덮어놓고 깨워 일으키자는 염의는 없었다.

그들은 가만히 발길을 돌렸다. 마치 자기네의 자국소리에 자는 이의 고단한 잠이 깰까 두려워하는 것처럼.

털이는 앞장을 서서 성큼성큼 걸어가는데 주만은 무엇이 마음에 켕기는지 다시 돌쳐선다. 어슴푸레한 빛을 통하여 그는 뚫어지게 탑 위를 쳐다보며 움직이지 않는다.

"언제는 도로 가자시더니 왜 그리고 서 곕시오. 그래도 차마 발길이 떨어지시지를 않읍시오, 히히."

앞을 서서 가다가 제 주인이 뒤따르는 기척이 나지 않으매 힐끔 돌아다보고 털이는 또 우스개를 걸었다.

주만은 털이의 버릇없는 우스개도 귀에 들어오지 않는 듯 한동안 뿌리가 박힐 듯이 서 있다가 손짓으로 털이에게 가까이 오라는 뜻을 보였다.

"애, 암만해도 이상스럽고나. 주무신다 한들 어찌 저렇게 기신도 없이 주무실 리야 있겠니."

과연 돌 위에 늘어져서 등 언저리가 어쩐지 푹 꺼져 보이는 것이 보통 잠자는 사람으로는 너무 조용해 보였다.

털이도 제 주인의 목소리가 무슨 불길한 조짐을 느낀 것처럼 약간 떨리는 것을 듣자 심상치 않다는 듯이 발을 사르르 미는 듯이 다시 돌쳐서 제 상전을 따라 탑 위를 말끄러미 바라보다가,

"따는 좀 이상한뎁시오. 그냥 주무시기만 한 다음에야 저렇게 퍽 엎어져 계시지는 않을 성싶군요."

"그리고 마치를 그대로 들고 있는 것도 수상치 않으냐? 저렇게 고단하게 잠이 든다면 쥐었던 것을 으레 놓을 텐데."

"그야 쥐고 자는 수도 있겠읍지요만 아무튼 궁금하니 쉰

네가 좀 올라가 볼갑시오?"

주만도 이번에는 말리지 아니하였다.

털이는 휘청휘청하는 사다리를 부여잡고 발발 떨면서 올라갔다.

어른어른하는 달빛에서 그 방구리 같은 몸을 꼬불랑꼬불랑 하며 털이는 이리 갸웃 저리 갸웃 늘어진 이의 이모저모를 자세자세 들여다보고 있다가,

"에구머니나!"

버럭 외마디 소리를 지른다.

"웅?"

하고 주만도 꿈틀하며 사다리 앞으로 한 걸음 바싹 다가들었다.

"이거 크, 큰일났습니다. 이 뺨에 피, 피가……."

"웅, 피가!"

하고 부르짖을 겨를도 없이 주만은 나는 새와 같이 사다리를 날아올랐다.

"어디, 어디냐?"

올라서는 길로 주만은 허둥지둥 묻는다. 아사달의 오른편 뺨과 돌에 맞닿아진 어름을 들여다보고 있던 털이는,

"여길, 여길 봅시오"

하고 털이는 손가락으로 제 보던 자국을 가리킨다.

주만은 미처 치마폭도 못 거두고 올라온 탓에 발이 치맛단에 휘감기어 하마터면 고꾸라질 뻔하였다.

달빛은 아무리 밝다 해도 흐릿한 탓에 빛깔 같은 것이 또렷또렷하게 나타나지 않는다.

털이는 재빠르게 제 손을 그 뺨과 돌 사이에 집어넣었다가
꺼내며,

"이것 봅시오. 눅눅하게 묻는뎁시오"

하고 무슨 물기가 도는 제 손가락 끝을 비비어 보인다.

살에 묻는 피는 더구나 잘 알아볼 수가 없었다.

주만은 급한 마음에 제 치마폭을 꾸김꾸김 꾸겨쥐고 그 뺨
과 돌을 훔쳐내어 달빛에 펴서 비쳐보고,

"피가, 피가 분명코나."

마침내 단정을 내렸다.

"이걸 어째, 이걸 어째요."

털이는 쩔쩔매었다.

"얘, 몸을 좀 흔들어보렴."

"여봅시오, 여봅시오."

털이는 넘어진 이의 귀에다 대고 소리를 지르며 등을 흔들
어 본다.

"어규, 어째 살이 단단한 것이 굳은 것 같은뎁시오."

주만은 그 자리에 털썩 주저앉아서 아사달의 코에다가 손
을 대어보았다. 그윽한 숨길이 있는 둥 만 둥한데 손을 쥐어
보니 마치 얼음장같이 싸늘하다.

"이를 어떡하나."

주만의 눈에서는 고인 때 모르는 눈물이 쏟아진다……

38

아사달은 까무러친 그 이튿날 아침에야 겨우 깨어났다.

아리송아리송한 머리 가운데 한창 흥이 겨워서 겨누를 휘두르고 정을 들만지는 모양이 저 아닌 다른 사람과 같이 떠올랐다. 그 신이 난 잔 가락 굵은 가락이 잉잉하니 귓결에 울리며 제 몸은 반공에 둥둥 솟아 일렁일렁하는 듯하다.

돌불이 번쩍번쩍 흩어지는 대로 눈동자만큼씩 한 수없는 아사녀의 모양이 마치 콩 튀듯 튀어올라 핑핑 내어둘리는 눈끝에서 뱅글뱅글 매암을 돈다.

'내가 왜 이러고 누워 있을까.'

그는 문득 이런 생각을 하였다. 저 아닌 아사달은 저렇게 일을 하느라고 곱이 끼었는데 저는 번듯이 누워서 핀둥핀둥 노는 것이 송구스러웠다.

'한창 흥이 나는 판인데 나는 왜 이러고 누워 있을까. 이 드물고 소중한 시각에 나는 왜 한만히 쉬고 있을까. 몇 번 손질이면 석가탑의 3층이 끝날 것이 아닌가. 돌결이 그렇게 고분고분하게 말을 잘 듣는 터이어늘 나는 어느 틈에 드러눕고 말았을까……'

수없는 아사녀의 모양이 하나씩 둘씩 엉겨붙더니 다 자란 아사녀가 되어 뒷걸음질을 치고 멀리멀리 달아나며, 한창 바쁘게 일을 하고 있는 저 아닌 아사달을 손짓하여 부른다.

'저것 보아, 아사녀는 저렇게 부르지 않는가. 저 사람의 겨누와 정을 든 팔은 그렇게 번개같이 놀지 않는가. 그런데 내 몸은 왜 여기 늘어져 있을까.'

암만해도 무슨 곡절인지 알 수가 없으나 아무튼지 자기가 일을 집어치우고 만 것만은 틀림이 없었다.

　'그때 일을 끝내었던들 나는 벌써 훨훨 날아갔을 것이 아닌가. 지금쯤은 우리 집 사립문을 삐걱삐걱 열 것이 아닌가. 그러면 아사녀는 엎드러지며 고꾸라지며 뛰어나올 것이 아닌가. 아무 거리낌 없는 내 방에서 네 활개를 퍼더버리고 실컷 마음껏 쉴 수 있을 것 아닌가.'

　그는 그 동안을 못 참아서 여기 쓰러져버린 제 몸이 한량 없이 괘씸스러웠다.

　'어서 일어나야지'

하고 그는 몸을 추스르려 하였다. 그러나 웬일인지 그의 몸은 나른하게 풀어져서 손가락 끝 하나 오그릴 수 없었다.

　마치와 정이 제 자국에 맞지를 않아서 화증을 내던 것이 인제 와서 또렷또렷하게 생각이 난다.

　'옳거니, 그때 내가 홧증이 나는 김에 마치를 휘갈겼거니. 그러고 그 다음에는……'

　생각의 실마리가 풀릴 듯 풀릴 듯하면서도 또다시 갈래를 잡을 수 없다. 그 후에 얼마를 일을 더 한 것도 같고 탑 위에 그냥 쓰러진 법도 하다.

　'마치를 휘갈기고 나서……'

　끝이 아물아물해지려는 그 생각을 붙들고 그는 다시금 곱씹어 보았다.

　암만해도 그 뒷일은 어찌 되었는지 알 수는 없으나, 공중에 둥실 떠 있는 듯하던 몸이 차차 가라앉는 듯하며 뼈마디가 얼얼 하였다.

그러자 문득 아사녀의 냄새가 난다. 숨을 들이쉬는 대로 그 감칠 듯한 향기는 모랑모랑 피어나서 코 속으로 흘러들어 피 방울방울에 스며든다.

육지에 뛰어오른 물고기가 오래간만에 물맛을 보는 것처럼 그는 가슴을 벌름벌름하며 숨을 크게 내쉬고 들이쉬었다.

아아 향기! 아사녀의 향기! 3년이나 길고 긴 세월에 한 번도 맡아보지 못한 그 향기. 주리고 주리던 그 향기.

과연 그는 이 향기에 주렸다. 그립고 그리운 아내의 얼굴은 비록 환영일망정 때때 그의 눈에 밟혔지만 아사녀의 현실의 몸이 아니면 발할 수 없는 이 향기가 현실로 그의 코 안으로 기어들 까닭은 없었다. 그는 대공을 마치고 어느 결에 아사녀의 옆에 와 누워 있는가.

아사달은 눈을 두리번두리번하였다.

헌 털방이 다 된 제 벙거지가 걸려 있는 바람벽만 보아도 갈데없는 불국사 제 처소가 분명하거늘 이 향기는 도대체 어디에서 흘러오는가.

아사달은 바로만 두었던 고개를 돌리어 둘레둘레 살피려 하였다. 그러자 귓결에서 별안간 꾀꼬리 같은 여낙낙한 음성이 들려왔다. 그는 사내들 틈바구니에서 날을 보내었고, 여자의 목소리를 듣는 것도 오래간만이었다.

"아가씨, 아가씨, 구슬아가씨. 저 좀 보십시오. 그 어른이 고개를 돌리시는군요. 눈을 뜨시고 인전 아주 깨어 나셨군요."

　홀로 외따로 누웠거니 생각을 하고 있다가 난데없는 사람 소리를, 더구나 여자의 목청을 듣고 아사달은 깜짝 놀라며 그리로 고개를 돌렸다.

　제 옆에서 열 뼘도 안 떨어진 저만큼 웬 처녀 둘이 앉아 있지 않은가. 그 중에 한 처녀는 어디선지 본 듯한 얼굴이었다.

　'내가 저이를 어디서 보았누.'

　흐릿한 기억을 더듬으며 아사달은 궁금증을 내었다. 그래도 얼른 생각이 나지 않는데 두 처녀는 불시에 몸을 일으키어 제 머리맡에 와서 앉는다. 아사녀의 몸에서 나던 그 향기를 아낌없이 풍기면서.

　'오, 옳지, 그 향기가 바루 이 처녀들에게서 난 게로구나.'

　아사달은 어리둥절하면서도 향기의 출처를 터득하였다.

　"인제 좀 어떱시오. 괜찮읍시오."

　낯선 처녀는 바싹 대어들 듯이 다가앉으며 묻는다.

　'무에 어떠하단 말인가. 괜찮다는 것은 또 뭣을 가리키는 것인고.'

　아사달은 웬 영문인지 말귀를 알아들을 수 없었다.

　낯익은 처녀는 가까이 오기는 왔으나 물끄러미 들여다만 볼뿐이요, 아무 말이 없다. 그 목단화 송이 같은 번화한 얼굴 바탕에 어울리지 않게 화색이 걷히고 슬픈 빛이 가득한 것이 대자대비의 관세음상을 생각나게 하였다. 그러나 관세음상이라면 그 눈은 너무 정다웁고 너무 생기가 도는데 자기를 한없이 안타까워하고 한없이 애처로워하는 눈치다. 아사녀가 자기를 보는 눈에서나 이런 눈치를 더러 본 듯 싶었다.

'어디서 꼭 본 것 같은데 어디서 보았을까?'

아사달은 또 뇌어보았다.

'옳거니, 파일날 밤 다보탑에서 보았고나.'

마침내 황연대각을 해내었다. 그때 여부없이 제 아내의 환영으로 속았던 그 처녀가 분명하다. 그러고 보니 그 윗입술이 조금 짧은 듯한 입모습 언저리든지 갸름한 판국이 연신 제 아내와 같은 점도 없지 않아 있어 보였다.

'그 처녀가 어찌 또 여길 왔을까. 혹은 내가 그 처녀의 집에 누워 있는 것이나 아닌가.'

아사달의 생각은 다시금 알쏭달쏭해진다.

'이게 생시가 아니고 모두 꿈이어니.'

생각해보매 따는 길고 깊은 꿈 속을 거쳐 나온 듯도 싶고 아직 헤어나지를 못한 것도 같았다.

그리고 또 아사달을 놀라게 한 것은 그 낯익은 처녀가 눈물을 흘린 것이다.

그 처녀는 참고 참은 모양이었으나 끝끝내 구슬 같은 눈물이 연잎에 빗방울처럼 그 뺨을 굴러 떨어지고야 만다. 뒤미처 곧 눈물을 닦고 닦았으나 그 속눈썹이 은가루를 뿌린 듯 번쩍이고 어룽진 뺨이 마치 이슬에 촉촉히 젖은 꽃잎 같은 것도 천연 이별하던 날 밤에 아사녀가 숨어 울던 것과 같았다.

'저 처녀가 왜 울까?'

아사달은 괴이쩍게 생각은 하면서도 그 눈물이 자기를 동정하는 것인 줄을 어렴풋이 깨닫고 그윽하나마 고마운 정이 움직였다.

두 처녀는 물론 주만과 털이였다.

그들은 어제 밤 석가탑 위에서 까무러친 아사달을 발견하고 곧 절 안을 혼동시켜 기절한 이를 엇메어다가 제 방에 갖다 눕혔다.

의술도 짐작하는 아상 노장이 창황히 달려와서 기절한 이의 수족과 등과 배를 주물러보고 과로한 탓으로 잠깐 기절한 것이지 큰 염려는 없다 하였다.

과연 얼마 만에 까무러친 이는 겨우 숨길을 돌렸다. 우 모이었던 중들은 뿔뿔이 헤어지고 맨 마지막으로 아상 노장은 또 한 번 기절한 이의 머리와 맥을 짚어보고 몸을 일으켜 나오다가 그때까지 서성서성하고 있는 주만과 털이를 보고,

"오늘 밤에 두 분이 많이 애를 쓰셨소. 만일 두 분이 아니었던들 우리는 까맣게 모를 뻔하였소. 그것도 전생의 인연이오. 인제는 피어났으니 다른 염려는 없을 듯하오."

치사하는 말을 남기고 육환장을 끌며 천천히 걸어간다.

주만과 털이도 남 다 헤어지는데 자기들만 처져 있자는 수도 없어 그 방을 나오기는 나왔으나 주만은 차마 발길이 돌아서지를 않는다. 아무리 아상 노장이 염려는 없다 하였지마는 아직 쾌히 깨어난 것도 아니니 언제 무슨 일이 있을지 어떻게 알랴.

아까는 여럿이 몰려들어가는 판에 휩쓸려 들어가기도 갔지만, 더구나 기절한 것을 맨 처음 발견한 사람으로 그 자리에 참례하는 것이 인정에도 떳떳한 일이라 조금도 어색하지를 않았다. 그러나 지금 새삼스럽게 들어간다는 것은 차돌

이 보기에도 수상쩍을 것 같았다.

하릴없이 치워놓은 자기네 처소로 돌아왔다가 얼마 안 남은 밤을 앉아서 밝히고 다시 털이를 데리고 나왔다.

털이의 염탐으로 차돌이가 아침 공양 짓는 데 시종 들러 나간 새를 타서 그들은 다시 들어오게 된 것이었다.

아사달이 눈을 뜬 것은 그들이 들어온 지 한참 만이었다.

40

주만은 턱없는 눈물을 보이지 않으려고 외면을 하고 가까스로 마음을 진정한 뒤에 다시 그 벗겨진 뺨 언저리를 들여다보았다. 생각한 것보다 상처는 그리 대단치 않았다. 앞으로 고꾸라질 때 돌에 코를 부딪쳐서 코피가 터지고 뺨 언저리가 돌결에 스쳐서 벗겨졌을 따름이요, 생채기가 그렇게 깊지는 않았던 모양이다.

아사달의 눈엔 차차 흐릿한 기운이 걷히고 정신이 돌아나는 듯하였다. 그 어글어글한 아름다운 눈매는 웃는다. 고맙다는 뜻을 알려줌이리라.

"상처가 쓰라리지는 않으셔요?"

주만이가 맨 처음으로 아사달에게 묻는 말씨다. 이 평범한 말 한 마디가 어쩌면 그렇게 나오기 어려웠을까.

"아닙니다. 괜찮습니다."

조금 잠긴 것 같았지만, 목소리는 역시 청청하다.

주만은 호하고 또 한 번 숨을 크게 내쉬었다. 비록 간단한 대답이나마, 말문이 닫혔으려니 하였던 그의 입에서 나오는 것이 얼마나 신기하고 든든한가. 저절로 안심의 숨길이 내쉬어진 것이리라.

"머리가 아프진 않으셔요?"

하고 주만은 제 손을 들어 병인의 머리를 짚어 보려다가 슬쩍 옆을 살펴었다. 매우 짧은 동안이나마 어느 결엔지 단둘의 세계를 이루어 옆에 사람이 있고 없는 것을 깜박 잊었었다. 그러나 눈치빠른 털이는 어느 틈에 빠져나갔는지 자리에 없었다.

주만은 마음놓고 제 손을 병인의 머리 위에 얹을 수 있었으되, 그 손이 가늘게 떨리는 것을 어찌할 수 없었다.

손바닥에 촉촉하게 땀이 배고 호끈호끈 다는 것을 보면 아직도 머리가 열에 뜬 탓이리라.

"머리가 더운데요."

주만은 걱정스럽게 물었으나, 이번에는 아무 대답이 없다. 그 눈은 어느새 꾸벅꾸벅 졸음이 오는 것 같다. 얼마 안 가서 코까지 골고 병인은 흔흔히 잠의 나라로 떨어져 들어가고 만다.

주만은 마치 제 누이나 다름없이 턱 맡겨 버리고 아무 거리낌없이 잠이 드는 아사달의 태도가 어떻게 믿음직하고 흐뭇한지 몰랐다.

그러나 아사달의 잠이 깊이 들자 주만은 도리어 휘젓한 생각이 났다. 아무도 없는 방안에 단 두 남녀가 있는 것도 실없이 불안한 생각을 자아내는데, 더구나 하나는 자고 하나는 잠든 이의 머리를 짚고 앉았다는 것이 누가 보면 겸연쩍을 것 같았다.

주만은 머리에서 손을 떼고 반쯤 몸을 일으켰다가 그 하붓
이 열린 입술에 핏기 하나 없고 그 눈시울 언저리가 눈에 뜨
이도록 꺼져 보이는 것이 차마 혼자 남겨두고 나올 수가 없
었다.

그것은 너무도 몰풍스럽고 매정스러운 노릇인 듯하였다.
그는 천리 타향의 외로운 나그네가 아니냐. 부모도 처자도
없는 낯선 곳에 병들어 누운 몸이 아니냐. 우리 서라벌, 아니
우리 나라에 큰 보배가 될 탑을 하나도 어려운데 둘씩이나
쌓아올리다가 일터에서 쓰러진 그가 아니냐. 그의 몸을 돌보
아주고 병을 구원해주는 것이 사람으로 떳떳이 할 일이거늘
부끄러울 것이 무엇이며 겸연쩍을 것이 무엇이랴.

누가 자기를 탄한다 하더라도, 아니 온 세상 사람들이 손
가락질을 하고 흉을 본다 하더라도 조금도 두려울 것도 없고
거리낄 건덕지도 없으리라 하였다.

주만은 다시 눌러앉았다.

아사달은 인기척에 놀랐던지 별안간 눈을 번쩍 뜬다. 제
머리를 짚어주는 주만을 생전 처음 보는 것처럼 이윽히 쳐다
보다가 입을 열었다.

"누, 누구시오?"

주만은 무망중이라 서먹서먹하고 미처 대답을 못 하고 있
노라니,

"나를 어, 어떻게 아셨습니까?"

병자는 잼처 또 묻는다. 주만은 짚었던 손을 떼고 얼굴을
붉혔다. 의당히 물을 말을 물었건만 자기의 주책없고 지나치

게 부니는 것을 책망이나 하는 것 같았다.

자기는 이손 유종의 딸 주만이라는 것과, 전번 파일 거둥에 불국사에 왔다가 왕께서 부르시어 먼빛으로나마 아사달을 보았다는 것과, 어제 밤에 탑 구경을 올라갔다가 아사달이 까무러친 것을 보았다는 것을 띄엄띄엄 일러주었다.

병인은 말 구절구절마다 고개를 끄덕일 뿐이요, 저 말은 한 마디도 티를 넣지 않았다. 다만 그 눈치와 얼굴로 보아 아사달에게는 모두 처음 아는 사실인 모양이었다.

그리고 주만이 저 자신도 이상한 것은 정작 파일날 밤에 같이 다보탑을 돌았다는 얘기를 빼놓은 것이었다.

그 말을 마저 할까 말까 망설이는 판에 털이가 문을 빠끔히 열고,

"아가씨, 아가씨"

하고 가만히 불렀다. 그러면 털이는 방에서 나와가지고 입때까지 문 앞을 지키고 서 있었던 것이리라. 주만은 쫓아 일어나 나왔다.

"아가씨, 저기 차돌이가 뭐 자실 것 가지고 오는데 여럿이 따라들 옵니다."

41

"병인의 먹음먹이는 뭐를 가져가던?"

주만은 털이를 데리고 자기네의 처소로 돌아오며 물었다.

"자세히는 안 봤지만 뭐 별 것 있겠습니까."

"자세히 좀 보아둘 걸 그랬지."

"얼른 보기에 고사리나물, 두부지짐 나부랭이 같더군요."

"그래, 국물 같은 것도 없더란 말이냐?"

"글쎄요. 뚜껑 덮은 것이 주발 하나일 적엔 아마 밥 한 그릇만 동그랗게 놓인 것 같더군요."

"병인이 밥을 먹을 수 있을까?"

주만은 눈썹을 찡긴다.

"바루 엊저녁에 혼절까지 한 어른이 밥 자시기가 어렵겠 습지요. 더구나 그 모래알같이 보실보실한 밥을."

"그래, 죽이나 미음 같은 것을 좀 쑤어드렸으면 어떻단 말 이냐."

주만은 중들의 몰인정한 것을 분개한다.

"어쩔 수 있겠습니까. 그 많은 식구에게 여간 정성으로 밥 따루 죽 따루 짓겠습니까. 먹든지 마든지 밥 한 상만 올리면 저이들 도리는 다한 줄로 아는 모양이니. 차돌의 말을 들으 면, 이번에 까무러치신 것만 해도 연 사흘 밤낮으로 일을 하 시는데 어느 뉘 하나 물 한 모금 정성으로 권하는 이가 없는 탓이라니깝시오. 딱한 노릇입지요."

"어쩌면 그렇게 인정 사정들이 없을까."

주만은 탄식하다가,

"원 찬이나 가초 있는지……"

하고 다시금 걱정을 한다.

"찬인들 오죽해요. 사내들 손으로 하는 것이 망칙합지요. 자세히 안 봐도 뻔합지요. 왜 아가씨는 못 잡수셔보셨습니 까. 댁에서 해내온 찬합이 아니면 어디 한 술이나 뜨실 법해요. 이손 댁 행차시니 저이들 있는 솜씨를 다 내어 맨든 것도 그 꼴인 뎁시오."

주만은 과연 네 말이 옳다는 듯이 고개를 끄덕여 보였다. 저도 어제 낮에는 처음 먹는 소찬이 해롭지 않아서 별식으로 먹을 수 있었지만, 두 끼니부터 벌써 생목이 꼬이던 것을 생각하였다.

"이런 데서 병이 나면 첫째 음식이 아찔이겠는뎁시오."

털이도 제 아가씨의 속을 알아차리고 걱정하는 얼굴을 들었다.

"그러면 어떡하면 좋겠니?"

"글쎄시오. 찬합이라도 좀 갖다드렸으면 좋으련만 마님이 아시면 걱정을 않으실지."

"앓는 사람 갖다주는 걸 마님인들 왜 걱정을 하시겠니."

"웬걸입시오. 석수장이쯤 앓는데 찬합을 내다주었다 해보십시오. 벼락이 나리실걸 뭐."

털이는 실로 무심코 이 말이 불쑥 나온 것이다. 제 아가씨가 치를 떠는 석수장이를 언감생심인들 얕잡아볼 엄두도 내지 않은 것이로되 설왕설래에 말이 잠시 잠깐 미끄러진 것이다.

그러나 벼락은 마님보다 아가씨한테로부터 먼저 떨어졌다.

"석수장이, 석수장이! 석수장이는 사람이 아니란 말이냐?"

주만의 성난 목소리는 벼락과 같이 털이의 귀에 떨어졌다. 그 얼굴은 꽃불을 담아 부은 듯이 이글이글 타오르고 대번에 목청이 꺽꺽하게 쉬어진다. 찢어질 듯이 아늘아늘해진 입술이 부들부들 떤다.

제 아가씨가 노발대발하는 것도 여러 번 겪은 털이지만 이렇게 역정이 머리끝까지 오르는 것은 처음 보았다.

"요 방정맞은 년아, 요 매친 년아. 이년이 왜 주둥아리를 함부로 놀릴꼬."

털이는 제가 저를 꾸짖고 제 입을 쥐어지르고 싶었다.

"아닙시오, 아가씨. 아닙시오, 아가씨. 저 저어……"

하고 털이는 발뺌을 하느라고 곱이 끼었으나 얼른 그럴 듯한 말을 둘러댈 수도 없어 말끝은 더듬더듬한다.

주만은 한번 뇌까리고는, 뒤도 돌아보지 않고 휘적휘적 걸어간다.

"아가씨 아가씨, 구슬아가씨, 쉰네 좀 봅시오, 쉰네 좀 봅시오."

털이는 주만을 쫓아가느라고 열고가 났다.

"쉰네 좀 봅시오. 조, 좋은 수가 있는 걸입시오. 쇠, 쉰네 좀 봅시오."

아무리 털이가 가쁘게 불러도 주만은 좀처럼 돌아보지 않았다. 마침내 죽여줍시사 하는 듯이 털이는 주만의 팔뚝을 부여잡고 늘어졌다.

주만은 그제야 어쩔 수 없다는 듯이 돌아보며 상긋 웃는다. 그 웃음은 쓰고 차다. 그만 말에 내가 그렇게 화를 내다니 너보다 내가 그르다 하는 듯하였다. 그 붉던 얼굴은 새하얗게 질려서 철색이 돈다.

"저 아가씨, 조 좋은 수가 있습니다. 찬합도 찬합이지만 앓는 이에게는 좁쌀 미음이 첫젠뎁시오. 쉰네가 지금 당장이라도 댁에 뛰어들어가서 쥐도 새도 몰래 그 미음을 끓여가지고 나왔으면 어떨깝시오?"

주만은 어느덧 아까의 흥분은 사라졌고, 털이의 장공 속죄한다는 말에 귀가 솔깃하였다.

42

주만과 털이는 술시가 훨씬 겨워서야 사초부인의 잠든 틈을 타가지고 빠져나올 수 있었다. 주만의 급한 분수로는 한시가 바빴지만, 털이 혼자만 보내자니 어쩐지 마음이 놓이지 않고, 둘이 한꺼번에 몸을 빼자면 이목이 번다한 낮보다 암만해도 밤을 택하는 수밖에 없었던 것이다.

털이는 말 한번 실수한 죄로 더 상냥스럽게, 더 고분고분하게 말을 잘 듣고 모든 일을 아귀가 맞도록 꾸며놓았다. 말과 수레 구종들을 쩍말 없도록 얼러맞추어 미리 말 안장을 지어두도록 부탁도 해놓고 초와 초롱까지 준비를 하였다.

불국사에서 상서골까지 가자면 20리 길도 넘었다.

주만은 어려서부터 말을 타본 솜씨라 말 고삐를 손수 거사려잡고 털컥털컥 등자를 구르는 양이 조금도 서툴지 않았다.

으슥한 형제산 기슭을 돌 제 털이는 머리끝이 쭈볏쭈볏하고 찬 소름이 끼쳤지만, 주만은 구슬 채찍을 번뜩여 말을 채치며 불야 살야 닫는다. 초롱을 들고 앞장을 섰던 털이가 순식간에 뒤로 뚝 떨어져서 펄펄 날리는 주만의 옷자락이 눈앞에 아물아물해진다.

털이가 기를 쓰고 말을 채질하며 따라가느라고 애를 썼으나, 말도 털이쯤은 업수이 여기는지 제멋대로 이리 뛰고 저리 뛸 뿐이요, 도무지 말을 잘 들어주지 않는다.

"아가씨 아가씨, 제발 좀 천천히 갑시오. 쉰네가 불을 들었으니 쉰네가 앞장을 서야 될 것 아닙시오."

털이는 죽을 상을 하고 소리소리 불렀다.

주만은 털이의 외치는 소리를 듣고서야 비로소 제 동행이 있는 것을 깨달은 듯 펄펄 뛰는 말을 멈추었다. 말은 한 번 곤두섰다가 걸음을 멈추는데 화화 내뿜는 숨길이 흰 안개처럼 달빛에 서린다.

"애, 얼핏 좀 오지를 못하니. 굼벙이보담도 더 꿈지럭거리는고나."

주만은 털이를 돌아보고 웃는다.

"애구 죽겠습니다. 애구 죽겠습니다. 빌어먹을 말이 세상 말을 들어얍지요."

털이는 숨이 턱에 닿으면서도 쫑쫑 말대답은 잊지를 않는다.

"제가 탈 줄 모른다고는 않고 그래도 말 탓만 하는고나."

주만은, 말등에서 미끄러져서 말 궁둥이 쪽에 매어달린 듯이 앉아 있는 털이의 어색한 모양을 보고 우스워서 못 견디었다.

"파리나 모기 모양으로 차라리 말 꼬리에 붙어가는 것이 나을 것을, 오호호."

"수레채를 잡고 걸어갈지언정 말이란 세상 못 탈 것인뎁시오."

털이는 빡빡이 흐른 땀을 소맷자락으로 문지르며,

"초롱은 괜히 준비를 했는뎁시오. 거추장만 스럽고, 아가씨는 불든 년을 뒤에 세우고 그냥 살같이 달아나시니."

"딴은 초롱이 아무 소용이 없겠다. 달이 이렇게 밝으니 접어두는 것도 좋겠다."

주만의 말마따나 과연 달은 밝았다. 이내 자욱한 십팔만호 위로 달빛은 물 위의 기름처럼 빙빙 도는 듯하였지만, 솟을 추녀〔飛〕에 아로새긴 금박이와 은박이가 번쩍번쩍하는 것까지 완연히 보였다.

길가에 인적은 끊어진 지 오래였지만 어디선지 와글와글하는 소리가 잉잉 귀를 울리고 훈훈한 사람의 훈기가 들 밖 공기를 마시고 오는 신선한 코 안으로 와락 안긴다. 그들은 벌써 서울 한 모서리에 들어선 것이다.

사천왕사의 긴 담을 돌아들자 주만과 털이는 달리던 말을 천천히 몰며 가쁜 숨길을 돌렸다. 인제 햇님다리만 건너서면 집을 다 온 것이다.

주만이도 이마에 맺힌 땀방울을 씻었다. 그리고 털이를 보며,

"애 우리 어디로 들어갈까? 앞대문으로 들어가면 왁자지껄하지 않겠니?"

"글쎄시오. 아닌 밤중에 달겨들면 하인들도 무슨 큰일이나 난 줄 알고 놀랠 걸입시오. 더구나 대감께서 아시고 보면 꾸중을 않으실깝시오?"

"그야 절에 갔다가 온다고 여쭈면 그만이겠지만, 아무튼 별당 뒷문으로 돌아볼까."

"글쎄시오. 거기도 필경 문이 잠겼을 게고 원체 안과 동안이 뜨니 부르는 소리를 잘 알아들을깝시오. 잠이 들면 다 죽

은 걸입시오. 원 잠귀들이 어두워서."

"그래도 뒤를 돌아보았다가 정 안 깨거든 하는 수 없이 앞 대문으로 다시 가서 불러볼 밖에."

주종은 이렇게 작정을 하고 뒤꼍으로 돌았다. 이번에는 앞 장을 서서 가던 털이가 별안간,

"애구 저것 봅시오, 저것."

죽는 소리를 하고 하마터면 말에서 떨어질 뻔하였다.

43

"뭘 보고 그렇게 놀래니?"

주만은 털이의 놀라는 소리를 듣고 말을 채쳐 가까이 오며 물었다.

"저, 저걸 봅시오. 저기 저 별당 담 위를. 아이 무서, 아이 무서"

하고 털이는 말고삐 잡은 손을 덜덜 떨며 말등에 착 달라 붙은 듯이 엎드리고 머리 위로 손가락을 내어 허공을 가리 킨다.

"얘 뭐냐. 똑바로 가리켜라. 뭘 그렇게 겁을 낸단 말이냐."

"아이 쇤네는 무서, 무서"

하고 말등을 파고들어갈 듯이 더욱 머리를 수그린다.

주만은 담 위를 여기저기 훑어보았다. 환한 달빛 아래, 바 로 자기 방에서 거의 맞은편이 될 만한 담 위에 웬 사내가 걸 터앉아서 담에다가 배를 깔고 엎드렸고 그 밑에는 웬 헙수룩

한 자가 왔다갔다하는 꼴이 보였다.

처음엔 주만이도 머리끝이 쭈뼛하였지만, 담 위에 걸타고 있는 자의 해가지고 있는 꼴이 어떻게 어색한지 도무지 무서운 생각이 나지를 않는다.

"아가씨 아가씨, 보서켑시오. 그게 무엡시오?"

털이는 이내 고개를 못 쳐들고 떨면서 묻는다.

"아마 도적놈들인가보다"

하고 주만은 말을 채서 껑청 뛰어 한 걸음 달겨들며,

"도적이야, 도적야."

소리를 벽력같이 질렀다.

이 호통을 듣자 담을 걸탄 위인은 어쩔 줄을 모르고 허리를 폈다가 굽혔다가 담머리를 얼싸안았다가 놓았다가 쩔쩔맨다. 담 밖에 처진 한 발을 담 안으로 끌어들이더니 다시 두 다리를 다 담 밖으로 끄집어 내었다가 얼핏 뛰어내려오지도 못하고 디룽디룽 발버둥을 친다. 찢어지게 밝은 달빛에 그 허둥거리는 광경이 하나도 빼지 않고 주만의 눈안에 들어왔다.

주만은 처음 도적이야 외칠 때엔 그래도 가슴이 약간 떨렸지만, 그 광경을 보니 한편으로 우습고 한편으로 장난해볼 짓궂은 생각이 슬며시 일어났다. 말을 또 한 번 채쳐 몰고,

"도적이야, 도적야"

부르짖었다.

디룽디룽 매어달린 다리는 더욱 버둥거린다.

온 동리는 첫 잠이 들었는지 죽은 듯이 고요하고, 집안에서도 아무 인기척이 나지 않았다.

담밑에서 왔다갔다하던 자가 마침내 담 위에 있는 자의 버둥거리는 발목을 잡아주어도 담 위에 올랐던 위인은 좀처럼 내려뛰기를 못하고 담머리를 할퀴고 있는 손이 부들부들 떨기만 한다.

'세상에 별 우습꽝스러운 도적놈도 다 있고나. 저렇게 제가 겁부터 집어먹고 어째 남의 집을 넘어들어갈 생각을 하였을꼬.'

주만은 속으로 웃음이 터져나와 견딜 수 없었다. 더구나 더 우습기는 그 도적놈의 차림차림이었다. 달빛에도 윗옷이 윤이 질질 흐르는 것을 보면 한다하는 당나라 비단이요, 게다가 복두를 젖혀쓰고 제 딴에는 한창 거드럭거리느라고 공작꼬리까지 뻗쳐 꽂은 것이 정말 가관이었다. 그 버둥버둥하는 가죽목화도 가소로웠다.

'제가 훔친 것은 다 주워입고 나온 게로구나.'

주만은 속으로 이런 생각을 하고 더욱 허리를 분질렀다. 그러나 돌이켜 생각하면 도적놈일수록 번드르하게 꾸며야 할런지 모른다. 그래야 남의 눈을 속일 수 있을 것 아니냐. 그렇지만 담을 안고 저렇게 짓뭉개고 비벼놓았으니 인제 어디를 달아난들 더욱 유표하지 않을까.

예라, 또 한 번 혼띔을 해주어야지 하고 주만은 더욱 목소리를 가다듬어,

"도적이야."

또 외쳤다. 이 세번째 호통이 떨어지자 그 버둥거리던 뚱딴지 다리도 쿵하고 땅바닥에 떨어진다.

"털아, 털아, 저걸 구경 좀 해라. 저까짓 도적놈이 무에 무

섭니."

그제야 털이도 빠꿈히 눈을 내놓고, 위에서 떨어진 놈과 밑에서 받는 놈이 서로 얼싸안고 법사를 넘는 것을 보았다.

주만은 한층 소리를 높여 털이에게 일렀다.

"너 냉큼 앞대문으로 돌아가서 하인들을 깨워라. 저놈들을 모두 잡아가게."

이 호령을 듣자, 담 밑에 있던 도적놈이 쏜살같이 이리로 달려온다. 그것을 보더니 털이는 다시 얼굴을 말 등에 비비대며,

"에구머니, 에구머니, 도적이야 도적이야"

하고 악을 악을 쓴다. 그 도적놈은 주만의 말 머리 앞 한두 간통 떨어진 데 와서 그대로 넓죽이 엎드린다.

주만도 그 도적놈이 달겨드는 것을 보고 몸을 흠칫하였으나 급기야 제 말 머리 앞에 엎드리는 것을 보고,

'세상에 이렇게 지순차순한 도적놈도 있을까'

하고 안심을 하였다. 도적놈은 머리를 조아리며,

"그저 살려만 줍시오. 죽을 죄를 지었사오나 제발 종용히 처분을 해줍시오. 구슬아가씨."

도적놈을 보고도 놀라지 않은 주만이지만 도적놈이 제 이름을 부르는 데는 아니 놀랄 수 없었다.

44

도적놈이 제 이름을 부르는데 주만은 일변 놀랍고 일변 호

기심이 움직였다.

"너는 웬 놈이관데 내 이름을 안단 말이냐?"

"녜, 그저 황송하오나 이손 유종댁 외동따님 구슬아가씨
를 아무리 소인 같은 무딘 눈인들 몰라뵈올 리야 있사오리
까. 소인은 결단코 도적놈이 아니옵고……."

"도적놈이 아니라께. 아닌 밤중에 남의 담장을 넘는 놈들
이 도적놈이 아니라니 될 뻔이나 한 수작이냐."

"녜, 그저 지당하신 분부시오나, 대매에 물고가 나는 한이
있사와도 소인은 결단코 도적놈은 아니옵고……"

하고 제 본색을 까바칠까 말까 망설이면서 먼발치에 쭈그리
고 앉아 있는 제 동행을 힐끗힐끗 돌아다본다.

주만은 궁금증이 더럭 났다. 그 말씨와 거동으로 보아 따
는 행내기 도적놈은 아닌 듯도 하였다.

"대관절 네가 누구란 말이냐?"

"녜, 소인 같은 놈의 성명을 여쭈어도 고귀하신 아가씨께서
알아들으실 리 만무하옵고 그저 살려주시는 셈 치시고 제발
덕분에 털이를 보내시어 댁 하인일랑 깨우지 마시옵소서."

털이 이름까지 아는 것은 더욱 신기하였다. 도적놈이 땅바
닥에 엎디어 비두발광할 때부터 털이는 겨우 두근거리는 가
슴을 가라앉히고 제 아가씨 곁으로 바싹 다가들어 진기한 도
적놈의 하소연을 듣고 있다가 도적놈이 제 이름을 부르는 데
귀가 번쩍 띄었다. 인제는 아까 콩만 하던 간이 주먹만큼 커
져서 말을 몰아 주만의 앞을 막아서며,

"이녀석, 너는 웬 녀석이기에 남의 이름을 함부로 부르느냐?"

하고 제법 호령조로 묻는다.

땅바닥에 이마를 비비대고 있던 도적놈은 털이가 앞을 나서니 고개를 번쩍 들어 그 눈딱지를 사납게 굴리면서 그래도 말씨만은 그렇게 거칠지 아니하였다.

"아무리 이 지경이 되었기로 너까지 이녀석 저녀석 한단 말이냐. 욕지거리를 못 하면 말을 못 하느냐?"

"도적놈에게 누구든 욕을 못 할꼬, 매친 녀석."

"어, 그렇게 입을 마구 놀리는 법이 아니래도."

"법! 네까짓 녀석이 법을 다 찾는단 말이냐. 아이, 우스워라. 도적놈이 법을 찾으니 참 귓구멍이 막힐 노릇이다. 그래, 법을 아는 녀석이 밤중에 남의 담을 뛰어넘어?"

"어, 도적놈이 아니래도 또 그러네. 제발 좀 아가리를 닥치고 아가씨나 모시고 들어가게."

"이녀석이 그래도 말버릇을 못 고치고 하게는 또 누구더러 하게야. 내 그럼 앞대문으로 돌아가서 소리 지를 테다."

털이는 아주 기고만장이다.

"애 아서라, 아서. 그건 제발 좀 말아다오."

"이녀석이 그래도 반말지거리야. 도적놈이 아니거든 어서 네명색이나 대라."

도적놈은 털이와 실랑이를 해야 별 소득이 없을 줄 깨달았는지 다시 주만에게 향하여,

"아가씨 구슬아가씨, 소인은 물러갑니다. 안녕히 주무십시오"

하고 몸을 일으켜 꽁무니를 빼려 하였다.

"가기는 어디를 간단 말이냐. 어디 가게 되는가 두고보자."

털이는 가로막고 정말 말을 돌려 앞대문으로 돌아갈 기세

를 보였다. 도적놈은 뛰어와서 털이의 말고삐에 매달렸다.

"아가씨 털이 아가씨, 제발 좀 살려주. 허허 내가 이 무슨 죽을 수란 말이고."

기가 막힌다는 듯이 너털웃음을 웃는다.

"네깐 녀석에게 누가 아가씨 소리가 듣고 싶다더냐. 네 명 색이나 일러라"

하고 나서 주만을 돌아다보고,

"암만해도 하인들을 깨울 수밖에 없습지요. 이런 녀석들은 버릇을 알으켜놓아얍지요."

동의를 구하였다. 주만이도 하는 양을 보려고 고개를 끄덕여 보였다.

막다른 골목에 들어서자 도적놈은 털이를 흘겨보고 뇌까리었다.

"쉬쉬, 말이란 함부로 하는 게 아니다. 주둥아리를 조심해라"

하고 제 동행을 눈으로 가리키며 눈껌적이를 해보였다.

"쉬쉬? 이녀석, 어디 뱀이 지내가느냐? 말이란 도적놈보고 도적놈이라고 하는 게란다."

털이도 지지 않는다. 도적놈은 곱다랗게 놓여 가기는 이왕 틀린 줄 알고 제 본색을 알리는 것이 도리어 나을 줄 깨달은 모양이었다. 갑자기 태도를 고쳐 털이를 꾸짖었다.

"이년, 요망스러운 년. 쉬쉬, 이 행차가 어느 행차시라고. 금지 금시중 댁 서방님 행차시다. 어느 존전이라고 입을 함부로 놀리느냐"

하고 어깨를 으쓱하며 한번 뽐내 보였다.

"금시중 댁 서방님?"

털이는 잠깐 놀라는 눈치였으나,

"오 그렇더냐. 그러면 진작 그런 말을 할 게지, 미련한 녀석"

하고 도리어 나무란다.

주만은 놀라지 않았다. 아까부터 기연가 미연가 생각하던 것이 바로 맞은 줄 알았을 뿐이었다.

45

"쉬쉬, 금시중 댁 서방님 행차시다."

고두쇠는 털이의 힐난에 견디다 못하여 필경 본색을 드러내고 말았다. 저도 하도 창피한 일인 줄 알기 때문에 웬만하면 비두발괄로 어름어름해 넘겨서 이번 일은 쥐도 새도 모르게 감춰버리려 한 것이었다. 그러나 주만의 주종의 태도로 보아 호락호락이 넘어갈 것 같지 않고 끝끝내 숨기는 것이 도리어 불리할 줄 알자 그냥 실토를 해버린 것이었다.

"금시중 댁 서방님 행차가 안녕도 하시군요."

털이는 또 주만을 돌아보며 깔깔댄다. 이 틈에 고두쇠는 부리나케 금성에게로 뛰어가서 제 상전의 옷에 묻은 흙을 털고 구김살을 펴고, 말이 아닌 옷매무새를 바로잡느라고 한동안 부산하더니 제 주인을 옹위하고 떡 버티고 서서 마치 적진이나 노리는 것처럼 이쪽을 향해 마주본다.

주만은 항복한 적장을 보러 가듯 말을 놓아 이 꼴사나운 손들 앞으로 천천히 몰아갔다.

고두쇠의 부축으로 일어서기는 섰으나 다친 데가 많은 듯 끙끙 안간힘을 주고 있던 금지는 천만 뜻밖에 주만이가 저를 향해 오는 것을 보자 몸둘 곳을 모르는 듯 엉덩이를 엉거주 춤한채 눈을 두리번두리번 입을 실룩거렸으나, 그래도 '행 여나' 하는 생각에 까닭없이 마음은 헤벌어졌다.

주만의 말 머리가 거의 금지의 코앞에 다을 만큼이나 되어 딱 걸음을 멈췄다. 털이가 그 뒤를 따른 것은 말할 것도 없다.

"이 어른이 금시중 댁 공자시냐?"

주만은 차마 맞대놓고 묻지는 않고, 금지를 눈으로 가리키며 털이에게 묻는다.

털이가 미처 대답을 하기 전에 고두쇠가 가로채었다.

"네, 그렇습니다. 이 어른이 바루 금시중 댁 공자 한림학사 어른이신 줄로 여쭙니다."

주만은 마치 적장에게 경의를 표하듯 마상에서 보일 둥 말 둥 허리를 굽히고,

"한림학사님, 이 밤중에 어찌한 출입이시던가요?"

금성의 얼굴을 뚫어지게 바라보며 묻는다.

금성은 주만의 시선이 마치 햇발처럼 눈이 부시었던지 눈을 몇 번 껌벅껌벅하고는 무슨 말인지 입안에서 웅얼웅얼 대꾸를 한다.

"그 어른이 뭐라고 하시느냐? 네가 대신 일러라."

주만은 고두쇠를 보고 묻는다. 그런 병신성스러운 위인하고는 말도 주고받기 싫다는 듯이.

고두쇠도 제 벙거지 위를 긁적긁적하며,

"소인의 귀에도 잘 들리지 않사와요"
하고 무참해한다.

"응, 너도 잘 못 알아듣겠느냐. 그러면 고만두어라마는 이
후엘랑 서방님을 모시고 다니거든 대문이 어디고 담장이 어
디라는 것을 똑똑히 알으켜드려라."

주만은 침이라도 튀 뱉는 듯 한 마디 말을 남기고 곧 말 머
리를 돌렸다. 말이 몇 자국 굽을 떼어놓을 때 등뒤에서,

"구슬아기, 구슬아기님"
하고 턱 갈라진 목소리가 부른다.

"한림학사님, 무슨 말씀이시오?"

주만은 마상에서 고개만 잠깐 돌이켜 물었다. 금성의 얼굴
은 붉으락푸르락 이마에 기름땀이 맺힌 것을 보아 그는 이
한 번 부름이 얼마나 힘이 들고 어려웠던 것을 알려준다.

"왜 남을 불러놓고 말이 없으시오. 딱한지고."

주만은 금성이가 어물어물하고만 있는 것을 보고 또 한 마
디 재차 물었다.

"구슬아기, 구슬아기님. 마, 말께서 잠깐만 내려주었으면."

금성은 더듬더듬하면서도 이번에는 가까스로 알아들을 만
큼 말을 얼버무린다.

"말께서 내려라! 그럴 듯도 하신 말씀이오마는 금공자는
내 집 담의 손님인지는 모르나 내 손님은 아니니 하실 말씀
이 계시면 마상에서 듣지요."

"나, 나, 구슬아기가 보, 보고 싶어서……"
하고 금성은 쫓겨온 사람 모양으로 숨을 헐레벌떡거린다.

"오호호, 내가 보고 싶으시어. 오 옳지, 그래서 내 집 담

위에 올라앉으셨군, 오호호"

하도 어처구니가 없다는 듯이 주만은 허리를 분질렀다. 그 웃음소리는 달 빗긴 으슥한 길 위에 구슬같이 굴며 흩어졌다.

"남의 집 규중처녀를 보시고 싶다는 것부터 모를 말씀. 더구나 아닌 밤중에 찾는 법도 없을 것이고, 설령 찾드래도 어엿한 대문이 있고 객실이 있거든 하인 소시에 담장을 넘으니 그게 무슨 꼴이란 말씀이오."

주인은 손님을 꾸짖는 듯 타일렀다.

"빨리 댁으로 돌아가시고 이후엘랑 찾아오실 생각은 꿈에도 내지 마시오."

이만하면 발을 돌릴 줄 알았던 금성은 뜻밖에 추근추근하게 덤벼들기 시작한다.

"그러면 우리 객실로 갑시다."

금성은 볼멘 소리까지 하고 말낱도 차차 분명해 온다.

46

"인제 새삼스럽게 객실로 가자, 오호호."

주만은 터져나오는 웃음을 막느라고 손등으로 입을 가렸다.

"처음에는 담을 넘고 나중에는 객실로 가는 것이 어느 오랑캐 예법인가요. 그것도 상주국 당나라에 가시어 배워가지고 나오신 예법인가요, 오호호."

주만은 내 말이 너무 지나치는구나 하면서 슬쩍 금성의 기색을 살폈다. 아무리 얼굴 두께가 쇠가죽보다 두껍다 하더라도 이만해두면 코를 싸쥐고 물러나리라 하였다. 저와 혼인 말이 왔다갔다하는 처녀에게 이런 모욕을 당하였으니 사내다운 사내라면 발연 변색하고 제 목을 찔러도 시원치 않으리라 하였다. 하다 못해 혼담이야 끊어지고 말리라 하였다. 다른 것이야 어디로 갔든지 혼담만 다시 이렁성거리지 못하게 되어도 만번 다행이라 하였다.

그러나 금성은 일순간 눈에 뜨일락말락 입 가장자리를 몇 번 실룩실룩하였을 뿐이고 물러날 사색조차 보이지 않는다. 아까보다도 오히려 말문이 터지는 것 같다.

"객실이 있는 줄 알았으면 그야 처음부터 객실로 가다뿐이오. 왜 괴롭고 귀찮은 담을 넘으랴 들겠소. 이러한 창피를 보는 것도 지극한 사랑의 탓. 구슬아기, 구슬아기, 살짝 마음을 좀 돌리시구려."

던적맞은 수작까지 뻔뻔스럽게 붙이고 제법 대담하게 주만을 똑바로 본다.

주만은 어마 싫었다. 그 꼴에 어디서 배워온 억설인고. 더러운 말뿐인고. 아까는 북받치는 웃음을 참을 수 없더니 인제는 오장육부가 뒤틀어 올라왔다. 하등벌레와 같이 한두 동강이쯤 내었다고 꿈지럭거리지 않을 그가 아니다. 아무리 뼈가 저린 말이라도 말만으로는 부끄럼을 알 그가 아니다. 염의를 차릴 그가 아니다. 먼 빛으로 한두 번 보아도 그 외양부터 신신치 않더니 그 속은 더더군다나 어이가 없었다. 이런 위인하고 빈말로라도 혼담이 있었던 것만 생각해도 찬 소름이 끼쳤다.

"사랑이고 객실이고 인제는 때가 늦었소. 나도 볼일이 급하니 한림학사님도 어서 돌아 가시구려."

"사랑에 밤낮을 가리리요. 일편명월을 등촉삼아 여기서 새고 간들 어떠리요."

말씨에 멋까지 부리고 콧소리로 신이 나서 읊조린다.

주만은 지겨운 뱀이나 본 것처럼 불현듯 말 머리를 돌려서 털이를 보고,

"얘, 어서 앞대문으로 가자. 여기는 밤이슬을 맞으며 새고 가는 손님이 계시단다."

"녜, 쇤네가 그럼 얼핏 가서 하인청을 혼동을 시킵지요" 하고 털이가 충충 말을 놓아 가려 할 제 고두쇠는 껑청 뛰어와 말머리에 막아선다.

"이녀석이 왜 또 이래, 이녀석이 왜 또 이래."

털이는 악을 버럭버럭 쓰며 말을 뻥뻥 돌리고 있을 제, 금성은 주만의 말 고삐를 잡고 늘어진다.

"구슬아기, 구슬아기. 사람의 괄시를 그리 마오. 정다운 부부로 한평생을 지낼 우리가 아니오."

금성은 곤드레만드레하며 말갈기에 이마를 대었다 떼었다 한다.

그는 담을 걸타고 앉을 때 워낙 겁을 집어먹어서 술이 얼마쯤 깨었고, 도둑야 호통에 혼띔을 하자 주기가 간곳 없이 사라진 듯하더니 지금 와서 새삼스럽게 취해 오르기 시작한 것이다.

부부란 말에 주만은 몸서리를 쳤다.

"부부? 오호호. 누가 우리가 부부가 된답디까? 주만이 백번 죽어도 밤이슬 맞는 한림학사의 아내는 안 될 터이니 염

려 놓으시오"

하고 주만은 홱 고삐를 잡아 치며 힘있게 채찍을 갈기매 말은 깜짝 놀라 곤두서더니 흐르렁흐르렁 콧소리를 치며 뛰어닫는다.

말 고삐를 쥐고 있던 금성은 한두어 간통 땅바닥에 질질 끌리며 따라가다가 고삐를 탁 놓자 그대로 곤두라져서 디굴디굴 굴렀다. 땅바닥을 짚고 가까스로 일어앉아 개개 풀린 눈으로 주만의 주종이 앞대문으로 닫는 양을 멀거니 바라보며,

"얘, 매정하구나."

혼잣말로 중얼거리고 나서 무너지는 듯이 그 자리에 다시 쓰러져 버렸다.

털이를 잡다가 놓친 고두쇠는 창황히 뛰어와서 금성을 일으키고,

"이게 무슨 꼴입니까. 어서 가십시다 어서. 만일 이손 댁 하인들이 우 몰려나오면 이런 창피가 어디 있겠습니까?"

성화같이 재촉을 하였다.

"그래 가자, 가. 내 아내 노릇은 죽어도 않겠다? 어디 두고 보자."

금성은 주만의 간 곳을 노려보았다.

47

금성의 주종이 주만과 털이에게 못 당할 망신을 당하고 돌아간 후 사흘 만에 시중 금지는 밤늦게 이손 유종을 찾았다.

"금시중, 이 밤에 웬일이시오."

유종은 이 뜻밖의 손님을 맞아들이며 의아해한다.

"우리 두 사이에 밤늦게 찾으면 어떠하단 말씀이오."

손님은 매우 다정한 듯, 다정한 탓에 매우 노여운 듯 주인의 인사에 티를 뜯는다.

"밤늦게 못 찾을 우리 사이야 아니지만 시중이 이런 어려운 출입을 하실 줄이야 정말 생각 밖이구려, 허허."

유종은 바른대로 쏘고 껄껄 웃었다.

둘이 한 나이나, 젊었을 적에는 다 같이 화랑으로 돌아다니면서 같은 풍월당에서 노래도 읊조리고 활쏘기도 겨루며 술을 나누기도 하였고 그 후 한조정에 서서 피차에 귀밑털이 희어졌으니 바이 안 친한 터수도 아니지만 속으로는 맞지 않는 두 사이였다.

금지는 철저한 당학파요 유종은 어디까지나 국선도를 숭상하는 터이니 주의부터 서로 달랐다.

금시중은 얼굴빛이 노리캥캥한데다가 수염도 없어 얼른 보면 고자로 속게 되었는데 이손 유종은 긴 수염이 은사실처럼 늘어지고 너그러운 두 뺨에 혈색도 좋으니 풍신조차 정반대였다. 더구나 하나는 깐깐하고 앙큼스럽고 하나는 괄괄하고 호방하여 두 성격이 아주 틀렸다.

이마적해서는 공석 이외엔 서로 만나는 일이 없었거늘 벌써 술시가 지난 밤중에 우정 찾아온 것은 유종으로 괴이쩍게 아니 생각할 수 없었던 것이다.

"나는 이손께 별다른 향념이 늘 있지마는 이손께서야 나 같은 위인을 어디 친구로 아서야지."

"그게 무슨 말씀이오. 소홀은 내 천성이라 예의 범절을 모르는 것을 과히 책망 마시오."

"그렇게 말씀하면 내 말이 지나친 듯 도리어 미안하오. 그것은 다 희담이고, 오늘 저녁 밥을 먹고 뜰을 거니노라니 달이 여간 밝지를 않더구려. 그래 문득 이손 생각이 간절하단 말이지. 소시적에 같이 활쏘기 말달리기 칼겨루기 하던 생각이 불현듯 나는구려. 주사청루에서 술잔을 주고받고, 한 계집을 다투던 생각까지 난단 말이오, 허허"

하고 감구지회를 이기지 못하는 눈치로 주인을 바라본다.

"시중의 말씀을 듣고 보니 어릴 적 지낸 일이 꿈결같이 눈앞에 떠오르는구려. 엊그제 소년이러니 어느덧 귀밑에 흰 털이 웬일인지. 몇 번 창상에 옛 친구도 많이 없어지고 인제 그때 친구로는 과연 시중과 나만 남았나보오."

손님의 말에 주인은 진정으로 감동된 듯 옛 회포를 자아내는 것 같다.

"그래 주고를 뒤져보니 마침 당나라에서 내온 소홍주 한 병이 남았기에 그대로 뀌어차고 옛 친구를 찾아온 것이오"

하고 금지는,

"여봐라, 고두쇠야."

하고 부른다.

고두쇠는 제 얼굴 보이기를 매우 꺼리는 듯 거의 땅에 닿도록 고개를 빠뜨리고 두 손으로 술병만 추켜들어 받들어 올린다. 그것은 위가 빨고 아랫배가 볼록한 담회색 바탕에 꽃무늬를 올린 사기화병이었다.

"어, 병부터 진기하군. 밤중에 찾아주시는 것도 고마운데 이런 진주까지 선사를 하시니."

휘황한 촛불 아래 그 둥둥 뜨는 듯한 꽃무늬를 바라보며 유종은 감탄한다.

"당나라에서는 술도 술이려니와 그 술을 담는 병도 가지각색, 여간 공을 들이지 않는 모양이니 토광인중(土廣人衆)에 따는 대국이 다릅니다. 이까짓 것쯤이야 줄 만한 것도 못 되지만."

금지는 만족한 웃음을 띠우며 당나라 예찬의 한 마디를 비친다.

"어, 병까지 이렇게 치장을 할 적에야 술맛인들 여간 취택을 하겠소."

"그렇구말구. 술 종류만도 천 가지도 넘는답디다. 단놈 쓴 놈 준한 놈에 순한 놈에, 어, 술 이름만 외우자도 몇 달 공부를 해야 된답디다. 정말 진품이야 우리네 손에 들어오지도 않고 이 소홍주란 것도 여러 백 종인데 이것은 그 중에 중길에나 갈런지."

당나라 것이라면 무엇이든지 싫어하는 유종이지만 워낙 술을 좋아하는 그이라, 당주만은 침이 저절로 넘어갔다.

48

주안상은 벌어졌다.

유종은 소홍주를 따라 먼저 금지에게 권하였다.

"내가 가져온 술을 내가 먼저 들다니 말이 되오. 이손께서 먼저 드시구려."

"주인이 되고 먼저 들 수가 있소."

"어, 우리 사이에 주객을 따질 것도 없지 않소. 이손께서
먼저 맛을 보셔야지"

하고 손님은 한사코 주인에게 먼저 권하였다. 유종은 하릴없
이 잔을 받아 들고,

"그 투명한 빛이란 정말 금파와도 같군."

살가운 듯이 이윽히 들여다보다가 홀쩍 마시고 술 묻은 윗
수염을 빨며,

"과연 진품이로군. 기름같이 부드러우면서 준하고 향기롭
고……."

"정말 술은 이손이 자셔보셔야 해. 성인이라야 능지성인
이라고. 정말 주성이시거든, 헛허."

시중은 그 조그마한 눈을 만족한 듯이 깜박깜박한다.

"미상불 내가 술을 좋아야 하지마는 어디 이런 진품이야
많이 먹어를 보았어야지. 시중 덕에 정말 선주 맛을 보았소."

"무얼 여기서 귀하다뿐이지. 상국엘 가면야 명색도 없는
술이지요. 내야 별로 술을 좋아하지는 않지마는, 들어간 김
이라 몇 병 가지고 나왔을 뿐이지"

하고 제가 당나라에 사신으로 들어갔던 것을 자랑삼아 내어
비친다.

주객은 주거니받거니 거나하게 술이 돌았다. 금지는 술을
즐기지 않는다 하면서 그 깜찍하게 먹는 품으로는 오히려 유
종을 뺨칠 만한 주량을 가졌다.

"시중께서는 그렇게 절주를 잘 하시지만 나는 술이 과한

편이지."

이손의 붉으레한 얼굴에 땀방울이 숭숭 맺혔다.

"대성지성 문선왕 공자님께서도 술을 잡수셨는데 다만 유주무량하시되 불급어란(有酒無量 不及於亂)이라 하셨을 적엔 과연 대음은 대음이었던 모양이오."

금지는 제 득의의 당학을 차차 늘어놓기 시작한다. 그 핏기 없는 얼굴에나마 광대뼈 언저리가 돈짝어란만큼 발그스름해온다.

"당대 문장 이태백 같은 이는 여북해야 술이 대취해서 채석강에 달을 잡으러 들어갔다가 그대로 빠져서 고래를 타고 그냥 하늘로 올라갔다 하지 않소."

"고래를 타고 하늘에 올라갔다니, 그게 참말일까."

"참말이구말구, 이백이 기경비상천하니 강남풍월이 한다년이라(李白騎鯨飛上天 江南風月閑多年). 바루 백낙천의 시에 다 있는데⋯⋯."

금지는 그 시 한 수를 다시 한 번 늘어지게 읊조린다.

"대취한 김에 강에 떨어져 죽은 것 아니오, 허허."

"그야 그런지도 모르지요. 허나 그런 유명한 문장이 그렇게 물에 빠진다고 죽을 리야 있겠소. 고래를 타고 하늘에 올라가니 강남의 바람과 달이 한가롭게 되었단 뜻이 아니오. 이백이 같은 문장이 이런 진세에 있으면 애꿎은 강남의 달과 바람이 못 견디게 이렁성거린단 말이오. 이것은 달이 뜨니 어떻고 지니 어떻고, 바람이 부니 좋고 안 불어도 좋고, 하루에도 여러 백수 여러 천수 시를 지어놓으니 바람과 달인들 괴롭지를 않겠소. 그러니 옥황상제께서 불러가신 거라오."

시중은 입에 침이 없이 신이야 넋이야 말끝을 이어 나간다.

"우리 신라에야 어디 그런 풍류객인들 있소. 풍월당이니 뭐니 하고 모이기만 하면 그 음탕한 노래들이나 부르고 걸핏하면 칼부림이나 하고, 살풍경이지 살풍경이야. 저네들은 술을 마셔도 조가 있어 불급어란이지만 이것은 술타령 계집타령에 헤어날 줄을 모르니."

금지는 괴탄 괴탄을 한다.

"왜 우리 나라에도 좋은 풍류와 씩씩한 노래가 많았지만 너무 태평건곤에 겨뤄놓으니 옛 풍조가 스러지고 인심이 점점 나약해가고, 풍속이 사치를 일삼으니 그게 한탄할 노릇이란 말이오."

"글쎄 누가 아니라오. 이손의 안목으론 신라것이면 뭐든지 다 좋아 보이시겠지만 한번 당나라에 들어가봐요. 참 기가 막힌단 말이오. 그야말로 옥야 천리에 며칠을 가고 또 가도 산 하나 구경할 수 없는 데가 없나. 산이 높으면 어느 것은 태산이라고, 바루 하늘을 찌르는구려. 하늘에서 내려온다는 황하수는 길이도 수천 리, 뭐 바다보담 더 넓은 강이 없나. 경으로 말을 해도 소상강에 실비가 나리는 거라든지 은하수를 그대로 기울여놓은 듯한 여산폭포라든지. 이걸 보고 나서 신라산천을 보면 소위 들판이란 손바닥만하고 산이라고 올망졸망, 큰 강이라야 뭐 실개천 폭밖에 아니 되니……"

제가 그 좋은 데를 다 보았다는 듯이 풍을 떨기는 떨었으나 기실 실제로 본 것보다 글에서 본 것까지 떼어와서 능청스럽게 꾸며대었다.

그러다가 저도 겸연쩍은 듯이 말을 뚝 끊고 가장 긴한 듯이 유종의 소매를 덥석 잡으며,

"이런 것은 다 취담이고, 우리 터수가 남유달리 친한 터이지만, 이 친한 것을 아주 대대로 비끄러매어봄이 어떠하오"

하고 수수께끼 같은 말을 끄집어낸다.

49

별안간 금지가 유종의 소매를 탁 잡는 바람에 유종이 들었던 술잔이 반나마 엎질러졌다.

"친한 것을 비끄러매다니?"

유종은 얼근한 김에도 이 군이 인제야 제 본색을 나타내는구나 하고 경계하면서 재차 물었다.

"그만하면 알아들으실 법한데. 우리 진진지호(秦晉之好)를 맺어봅시다."

"진진지호?"

이손은 얼른 알아듣지 못하였다.

"정말 못 알아들으셨소? 왜 열국 적에 진(秦)나라와 진(晉)나라가 있지 않소. 아시는 바와 같이 때는 춘추전국시대, 나라와 나라 사이에 싸움이 끊일 날이 없고 생령은 도탄에 들었으되 오직 이 진(秦)과 진(晉)과는 서로 혼인을 한 까닭에 의좋게 화평을 누렸다 하오. 그래서 서로 사돈되는 것을 진진지호를 맺는다 하지 않소."

유종은 금지의 이번 방문을 처음부터 수상쩍게 여기고, 혹

은 청혼을 하러 오지나 않았는가 하는 의심이 없지 않았으나, 비장한 술을 가져오고 당학을 늘어놓고 하는 바람에 별다른 목적도 없이 정말 옛친구를 그리워 심방한 것이거니 하고 믿었다가 이 별안간의 청혼에 놀랐다.

그야 전부터라도 두 집 사이에 혼인 말이 있기는 있었다. 금지 집안에서 몇 번 와서 선까지 본 일도 있었고 안으로 정혼을 하자고 설왕설래는 하였지만 색시 집에서는 신부감이 아직 미거하다는 핑계로 이날 이때까지 왈가왈부를 보류해둔 것이다.

유종은 내심으로 금지를 탐탁하게 알지도 않았고, 더구나 신랑 될 당자가 마음에 싸지를 않았다.

무남독녀 외동딸이 귀하기도 귀하려니와 그 재질과 기상이 아비의 눈에는 더욱 뛰어나 보였다. 세상에 으뜸가는 사위를 구하기에 아무 빠질 것이 없을 듯하였다. 천하 영웅의 아내가 되어도 아무 부족함이 없을 것 같았다.

신라를 두 어깨에 짊어질 만한 인물, 밀물처럼 밀려들어오는 고리타분한 당학을 한손으로 막아내고, 지나치게 흥왕하는 불교를 한손으로 꺾으며 기울어져가는 화랑도를 바로잡을 인물, 이것이 유종의 꿈꾸는 사윗감이었다.

그러니 금성 따위는 그의 반 눈에도 차지 않을 것은 물론이다. 당나라 유학을 하고 한림학사란 당나라 벼슬참을 한 것을 가지고 금지의 집안에서는 굉장한 영광으로 아는 모양이었으나, 유종에게는 오히려 눈꼴이 시었다. 더구나 가까이 자세 본 것은 아니로되 키가 달라붙은데다가 얼굴에 병색조차 돌고 장부의 기상이라고는 찾으랴 찾을 수 없는 것이 자기의 그리는 사윗감과는 대상부동이었다.

그러면 이 혼담을 대번에 거절해 버렸으면 그만이겠으되 그렇지도 또 못할 사정이 있었다. 금지는 당당한 참뼈로 왕족으로 임금과도 그리 멀지 않은 종친이었다. 이런 자리를 함부로 거절하였다가 나중에 또 무슨 화를 입을지 누가 알랴. 아무리 호활한 그이건만 벼슬살이 육십 평생에 피비린내 나는 참경도 여러 번 목격한 터라 늙은 제 한 몸보다도 귀한 딸의 장래를 생각할수록 그의 결단성은 무디어진 것이다.

"진진지호! 어, 좋은 말씀이오마는 내 딸이 아직 어리고 미거해서……."

유종은 말끝을 흐리마리한다.

"아니, 영애가 방년이 몇이기에 어리고 미거하단 말이오?"

금지의 눈엔 날이 서며 새무룩해진다.

"아직도 열여덟 살……."

"열여덟 살이면 꼭 알맞은 나이가 아니오. 외려 과년했다고 볼 수 있지 않소. 어느 것은 이팔청춘이라고 이팔보담 두 살이나 더한데."

"뭐 키만 엄부렁하지. 철이 나야."

이손의 말은 동문서답이다.

"우리 사이에 겸사가 왜 있겠소. 그야 부모의 눈으로 보면 자식이란 골백살을 먹어도 어려 보이는 것이오. 천하 못생긴 것이 제 자식을 자랑하는 버릇이지만 할독지애(소가 귀엽다고 새끼를 핥는 것)인지 모르나 내 자식놈으로 말해도 제법 재주도 있고 당서는 들어대면 사서삼경이나 제자백가에 막힐 것이 없고, 이손도 아시다시피 그 나이에 그래도 한림학사란 벼슬까지 했고 신랑감이 그만하면…….”

“그야 신랑감이야 두말이 왜 있겠소. 그저 내 자식이 아직 입에 젖내도 가시지를 않아서…….”

“여보 이손, 나이 열여덟에 아직 입에 젖내가 나다니. 외 동따님이 아무리 귀하기로 합부인께서 혈마 입때 젖을 빨리실까, 헛허허.”

시중은 장히 우습다는 듯이 한바탕 웃고 나서 다시 얼굴빛을 바루고,

“뭐 기닿게 얘기할 것 없이 우리 오늘 밤으로 아주 정혼을 해버립시다. 이손, 어떠하오?”

50

금지는 더욱 긴한 듯이 바싹 다가앉으며 결말을 내고야 말 기세를 보였다.

“오늘 밤으로? 무에 그리 급하시오. 나는 그런 줄 몰랐더니 시중의 성미도 꽤 겹겹하시군. 속담 상말로 우물에 가시어 숭늉을 달라시겠네, 어허허.”

날카로운 칼날을 슬쩍 피하듯 이손은 농쳐버린다.

“이손께서 속담을 말씀하시니 말이지 어느 것은 쇠뿔도 단결에 빼라고 하지 않았소. 어허허.”

금지도 네 수에 넘어갈 내냐 하는 듯이 격에 맞지 않는 너털웃음을 내놓는다.

“그것은 농담이지만, 아직 몇 해를 더 지나보고 서서히 작

정을 하십시다. 나이는 과년이 되었다 하겠으나 응석받이로 자라나서 뭣 하나 옳게 배운 것도 없고, 작인이 다 되자면 아비의 눈에는 아직 까마득하니까……."

"귀한 따님이니 응석도 더러 하겠지만 여자란 시집만 가고 보면 별판으로 딴사람이 되는 법이오. 그러고 또 나도 며느리는 단 하나뿐이니 그 응석쯤이야 내가 이손 대신 받은들 어떠하겠소. 외문으로는 영애가 응석은커녕 숙성하고 얌전하고 재주가 도저하다는 소문이 자자하지마는……."

"그야 헛소문이 난 게지. 자식 속이야 제 아비만큼 알 수가 없는 법이오."

"그야 지자는 막여부(知子莫如父)란 말이 없잖아 있지마는 지지일이요(하나만 알고) 미지기이라(둘은 모른다), 등하불명이란 문자도 있으니 등잔 밑이 어둡다는 격으로 어버이 아는 것이 외문만 못한 수도 더 많으니까."

"글쎄 외문이야 수박 겉 핥기지 속속들이 알기야 아비가 더 낫겠지……."

"그까짓 말을 가지고 승강할 거야 있겠소. 인물도 그만하고 재화도 그만하고 나이도 그만하면 그야말로 삼합이 맞은 듯하니 자 겸사 말씀을 우리 다 그만두기로 하고 정혼을 합시다."

"글쎄 그렇게 급하실 게 없대도 그러시는구려."

그들의 수작은 개미가 쳇바퀴를 돌듯 그 자리에서만 뱅뱅 돌고 다시 더 나아가지를 않는다. 금지는 횟증이 나는 것을 억지로 참고 매기단을 지었다.

"여보 이손, 자 우리 그러면 이렇게 합시다. 오늘 밤에 정혼만 해놓고 성례만은 서서히 하면 어떠하오. 이손 댁에서도 준비랄지 여러 가지 사정이 계실 터이니 성례만은 일년이고 이태고 기다리라는 대로 기다리지요"
하고 금지는 유종을 똑바로 본다. 이 말에야 설마 피해낼 핑계가 없으리라 하는 듯하였다.

과연 유종은 무어라고 피해야 옳을지 몰라 말이 꽉 막히고 말았다. 거절은 물론 작정한 노릇이로되, 어찌하면 금지의 귀에 거슬리지 않도록 듣기 좋게 보기 좋게 거절을 해버릴까. 그러나 유종은 언변좋게 이리저리 발라맞출 줄을 몰랐다.

한동안 답답한 침묵이 소홍주 향기가 떠도는 방안의 공기를 무겁게 눌렀다. 얼마 만에 금지는 참기 어렵다는 듯이 입을 열었다.

"이손, 왜 말이 없으시오?"

"……."

유종은 난처한 듯이 눈을 떴다 감았다 한다.

"이손이 말이 없으신 걸 보면 나 같은 사람과는 연사간이 되기를 꺼리시는 것 아니오?"

금지는 단도직입으로 한 마디를 푹 찌른다.

"무슨 그럴 리야……."

"안 그러시다면 왜 꽉 작정을 못 하신단 말씀이오, 워낙 내 자식이 병신스러우니까, 에이."

금지는 안간힘을 쓰며 불쾌한 빛을 노골적으로 드러냈다.

"그게 무슨 말씀이오. 신랑이야……."

"그러면 어디 다른 데로 정혼을 해두셨는지?"

"다른 데 정혼은커녕 아직 혼인말을 해본 데도 없소. 정혼한 데가 있다면야……."

"그렇다면 우리끼리 만난 김에 아퀴를 지어두는 것이 좋지를 않소."

유종은 마침내 단단한 결심을 하는 수밖에 없었다. 나중에 무슨 화를 입는 한이 있더라도 미룩미룩해두는 것보다 차라리 단연코 거절을 하는 편이 나으리라 하였다. 그리고 엄연한 태도로,

"시중께서 그 미거한 것을 어떻게 아셨는지 이 밤중에 이렇게 찾아주시고 정혼을 바라시나 나도 심중에 생각하는 바가 있어 허락을 못 해드리니 과도히 허물일랑 마시오. 오늘밤에 허혼은 물론 할 수 없고 앞으로도 이 혼담은 중단을 하는 것이 피차에 좋을 듯하오."

금지의 얼굴은 일순간 파랗게 질렸다. 무릎 위에 얹힌 손이 달달 떨었다.

"이손께서 나를 그렇게 아실 줄은 정말 뜻밖이오. 어, 술도 취하고 밤도 늦었으니 나는 고만 가겠소"

하고 금지는 벌에게 쏘인 것처럼 불시에 소매를 떨치고 일어섰다.

51

금지를 보내고 하인을 불러 주안상을 치우고, 유종은 서안에 쓰러지는 듯이 기대었다.

독사를 건드려놓았으니 어느 때 무슨 화단이 뒷덜미를 짚을런지 모른다. 그러나 장중보옥 같은 외동딸을 탐탁한 자리에 출가를 시키는 것도 섭섭하려든, 하물며 마음에 신신치도 않은 금성 따위에게 내맡긴다는 것은 아름다운 구슬을 돼지우리에 던져넣는 것보다 더 아깝고 원통하였다. 아무리 제 장래의 부귀와 영화를 위함이라 하더라도 차마 못 할 노릇이었다. 백발이 흩날리는 이 머리가 서리 같은 칼날 아래 사라질지언정 차마 못 할 노릇이었다.

설령 금성이가 출중한 재주와 인물을 갖추었다 하더라도 유종은 이 혼인을 거절할 밖에 없었으리라. 첫째로 금지는 당학파의 우두머리가 아니냐. 나라를 좀먹게 하는 그들의 소위만 생각해도 뼈가 저리거든 그런 가문에 내 딸을 들여보내다니 될 뻔이나 한 수작인가.

도대체 당학이 무에 그리 좋은고. 그 나라의 바로 전임금인 당명황(唐明皇)만 하더라도 양귀비란 계집에게 미쳐서 정사를 다스리지 않은 탓에 필경 안록산(安祿山)의 난을 빚어내어 오랑캐의 말굽 아래 그네들의 자랑하는 장안이 쑥밭을 이루고 천자란 빈 이름뿐, 촉나라란 두메 속에 5, 6년을 갇혀 있지 않았는가.

금지가 당대 제일 문장이라고 추어올리는 이백이만 하더라도 제 임금이 성색에 빠져 헤어날 줄을 모르는 것을 죽음으로 간하지는 못할지언정 몇 잔 술에 감지덕지해서 그 요마한 계집을 칭찬하는 글을 지어 도리어 임금을 부추겼다 하니 우리네로는 꿈에라도 생각 밖이 아니냐.

그네들의 한문이란 난신적자를 만들어내기에 꼭 알맞은

것이거늘 이것을 좋아라고 배우려 들고 퍼뜨리려 드니 참으
로 한심한 노릇이 아니냐.

이 당학을 그대로 내버려 두었다가는 우리 나라에도 오래
지 않아 큰 난이 일어날 것이요, 난이 일어난다면 누가 감당
해낼 자이랴.

"한 나이나 젊었더면!"

유종은 이따금 시들어가는 제 팔뚝의 살을 어루만지면서
한탄한다.

몇 해 전만 해도 자기와 뜻을 같이하는 이가 조정에 더러
는 있었지만 어느 결엔지 하나씩 둘씩 없어지고 인제는 무우
밑둥과 같이 당그랗게 자기 혼자만 남았다.

속으로는 그의 주의에 찬동하는 이가 없지도 않으련만 당
학파의 세력에 밀리어 감히 발설을 못 하는지 모르리라.

지금이라도 젊은이 축 속으로 뛰어들어가면 동지를 얼마
든지 찾아낼런지 모르리라. 아직도 이 나라의 명맥이 끊어지
지 않은 다음에야 방방곡곡을 뒤져 찾으면 몇천 명 몇만 명
의 화랑도를 닦는 이를 모을 수 있으리라. 그러나 아들이 없
는 그는 젊은이와 접촉할 기회조차 없었다. 이런 점에도 그
는 아들 없는 것이 원이 되고 한이 되었다.

이 늙은 향도(香徒)에게 남은 오직 하나의 희망은 자기의
주의주장에 공명하는 사윗감을 구하는 것이었다.

벌써 수년을 두고 그럴 만할 인물을 내심으로 구해 보았지
만 그리 쉽사리 눈에 뜨이지를 않았다. 고르면 고를수록 사
람 구하기란 하늘의 별따기보다 더 어려웠다.

유종은 기대고 있던 서안에서 쭉 미끄러지는 듯이 털 요바

닥 위에 누웠다.

금지의 청혼을 그렇게 거절한 다음에는 하루 바삐 사윗감을 구해야 된다. 금지로 하여금 다시 개구를 못 하도록 다른 데 정혼을 해놓아야 한다.

그러면 신라를 두 손으로 떠받들고 나아갈 인물이 누가 될 것인가. 삼한 통일 당년의 늠름하고 씩씩한 기풍이 당학에 지질리고 문약에 흐르는 이 나라를 바로잡을 인물이 누가 될 것인가.

유종은 눈을 감고 제 아는 젊은이를 우선 손꼽아 보았다.

첫째로 머리에 떠오르기는 상대등(上大等) 신충(信忠)의 아들이었다. 호남아로 생긴 허우대와, 얼굴이 금성의 따위는 발벗고도 따르지 못할 인물이로되 너무 귀공자답게 윤이 흐르고 허해 보이는 것이 험절이었다. 그 다음에는 이손 염상(廉相)의 아들을 생각해 보았으나, 기상은 아비를 닮아 돌올하지마는 너무 거칠고 눈자위에 붉은 빛이 돌아 어쩐지 화길한 인물이 아닐 듯싶었다.

그 다음으로 누구누구 꼽아보았으나 별로 신통한 인물이 없었다.

마지막으로 유종은 이손 금량상(金良相)의 아우 경신(敬信)을 생각하자,

'오, 옳지. 내가 어째 이 사람을 잊었던가'
하고 자리에서 벌떡 몸을 일으켰다.

그는 제 알 만한 이들의 아들들만 챙겨보고 미처 그 아우들을 생각하지 못하였던 것이다.

52

금량상의 아우 경신!

'그런 인물을 내가 어찌 까맣게 잊었던가.'

유종은 스스로 제 기억이 흐려진 것을 책망도 하고 괴탄도 하였다.

'만일 그가 내 사위만 된다면야 그따위 금지쯤이야.'

풀기 하나 없던 그에게 새로운 기운이 넘치는 듯하였다.

그대도록 경신이야말로 유종의 꿈꾸는 사윗감으로 쩍말없 이 모든 자격을 갖추었다.

우선 지체로만 보아도 내물왕(奈勿王)의 직계 후손이니 금지의 문벌보다 높았으면 높았지 떨어지지 않았다. 경덕왕 께서 만득왕자라도 두셨기에 망정이지 만일 무후하시었던들 대통을 이을 이는 금량상 형제밖에 없다는 것이 떳떳한 공론 이었다.

더구나 그 형제들은 어디까지나 당학파를 미워하고 국선 도를 숭상하는 점으로 자기에게 둘도 없는 동지라 해도 과언 이 아니리라.

다만 그들에게 현재는 그리 큰 권력이 있다고 볼 수 없는 것이 한가지 험절이라면 험절이리라.

그야 금량상이 그대로 조정에서 있기만 하였으면 골품으 로나 덕망으로나 벌써 상대등이 되었으련만, 임금과 당나라 에 아첨하기로만 일을 삼는 무리들고 한 조정에 어깨를 나 란히 하는 것이 치욕이라 하여 이손의 벼슬을 버리고 향제에 드러눕고 말았다. 몇 번 왕명으로 부르셨지만 끝끝내 뜻을 굽히지 않았다. 만일 웬만한 사람이 이런 짓을 하였더면 그 간악한 당학파들이 그 능란한 붓끝을 휘둘러 무슨 누명이든지 뒤집어 씌워 참화를 면하기 어려웠겠지만 왕의 믿으심도 두터우려니와 지체가 높은 탓으로 감히 개구들을 못 한 것이었다.

향제에 돌아가 누운 뒤에는 아무 거리낌 없이 자제들의 훈육을 일삼고 국선도를 밝히기에 몸과 마음을 바친다는 소문은 풍편으로 들어 알았다.

조정의 일이 날로 그르고 국운이 차차 기울어짐을 혼자 한탄하다가도,

'오 옳지, 아직도 양상이 남았구나. 그가 있는 다음에야 우리 나라는 태산반석과 같다'

하고, 백만의 응원병을 얻은 것처럼 든든히 여긴 것도 한두 번이 아니었다.

"그 아우 경신, 그는 제 형보담 못하지 않은 영웅이다. 옳다, 인제는 되었다."

유종은 혼잣말로 중얼거리며 무릎을 치고 일어서서 방안을 거닐었다.

그의 눈앞에는 경신의 모양이 완연히 나타났다.

후리후리한 키에 떡 벌어진 어깨판, 툭 트인 이맛전과 너그러운 뺨은 언제든지 싱글싱글 웃는 듯하였으나 어딘지 늠름한 위풍을 갖추어 대하는 이의 머리를 저절로 수그리게 한다.

유종이가 그를 눈익혀 보기는 작년 봄 신궁 앞 넓은 마당이었다.

신궁에서 큰 제향을 마치고 그 앞마당에서 활쏘기와 칼겨룸의 모임이 열렸다. 계림 팔도에서 한다하는 낭도(郞徒)들이 구름같이 모여들어 그 수효는 만으로 헤아렸다.

여러 곳 활터와 칼터에서 첫 겨룸, 둘째 겨룸이 차례로 끝이 나고 맨 나중에 뽑히고 또 뽑힌 낭도는 스무남은에 불과하였다.

그 중에서 칼겨룸과 활쏘기 두 가지에 맨 나중까지 뽑힌 사람은 경신 하나뿐이었다.

그때부터 경신은 만장의 인기를 독차지하게 되었다.

그러나 마지막 겨룸은 오히려 싱거웠다. 한 번도 아슬아슬한 고비도 없이 경신이가 두 가지에 너무 쉽사리 장원을 하고 말았다. 그의 궁술과 검술이 지나치게 뛰어난 것이다.

"어, 그 화살이 세기도 하더군."

활줌통이 척 휘어서 거의 부러질 듯하자 잉 소리를 치고 화살은 흐르는 별보다 더 빠르게 날아가서 영락없이 과녁을 들어맞히고 남은 힘이 넘치어 살 위에 꽂힌 새깃이 부르르 떨던 것이 지금도 유종의 눈에 선하였다.

"어, 무서운 화살이야, 무서운……."

유종은 혼자 방안을 왔다갔다하며 정말 무서운 듯이 고개를 절레절레 흔들고 중얼거릴 제 문득 등뒤에서 말소리가 났다.

"아이, 아버지께서는 뭘 혼잣말씀만 하고 계셔요?"

유종이가 뒤를 돌아보니 어느 결에 들어왔는지 사초부인과 주만이가 서 있었다. 그는 골똘히 경신의 생각을 하고 있느라고 제 아내와 딸이 영창을 열고 들어오는 줄도 몰랐던 것이다.

53

유종은 주만을 보고,

"오 구슬아기냐. 밤이 늦었는데 왜 자지를 않고 나왔느냐?"

"그 애가 금시중이 오셨다는 말을 듣고 입때 조바심을 하고 있었답니다."

사초부인은 딸을 대신하여 대답하였다.

"금시중이 찾아왔기로 네가 조바심을 할 게 뭐냐?"

주만은 대답을 못 하고 고개를 푹 수그린다.

"금시중이 어째 아닌 밤중에 찾아 오셨소?"

"어, 당주를 가지고 옛 친구를 찾아왔다 하오."

"그런데 무슨 말이 그렇게 길어요. 사내 어른이 어쩌면 그렇게 수다스러울까."

"그 골치 아픈 당학을 또 늘어놓은 것이오."

"이 애가 하도 사람을 졸라서 몇 번을 나와 엿들어 말낱은 자세 안 들리나 그 말이 그 말이고…… 나중에는 들어가서 깜박 잠이 들었는데 이 애가 인제 금시중이 돌아가셨다고 깨워서 무슨 말인가 여쭈어보려고 나온 것이라오."

"네 혼인 말이 나온 줄 알고 좀이 쑤신 게로구나."

유종은 고개를 빠뜨리고 앉아 있는 주만을 돌아보며 빙그레 웃었다.

"그래, 애 혼인 말이 나왔습디까?"

"그야 물론이지. 말하자면 청혼을 하러 온 것이야."

"청혼? 그래 허혼을 하셨소?"

주만은 숙였던 고개를 번쩍 들고 맥맥히 제 아버지의 입을 바라본다.

유종의 말도 흥분의 가락을 띠어온다.

"그야 말이 되오. 그 진저리나는 당학파하고 혼인을 하다니 될 뻔이나 할 수작이오."

"그러면 거절을 하셨단 말씀이오? 후환(後患)이 무섭지 않을까?"

"아무리 후환이 무섭기로, 이 주름살 잡힌 목에 칼이 들어온다기로 못 할 것은 못 한다고 거절을 할 수밖에 있소."

주만은 자기 아버지가 어떻게 든든하고 고마운지 몰랐다.

"아버지!"

한 마디 부르짖고 그 자리에 푹 엎더져서 울고 싶었다.

"참 잘 하셨소. 미룩미룩 끌어가는 것보담 아주 단정을 내버리는 것이 피차에 시원한 노릇이니까."

"그는 그러하고라도 따는 저 애 혼인이 급하단 말이지. 벌써 열여덟이니 시집갈 나이도 되었거든."

"그래요. 허나 어디 마땅한 사람이 있어야지. 넘고 처지고."

"합당한 자리에 꽉 정혼을 해버려야 금지 따위가 다시는 이렁성 저렁성 하지도 못할 텐데……."

"글쎄요. 어디 합의한 자리가 있나요?"

"있구말구."

유종은 자신있게 대답을 한다.

"뉘 집안입니까?"

"왜 전에 이손을 지낸 금량상이라고 있지 않소."

"오 옳지, 참 두 분이 절친하셨지. 그 분이 아들이 있던가?"

"아들이 아니라 그이의 동생이 있단 말이오."

"네, 동생이 있어요!"

사초부인은 고개를 끄덕끄덕한다.

"금경신이라고 바루 작년 봄에 궁술 검술에 장원을 한 사람 말이오."

"오 옳지, 그런 출중한 인물은 처음 보셨다고 입에 침이 없이 칭찬을 하셨지."

"그러니 신랑감은 다시 더 볼 나위 없고 문벌도 금지옥엽이라 금지쯤은 누를 수 있겠는데 저편에서 허혼을 해줄는지. 또는 그동안에 다른 데 정혼이나 안 했는지."

"글쎄 그게 걱정이구려. 그러면 내일이라도 사람을 보내어 염탐을 해보지요."

"다른 사람을 보내는 것보담, 절친하던 친구를 만나본 지도 오래니 내가 몸소 가볼까 하오."

"그러면 그렇게 하시지. 그 혼인이 될 말로야 작히나 좋을까."

부부는 매우 기뻐하며 하루 바삐 이 혼인을 서둘려 하였다.

주만은 금시중 집안과 혼인이 터진 것을 기뻐할 겨를도 없이 새로운 벼락이 뒷덜미를 내리짚었다.

금성이와 혼인은 설령 아버지가 허혼을 하셨다 해도 끝끝내 반대할 이유와 거리가 있었지만 경신과의 혼담은 저쪽에서 거절을 하기 전에는 모면할 핑계조차 없었다.

산은 오를수록 높고 물은 건널수록 깊다.

이 일을 장차 어찌할까. 아무리 저를 애지중지하시는 부모님께라도 이 가슴 속에 서리는 번민을 털어바칠 수는 없는 일이다.

주만은 그 자리에 고꾸라지며 엉엉 소리를 내어 울고 말았다.

"이 애가 왜 울까."

부부는 울음소리에 놀랐다.

"왜, 너무 좋아서 우느냐?"

유종은 들먹거리는 딸의 어깨를 바라보며 물었다.

"얘, 불길하다. 무슨 방정맞은 울음이냐."

어머니는 질색을 하며 딸을 달랬다.

"저는 싫어요, 전 싫어요. 시집은 안 갈 터예요"

하고 주만은 껄떡거리며 하소연을 하였다.

54

아사달은 오래간만에 일터로 올라갔다.

몸에 무슨 두드러진 병이 생긴 것이 아니요, 너무 흥분하고 너무 지친 나머지에 일시 기절한 것이라 그 회복은 뜻밖에도 빨랐다.

며칠 누워 있는 동안에 몸살을 한 번 앓고 나매 워낙 젊은 기운이요, 마음이 긴장한 탓인지 하루 이틀 다르게 원기가 소생이 되었다.

이렇게 회복이 속한 원인엔 주만의 힘이 없지 않아 많기도 하였다. 그가 은근히 쑤어 보내는 잣죽과 속미음이 모래

알 같은 절밥을 먹던 입에 달고 미끄러운 것은 말할 것도 없다. 그야말로 한 모금 두 모금에 눈이 번하게 띄어오는 듯하였다.

차차 밥을 먹게 되자 갖추갖추 반찬을 담은 찬합은 어떻게 맛난지 몰랐다. 서홉밥 한 바릿대가 오히려 나빴다. 어린애 모양으로 세 끼니를 까맣게 기달렸다.

그 사이 틈틈으로 곰과 찜 같은 것도 몰리 알리 털이의 손을 거쳐 들어왔다.

한밥에 오르고 한밥에 내린다는 젊은 살은 여윈 자국을 메우듯 차올랐다.

이런 선물을 받을 때마다 아사달은 주만을 아니 생각할 수 없다.

'세상에 그런 아름다운 처녀도 있던가. 그런 마음새 고운 처녀도 있던가.'

외로운 경우일수록, 불행한 처지일수록 정에 움직이기 쉬운 것이 사람이거든 천리 타향에 병들어 누운 몸에 이렇게 위로해줄 이 누구냐. 돌보아줄 이 누구냐.

아사달은 눈물겹도록 고마웠다.

아사달도 처음에는 까닭없는 사람에게 지나치게 고맙게 구는 주만의 행동이 이상스럽기도 하였다. 그러나 아무리 생각해보아야 그런 대갓집의 귀동딸로 저 같은 시골뜨기 석수장이에게 구할 아무것도 없으리니, 이것은 온전히 아름다운 동정심의 나타남이라고 볼 수밖에 없었다.

그렇다면 그야말로 현신 관세음보살님인지 모른다.

'이것도 필경 전생의 무슨 인연이리라.'

아사달은 필경 불가의 이른바 인연으로 돌리고 말았다.

인연이라면 기이한 인연이다. 파일날 밤 다보탑을 도는 데서 만나는 것도 인연이요, 석가탑 위에서 까무러친 자기를 발견한 것도 인연이 아니냐. 하고많은 사람 가운데 하필 그 집에서 불공을 오게 되고, 하고많은 시각 가운데 그가 석가탑을 올라왔을 제 하필 내가 혼절하였을까.

인연의 실마리가 너무도 얼기설기한 데 아사달은 오히려 겁을 내었다.

그는 그러하거니와 아사달은 주만을 대할 적마다 아내 아사녀의 생각이 더욱 간절하였다.

주만이 아무리 정다워도 아사녀가 아니요 그 처녀의 손이 아무리 부드러워도 아내의 손이 아니다.

인생 역로에 지나치는 길손에 지나지 않는 그이로도 대공을 이루려다가 넘어진 것을 보고 한조각 동정심이 이대도록 곰살궂고 살뜰하거든 만일 내 아내가 이런 줄 알았으면 얼마나 가슴을 태우고 속을 끓일 것인가.

어서 하루 바삐 하던 일을 끝을 내고 남의 신세를 과도히 받을 것 없이 빨리 돌아가야 한다.

그는 몸을 적이 추스르게 되자 일에 대한 정열이 다시금 불같이 일어났다.

그는 몇 번 돌 다루는 기구를 들고 일터로 가려 하였건만 아상 노장이 절대로 말리어서 오늘날까지 참고 참아내려온 것이다.

오늘도 더 좀 몸이 완실하기를 기다리라 하였지만, 자기 몸이 이만하면 인제 넉넉히 일을 할 수 있을 뿐 아니라 만일 이렇게 하고 싶은 일을 못 하고 그대로 누워 있으면 도리어 병이 더치겠다고 졸라서 간신히 아상 노장의 허락을 맡은 것이다.

저녁을 일찌거니 먹고 나서 탑 위를 올라서매 돌들도 그리던 자기를 반기듯 벙글벙글 웃는 듯하였다.

정과 돌까뀌로 잔손질을 하려다가 자기의 힘도 시험할 겸 큰 군더더기를 우선 후려갈기기로 하였다.

버드나무 가지를 찢어 타래를 만들고 그 속에다가 정을 꼭 끼이도록 박아놓은 다음에 물동둥이를 번쩍 들어 혼신의 힘을 다하여 한 번 내려치매 불꽃이 번쩍 일어나자 바위는 쩽하고 비명을 치며 그대로 쩍 갈라져 털썩하고 떨어진다.

아사달은 첫 힘부림이 성사를 하자 겨누를 들어 돌부리를 떨고 나서 다시 정질을 시작하였다.

어슬렁어슬렁 어둠이 짙어오건마는 아사달은 또 옛 버릇이 나와서 밤가는 줄도 모르고 마치와 정을 휘두르기 시작하였다.

한참 일을 하다가 잠깐 팔을 쉬고 언뜻 눈을 돌리매 초롱 하나가 이리로 향하고 올라오는 것이 보였다.

55

그 초롱의 임자는 묻지 않아 주만과 털이였다.

털이는 쨰기발을 디디고 초롱을 높이 쳐들어 탑 위를 비추어보더니,

"여기 계시군요"

하고 반가운 소리를 친다.

"아이, 벌써 일을 또 시작하셨고나."

주만은 거의 짜증을 내다시피 말을 하였다.

"아직 채 소복도 안 되셨는데 또 더치시면 어떡해요."

털이도 제 아가씨의 뜻을 받아 걱정을 한다.

"엊그제 기절까지 한 이를 일하는 걸 말리지도 않고 그대로 내버려두다니."

주만은 누구에겐지 모르게 불평만만하다.

아사달은 얼마쯤 무관해진 주만의 주종의 목소리를 알아듣고 탑 가장자리까지 걸어나왔다.

"이 어두운 밤에 어떻게들 오셨습니까?"

하고 미안해 한다. 주만은 탑 가까이 바싹 들어서며,

"어떡하시자고 어느새 또 일을 시작하셨단 말씀예요."

초롱의 빛과 그늘이 어룽이 져서 자세히 보이지 않으나마 아름다운 얼굴을 찌푸리며 매우 아끼고 애달파한다.

아사달은 어둠 속에서 팔뚝에 힘을 주어 보이며,

"인제 이렇게 든든해졌는데요. 성한 사람이 일을 않고 있으니 되레 병이 더칠 것 같애요, 허허."

오래간만에 웃는 소리를 들으매, 과연 완쾌가 된 듯 한결 마음이 놓이는 듯도 하였다.

"그래도 얼마쯤 더 쉬시는 게 좋을 것 같다가……."

"더 쉬면 더 기운을 차릴 수가 없게 될런지 모르지요."

아사달은 오늘 밤 따라 수작도 잘 하고 매우 쾌활해진 듯하였다.

"워낙 성미가 겁겁도 하시군요."

주만도 난생 처음으로 농담 비슷하게 한 마디를 던져보았다.

"급하기야 오늘 밤으로라도 끝을 내어버렸으면 좋겠습니다만."

"그러면 우리도 곧 가야겠군요. 밤새 하시는 일에 방해가 될 듯하니까요."

"고새야 무슨 큰 방해가 되겠습니까. 나도 지금 막 일손을 쉬는 참입니다."

"그러시다면 잠깐만 놀다가 갈까……"

하고 주만은 망설였다. 그는 혹시나 아사달이 내려올까 하였으나 저편에서 그런 기색은 보이지를 않았다.

"그러면 아가씨가 탑 위로 좀 올라가 보십시오. 오늘 밤에는 까무러치시지는 않으실 테입지요, 오호호."

털이가 난처해하는 주만을 부축하였다.

"그러면 내가 좀 올라가 볼까? 이 캄캄한 가운데 어떻게 일을 하시나 구경을 좀 하게."

제 일자리를 남에게 보이기를 몹시 꺼리는 아사달이지만 주만의 이 청은 물리칠 수 없었다. 제 재생의 은인이라 해도 과언이 아닌 그의 말을 어떻게 거스를 수 있으랴.

그러나 아사달이 허락을 하고 거절을 할 나위도 없었다. 주만은 어느 결에 사다리를 부여잡고 발을 올려놓는다. 아사달은 삐둑삐둑하는 사다리 윗머리를 잡았다.

주만은 조금도 서투르지 않게 사다리를 거의 다 올라왔으나 사다리가 너무 곤두서고 위층이 두 칸이나 탑 위로 솟아 있기 때문에 주만은 긴 치마에 걸리어 얼른 걸터넘기에 조금

벅찼다.

아사달의 손은 저절로 주만의 손길을 잡아주는 수밖에 없었다.

맨 처음으로 마주 잡는 두 손길!

주만의 비단결 같은 손길이 아사달의 손아귀에 몰씬하게 녹아들었다. 아사달의 훈훈하고 억센 아귀힘이 주만의 손등과 바닥에 얼얼하게 남았다.

주만의 눈앞이 아뜩해진 것은 사다리를 걸터넘고 발 놓인 자리가 캄캄한 탓만이 아니리라. 털이가 초롱을 들고 뒤따라 올라오다가,

"여기 있습니다. 이 초롱을 받으십시오. 쇤네는 차돌에게 가서 놀고 있겠으닙시오"

하고 초롱을 치켜든다.

"조금 있다가 같이 가면 어떠냐".

"쇤네는 차돌에게 부탁할 말도 있굽시오. 아무튼 잠깐 다녀와야겠는뎁시오."

주만도 아까 아사달의 처소로 갔다가 마침 차돌이가 없어서 전복쩜을 해가지고 온 것을 어디 두었다고 이르지 못한 것을 생각하였다.

"그럼 다녀오렴. 어두울 텐데 초롱을 네가 들고 가려무나."

"쇤네가 초롱을 가져가면 아가씨가 너무 어두우실 걸입시오."

"내야 가만히 있으니 괜찮지만 길 걷는 네가 어둡지 않겠니."

"그러면 쇤네가 가져갈깝시오? 두 분이 계시면 무섭지는 않으실 테닙시오. 오호호."

털이는 제가 초롱을 들고 종종걸음을 치며 내려간다.

아사달과 주만은 이윽히 초롱이 일렁일렁 떠나가는 것을
바라다보고 있다가 둘은 의논이나 하듯이 서로 돌아보았다.

그러나 옻빛 같은 어둠에 싸이어 피차 얼굴조차 알아볼 수
가 없었다.

56

어둠! 무수한 머리올처럼 올올이 가물거리며 단 두 남녀
를 겹겹이 에워싼 어둠.

수줍음도 부끄러움도 뒤덮어주는 어둠. 망설임과 거리낌
도 휩싸버리는 어둠.

그 공능자작 밑에서 무언지 활개를 친다. 그 수룽이 속에
서 무언지 버르적거린다.

어둠은 속살거린다. 어둠은 꾀인다.

주만은 이 어둠이 지겹고 무서웠다.

"아무리 어두운 밤이라 한들 이렇게도 어두울까요?"

그는 보이지도 않는 아사달을 눈어림으로 더듬으며 침묵
을 깨뜨렸다.

"얼마쯤 기다리시면 차차 밝아집니다."

아사달은 아무 구애도 없는 듯 태연하였다.

"아무렇기로 어두운 밤이 어떻게 밝아를 져요?"

"밝음에 익는 것이나 어둠에 익는 것이나 눈에 익기만 하
면 마찬가지지요."

"그러면 아사달님은 내 얼굴이 보입니까?"

"똑똑히는 안 보입니다마는 으렷이는 보이지요."

"내 눈엔 아사달님이 보이지를 않는데."

"그러면 눈을 한참 감았다가 다시 떠보십시오."

주만은 시키는 대로 눈을 감아보았다.

어둠 속에 제 눈까지 감아버린 아름다운 처녀 ——.

한참 만에 주만은 눈을 다시 떴다. 이만큼 저만큼 마주앉은 두 사이가 조금도 좁아들지도 않고 늘어나지도 않은 것이 도리어 이상스러웠다.

"눈을 감았다가 떠도 어디 보여요?"

"인제 차차 보여를 집니다."

아사달의 대답은 너무 의젓하다.

수작의 실마리는 다시금 끊어지고 말았다.

그가 알고 내가 알 뿐인 단둘의 암흑세계! 은밀한 수작을 실컷 마음껏 주고받는다 한들 어둠에서 어둠으로 사라질 뿐이 아니냐. 깊이깊이 접어넣은 비밀을 활활 털어낸다 한들 이 가슴에서 저 가슴으로 쥐도 새도 모르게 옮겨질 뿐이 아니냐?

그러하거늘, 그러하거늘 왜 이렇게 데면데면하게 차리고만 있는가, 점잔만 빼고 있는가.

주만은 아사달을 만나기만 하면 할 말이 천겹 만겹 쌓이고 쌓이지 않았던가. 혼자 속을 태우다가 마침내 마음을 결단하고 이 밤에 그를 찾은 것이 아니었던가.

정작 그를 대하고 보매 말 한 마디도 시원하게 나오지 않을 줄이야! 가슴만 가득하게 부풀어오르고 서리서리 얽히었던 하소연 한 가닥도 제대로 풀려나오지 않을 줄이야! 알뜰

한 그이를 앞에 두고도 벙어리 냉가슴을 그대로 앓을 줄이
야! 이렇게 좋은 자리, 이렇게 좋은 기회를 만났거든 피를
끓이는 진정을 쏟아버리지 못할 줄이야!

설렁하고 밤바람이 인다. 휘젓한 절 마당을 두루마리 하나
가 와하고 탑 위를 지쳐들어 그린 듯이 앉은 두 남녀를 휘몰
아낼 것같이 불어젖힌다.

"웬 바람이 갑자기 이렇게 불어요?"

주만은 얼굴을 외우시며 중얼거렸다. 그러자 그는 속으로,

'내가 기껏 한다는 것이 겨우 이 말인가? 바람이 나에게
항상 큰일인가? 왼 서라벌이 다 날려간들 나에게 무슨 계관
이 있단 말인고.'

"저 소리를 들어보서요. 저 풍경이 우는 소리를."

아사달은 주만의 말을 받으며 풍경 소리에 귀를 기울인 모
양이다.

"천연 우리 부여 고란사 풍경 소리 같군요."

"고란사에도 풍경이 있어요?"

주만은 허정대고 대답을 하였다.

"있구말구요. 내 집이 고란사에서 멀지 않은 탓에 이따금
그 풍경 소리를 듣지요."

"……."

풍경 소리에까지 고향을 그리는 나그네의 심정을 몰라줄
주만이가 아니었지만 제 속은 이렇게 조이는데 고장 회포만
자아내는 아사달의 말에 대꾸할 정황조차 없었다.

아사달은 하늘을 쳐다보고,

"저편 솔밭 있는 편을 좀 보서요. 뿌옇게 하늘에 뻗힌 것

이 무엔 줄 아십니까? 그게 바람꽃이랍니다."

"바람꽃?"

주만은 시름없이 간단히 말을 받았다.

"바람꽃이 일면 정말 꽃이 떨어진다지요?"

"……"

"벌써 첫 여름이 되었으니 떨어질 꽃도 얼마 남지는 않았 겠지요마는……"

하고 아사달은 한숨을 내쉬었다.

그는 멀리 아사녀를 생각하고 타향에서 세번째 봄이 속절 없이 지나간 것을 한탄한 것이었다.

57

"떨어질 꽃도 얼마 남지를 않았겠지요."

아사달의 한탄은 구슬픈 가락을 띠었다.

"떨어질 꽃!"

주만도 풀기 없이 속살거려보았다. 제 걱정이 하도 복바치 어 아사달의 자아내는 향수에 맞장구를 쳐줄 근력조차 없었 다가 이 말 한 마디가 야릇하게도 그의 귀를 울렸다.

"떨어질 꽃!"

또 한 번 뇌이자 조비비듯 하던 그의 가슴이 대번에 찌르 르해지며 비감스러운 회포를 걷잡을 수 없었다. 이 난데없는 바람에 무참하게 지는 꽃. 이 어두운 밤에 아무도 보아주는 이 없이, 아무도 알아주는 이 없이 스러지는 꽃 한 떨기야말로 닥쳐오는 제 운명을 그대로 일러주는 듯하였다.

"꽃 신세도 설다 하겠지만 그래도 필 때 피고 질 때 지지 만……."

주만은 혼잣말처럼 중얼거렸다.

"핀다 한들 피어 있을 때가 며칠입니까. 어느덧 봄이 다 갔으니…… 덧없는 세월…… 벌써 세번째 봄이……."

아사달의 목소리도 눈물에 젖은 것 같다. 아내의 생각이 골똘할수록 그에게는 날 가는 것이 아까웠다. 하루 바삐 대 공을 이루어야만 아내의 자기 기다리는 날짜가 줄어들 것을.

"필 만큼 피고 지는 것이야 누가 한을 해요……."

주만의 목은 갑자기 메어졌다. 핀 뒤에 지는 것도 덧없다 가엾다 하거든 한 번 활짝 피어보지도 못하고 봉오리째로 사 라질 것이 더욱 슬펐다. 알뜰한 사람을 부둥켜안은 채로 올 곧게 뜻도 이루기 전에 휘날려 떨어질 것이 더욱 서러웠다.

운명의 악착한 손은 벌써 그의 뒷덜미를 짚었다…….

금지가 다녀간 그 이튿날로 유종은 금량상을 찾아갔다. 혼 인말을 꺼내자 저편에서는 두말도 않고 선선히 승낙을 하고 말았다.

"금지 따위가 주제넘게 이손께 청혼이라니 말이 되오."

금량상은 아버지보다 더욱 분개하며 그 범수염을 거스리 고 노발대발하였다던가.

평소에 그렇게 대범하던 아버지가 이 이야기를 어머니에 게 뇌이고 뇌이시며 덩실덩실 춤이라도 출 듯이 기뻐하였다.

아버지 떠나던 날 주만은,

'제발 경신님께 다른 어진 배필이 있어지이다. 달리 정혼

한 데가 있어지이다'

하고 검님께와 부처님께 축원을 올리고 또 올렸건만, 이렇게 쉽사리 정혼이 되고 말 줄이야.

"이애 아가, 구슬아가, 인제 너는 천하영웅의 짝을 만나게 되었으니 그 아니 기쁘냐"

하고 아버지는 싱글벙글 웃으며 제 머리를 쓰다듬어 주었다.

이렇듯이 기뻐하는 부모의 뜻을 받들지 못할 것을 생각하매 주만은 뜨거운 눈물이 비오듯 하였다.

"저는 싫어요, 저는 싫어요. 저는 시집가기 싫어요."

속절없는 노릇인 줄 번연히 알지마는 앙탈을 하고 몸부림을 쳤다.

"이런 철부지를 어떻게 남의 가문에 보내오?"

아버지는 웃고,

"이애, 울음이 무슨 울음이냐? 이런 경사에 불길하게."

어머니는 꾸중을 하였다.

"다 큰 애가 엉엉 울다니 하인들 볼썽 사납다. 어서 그쳐라, 그쳐."

그래도 주만은 한 번 터진 울음을 좀처럼 그칠 수 없었다. 멈추려 하면 멈추려 할수록 울음소리는 더욱 커졌다.

어버이들은 그 울음을 온전히 다른 뜻으로 푼 모양이었다.

"아무리 네가 우리 슬하를 떠나기 싫어한들 쓸데가 있느냐, 딸자식으로 태어난 다음에야 아무리 앙탈을 한들 남의 가문에 안 가고 배길 수 있느냐. 남편을 잘 섬기고 잘 돕는 것이 여자의 타고난 천직이거든."

타이르던 아버지도 회심한 생각이 드는 듯 음성이 가라앉

왔다.

"자식이라야 저것 하나뿐. 저것마저 치워 보내면……."

어머니는 끝끝내 눈물을 떨어뜨리고 말았다.

아버이의 말씀을 들을수록 주만은 더욱 슬픔과 설움이 복받쳐 참을래야 참을 수가 없었다. 마치 매맞은 어린애처럼 홰울음을 내어놓고 말았다.

"이애, 고만 울어라, 고만. 너무 울면 지친다. 고만, 고만."

어머니는 딸의 등을 흔들고 어루만지다가 그대로 등 위에 엎드러지며,

"엊그제 젖먹이가 어느새 시집갈 나이가 되다니. 너마저 가버리면 이 어미는, 이 어미는 어떡하나……."

하고 훌쩍훌쩍 소리를 내어 운다.

아버지는 연경을 꺼내어 쓰고 사랑으로 나가버렸다.

58

아버지가 사랑으로 나가버리자 어머니의 흑흑 느끼는 소리는 더욱 높아갔다.

"얘, 인제 고만, 응?"

달래다가 울고,

"그대로 뚝 나치지를 못하고."

꾸짖다가 울었다.

주만은 어머니의 상심하시는 것이 민망스럽고 죄송스러워서 가까스로 꿀꺽꿀꺽 울음을 삼키고 제 처소로 돌아왔다.

제 방에서 저 홀로 실컷 마음껏 울어보려 하였더니 웬일인
지 그렇게 퍼붓는 듯하던 눈물이 고새 말라붙었는지 다시 나
올 것 같지도 아니하였다. 눈은 갈수록 보송보송해졌다.

눈물이 끊어지자 속은 바작바작 타기 시작하였다.

'이 일을 장차 어찌할까.'

머리를 두 손으로 부둥켜쥐고 짜보았건만 암만해도 어찌
할 도리가 나서지를 아니하였다.

누워보아도 시원치 않고 앉아보아도 시원치 않고 일어서
보아도 시원치 않았다. 애꿎은 몸만 자반뒤적이를 하면 할수
록 한 그믐밤 빛 같은 아득한 절망이 그의 가슴을 물어뜯을
뿐이다.

눈물이 흐를 때는 오히려 낫다. 천만 개 바늘로 쑤시고 저
미듯 쓰리고 따가운 속을 얼마쯤 눅혀 주었던 것이다. 빼빼
마른 슬픔을 찬 이슬처럼 추겨 주었던 것이다. 눈물마저 끊
어진 지금은 더욱 견딜 수 없었다.

백 갈래 천 갈래로 곰곰이 생각해도 끝머리는 언제든지 허
두로 돌아가고 만다.

'이 일을 장차 어찌할까.'

주만이 혼자로는 너무도 벅차고 어려운 문제였다. 그렇다
고 이 사정을 호소할 데가 어디냐?

오늘날까지 애지중지 길러주신 부모님께도 하소연할 수
없는 이 사정. 무슨 응석이라도 받아주시고 무슨 청이라도
들어주시는 부모님이시지만 이런 동이 닿지 않은 말씀이야
어찌 여쭈랴. 설령 용기를 가다듬어 발설을 한다 한들 그 결
과는 뻔한 노릇이 아니냐. 천부당만부당한 이 사정이거니 동

해 바닷물이 마를지언정 들어주실 리 만무하다. 도리어 역정만 내시고 슬퍼만 하실 것 아닌가.

이 사정을 호소할 데는 오직 아사달뿐이다. 그러하다, 이 안타까운 사정을 알아줄 이는 이 세상에 둘도 없는 오직 그이 하나뿐이다. 그래서 밤들기가 무섭게 털이를 데리고 이곳을 찾아온 것이었다.

다시없을 기회, 다시없을 자리에 그를 만났건만 올 때 먹은 마음과 딴판으로 입이 떨어지지 않으니 웬일일까?

바람은 더욱 기운차게, 더욱 사납게 불어제친다.

와르르를 어디 산이라도 무너지는 듯, 들부시듯이 산기슭으로 휘몰려 들어가매 숲은 회술레를 돌리듯 몸을 우쭐거리며 아귀성을 친다.

바람이 걸어가는 대로 술렁술렁 물결을 치는 듯한 솔숲이 밤눈에도 으렷이 보였다.

주만의 가슴도 바람결같이 설레었다.

통사정할 오직 한 사람인 줄 여기었던 아사달도 어찌 생각하면 헛부고 거짓인 듯하였다. 제 고장만 생각하고 세월의 덧없음만 설워하는 그에게 이 사정을 알린들 무슨 소용이 있을까. 내가 정혼을 한 것이 그에게 무슨 상관이 있을까? 내가 시집을 가고 안 가는 것이 그에게 하상 대사일까?

한 번 탑돌기를 같이 하고 한 번 까무러친 것을 발견하고 몇 번 문병을 하였을 뿐. 그와 나와 무슨 깊은 곡절이 있단 말인가? 그는 부여땅의 젊은이, 나는 서라벌 처녀, 생각하면 아주 남남끼리가 아니냐.

바람에 둥둥 뜨는 듯한 머리속으로 이런 생각을 하매 주만은 넓은 벌판을 단 홀로 남은 듯한 적막과 슬픔을 느꼈다.

"어유, 바람도 몹시 부는군. 저 별빛이 흐릿한 것이 어쩐지 물을 먹은 듯합니다. 비가 또 오시랴나?"

혼자 생각에 자자졌던 주만에게는 아사달의 말소리가 마치 딴세상에서 울려오는 듯하였다.

59

물먹은 별들은 졸립다는 듯이 깜박깜박하다가 하나씩 둘씩 지워졌다.

동쪽 하늘에 둥둥 떠오른 검은 구름장이 서으로 서으로 빨리빨리 달아났다. 대번에 하늘은 빈틈없이 흐려지고 구름 두께는 갈수록 짙어가는 듯하였다.

사나운 바람은 여전히 그칠 줄을 모른다.

주만의 가슴을 지지른 검은 구름장도 더욱 무거워졌다.

그와 맞대해 앉아 있어도 이렇게 괴롭고 외로울진댄 차라리 돌아가는 것이 나을 성싶었다. 그러나 한 번 간 털이는 차돌이와 무엇을 노닥거리고 있는지 다시 올 줄을 모르고, 아무리 대담한 주만으로도 이 캄캄 칠야에 털이도 데리지 않고 촛불도 없이 저 혼자 타닥타닥 돌아가기는 거리꼈다. 그나 그뿐인가, 정작 몸을 일으키려 하매 더욱 서러웠다.

'그와 이렇게 대할 적도 몇 번이나 될 것인가?'

생각하매 그와 떠나는 슬픔이 그와 같이 있는 괴로움보다

백 곱절 천 곱절 더할 것을 새삼스럽게 느꼈다.

'어둡지나 않았더면 그의 얼굴이나 실컷 보아둘걸.'

아무리 눈을 닦아보아도 어둠 속에 덩치만 으렷이 보일 뿐 그 어글어글한 눈매와 연연한 입술이 나타나지 않는 것이 못 견디리만큼 안타까웠다. 털이에게 초롱까지 돌려 보낸 것이 몹시 후회되었다.

에라, 암만해도 보께는 내 속을 알릴 데는 그이 하나뿐이다. 기막힌 내 사정을 하소연할 데는 그 아니고 또 누가 있을까?

"나는 자칫하면 인제 자주 와서 못 뵙게 될지 몰라요."

마침내 주만은 입을 열었다.

"녜?"

아사달은 제 귀를 의심하는 모양이었으나 뒤미처,

"길이 그렇게 멀다니 어떻게 자주 오실 수야……."

"길이야 백 리면 어떠하고 천 리면 어떠해요……."

하고 주만은 불같은 입김을 내쉬었다.

"그러면 무슨 딴일이 생겼습니까?"

아사달의 묻는 말씨도 급하였다.

이 아름다운 동정자, 이 곰살궂은 은인까지 자주 못 보게 된다면 너무도 쓸쓸해질 제 생활이 아니냐? 나그네의 사막에 핀 한 송이 꽃! 그것마저 없어진다면 너무도 보송보송하고 메마른 그날그날이 아니냐?

"나, 나는 저, 정혼을 했답니다."

주만은 더듬거리면서도 분명히 제 할말을 하고야 말았다.

"녜, 정혼?"

아사달의 대답도 허둥지둥하였다.

"쉬이 시집을 가게 되겠단 말씀예요."

주만은 아사달이 잘못 알아들은 줄 알고 또 한 번 재우치고 어둠 속에서도 얼굴을 떨어뜨렸다.

"그, 그러시다면……"

하고 아사달은 말문이 콱 막히는 듯하였다.

"그러시다면 인제는 참 또 오시기……."

말끝을 맺지 못하였다. 자기만 찾아줄 그가 아니요 자기만 돌보아줄 그가 아닌 것을 아사달도 번연히 알건만 어쩐지 마음 한 모서리가 허수하게 비어오는 것은 어찌할 수 없었다.

그러나 이 처녀가 왜 이 말을 하는고, 자기가 시집을 가고 안 가는 것을 왜 나에게 알리는고. 거기 깊은 뜻이 있는 듯도 싶었지만, 다시 생각하면 무두무미하게 발길을 뚝 끊어버리면 궁금해할까보아 미리 가르쳐 주는 아름다운 마음씨에 지나지 않는 듯도 싶었다.

"또 오기야 또 오지만 몇 번을 더 오게 될지……."

주만의 목소리는 눈물이 거렁거렁 고였다.

"앞으로 단 한 번이라도 더 오실 수가 있다면야!"

아사달은 반색을 하다가,

"나도 인제는 이만큼 회복이 되었으니 염려를 놓으셔도 괜찮기야 합니다만!"

서운한 가락을 띠었다.

"나도 몇 달만 애를 더 쓰면 이 탑을 끝을 낼 것 같습니다. 그러면 나도 곧 부여로 돌아가게 되겠습니다."

주만의 방문조차 끊어진다면 그는 한시 바삐 일을 서둘러야 한다. 사랑하는 아내의 곁으로 돌아가야 한다.

"곧 부여로 돌아를 가서요?"

주만의 가슴엔 무엇이 뜨끔하게 마치는 듯하였다.

"그렇게 쉽사리 일이 끝이 날까요?"

"인제 3층도 대모한 것은 거진 끝이 났으니 잔손질만 하면 고만입니다. 일만 착실히 하고 보면 오래지 않아 손을 떼게 될 것 같습니다."

'그도 간다. 그도 갈 날이 얼마 남지를 않았고나. 그런데 나는, 나는……'

주만은 속으로 외쳤다.

60

"공사만 끝나면 곧 서라벌을 떠나실 작정이군요?"

주만은 아까 아사달의 말이 마음에 키이는 듯 또다시 물었다.

"여러분의 후의와 신세진 것을 생각하면 얼마를 더 있어도 정이 남습니다마는 공사가 끝난 다음에야 한시 바삐 그리던 고장으로 돌아가야지요."

아사달은 솔직하게 제 진정을 털어내었다. 대공을 이룬 다음에야 하루인들 서라벌에 머뭇거릴 필요가 어디 있느냐.

그러나 주만에게는 그 솔직한 대답이 너무도 몰풍스럽고 매정스러웠다. 그는 내가 있는 이 서라벌이 그렇게 지긋지긋한가? 뒤도 돌아보지 않고 선선히 발길을 돌릴 수 있는가?

아아! 그에게는 나란 사람이 아무 상관도 없구나!

"부여가 서라벌보담 그렇게 좋아요?"

주만의 이 말 한 마디에는 만가지 한과 원이 품겼으리라.

그러나 그런 줄이야 아사달은 꿈에도 알 까닭이 없었다.

"그렇게 좋을 거야 무엇 있겠습니까. 그야 서라벌에 대면 시골 두메지요만 사람이란 제가 나고 자란 고향이 그리운 것이랍니다."

"거기는 사자수가 흐른다지요? 맑고 깊은 강이."

"강만은 서라벌보담 나은지 모르지요."

"그 강을 에두르고 부여란 큰 서울이 있었더라지요?"

"옛날의 번화한 자취가 인제는 쑥밭이 되었지만 이때나 한결같이 흐르는 사자수는 언제든지 아름답고 구슬픈 꿈을 자아내는 듯하지요."

"그래, 우리 서라벌의 남내와 모기내보담 큽니까?"

"크기로도 남내와 모기내의 여러 갑절입니다마는 첫째 깊고 맑고."

"나도 그 사자수를 좀 구경을 하였으면, 나도 그 아름다운 물가에 살아보았으면!"

하고 주만은 한숨을 휘 내어쉬다가 갑자기 소용돌이치는 정열을 걷잡지 못하는 듯이,

"가실 때 나를 데려가주서요. 나도 가요, 나도 가요. 아사달님을 쫓아서 나도 갈 터예요. 네 아사달님. 제발 나를 데려가주서요. 아사달님의 고향으로 나를 데려가주서요."

잠깐 뜸하였던 바람은 다시 세차게 불기 시작한다. 하늘은 먹을 갈아부은 듯이 캄캄해졌다.

주만은 펄렁거리는 옷자락을 여미지도 않고 이제란 이제야말로 이 속에 쌓이고 쌓인 충정을 쏟아놓기 시작하였다.

"녜 아사달님, 나를 꼭 데리고 가셔야 됩니다. 나를 버리고 가신다 해도 나는 아사달님을 찾아갈 터입니다. 하늘이 두 쪽이 나더라도 찾아가고야 말 것입니다."

아사달은 이 정열의 회오리바람에 한동안 정신을 차릴 수가 없었다.

"구슬아기님, 구슬아기님. 구슬아기님이 부여로 가시다니 말이 됩니까. 이 좋은 서울을 버리시고⋯⋯."

"난 서울도 싫어요. 아사달님이 안 계시는 서울은 무덤 속같이 쓸쓸해요."

"부모님도 버리시고⋯⋯."

"부모님 곁을 떠나는 것이야 슬프지만 다른 데 시집을 가는 것보담 낫지 않아요?"

아사달은 회술레를 돌리는 것처럼 머리가 핑핑 내둘렸다.

"아무리 멀리 구슬아기님이 부여로 가신다 해도 이손 댁에서 그냥 두실 리 만무한 일⋯⋯."

"그냥 안 두시고 설마 나를 어떡하실까."

"이런 서울에 사시다가 그런 두메에 어떻게 숨어 사십니까. 그런 생각일랑 아예 마십시오. 그런 말씀일랑 아예 마십시오."

"서울이면 어떠하고 두메면 어떠해요. 아사달님이 가시는 데라면 어디라도 좋아요. 물 속에라도 불 속에라도."

"구슬아기님, 그것은 안 될 말씀입니다. 그것은 천부당 만부당하신 말씀입니다."

"아무리 아사달님이 안 된다 하셔도 인제는 틀렸습니다. 아무리 나를 떼치시려 하셔도 인제는 때가 늦었습니다. 이 몸은 아사달님의 그림자. 아사달님이 서나 앉으나 따를 그림자. 아사달님이 오나 가나 붙어다닐 그림자. 이 몸이 죽기 전에는, 이 몸이 재가 되기 전에는 아사달님을 놓치지 않을 터예요."

그렇게 몹시 불던 바람도 별안간 무엇에 주눅이 든 듯 뚝 그치며 우르르 우레가 호통을 친다. 문득 먹장 같은 구름을 찢고 번개가 번쩍하며 줄불을 터뜨리자 그 어마어마한 불칼로 하늘을 동강이를 내는 듯 무서운 음향이 일어나고 그리 멀지 않은 곳에 벼락이 떨어진 것 같다.

번쩍하고 눈 속을 스쳐가는 광채 가운데서 두 남녀는 일찰나 마주보았다.

주만의 얼굴도 핏빛이었다. 아사달의 얼굴도 핏빛이었다.

후닥 뚝딱 굵은 빗방울이 떨어지기 시작한다.

61

아사달은 굵은 빗발이 떨어지는 것을 보고 놀랐다.

"기예 비가 오시는군요. 이렇게 뇌성벽력을 하니 비가 오셔도 많이 오시겠는데요."

"비가 오시면 어때요. 비쯤 맞으면 어때요. 비 걱정일랑 마시고 나를 데려가시겠다고 언약을 해주서요, 맹세를 해주서요. 부여든지 어디든지 아사달님 가시는 데 같이 간다고 속시원하게 일러주셔요."

"……."

우루룩 우루룩 천둥은 갈수록 잦아간다.

쉴 새 없이 번개는 친다. 그 사나운 불채찍은 어둠을 후려 갈기고 빗발을 누비질하며 번쩍거린다.

와지끈 벼락은 닥치는대로 바수어내는 듯 온 누리가 이 호통의 으름장에 겁을 집어먹고 부들부들 떠는 듯하였다.

주만의 불을 뿜는 듯한 하소연은 그대로 계속되었다.

"불국사에서 처음 뵙던 그 순간 나의 운명은 벌써 작정이 된 것이야요. 다보탑 밑에서 신기하게도, 참으로 신기하게도 두번째 만나뵐 제 나의 일생은 구정이 나고 만 것이야요. 그 때부터 이 몸은 아사달님 없이는 이 세상에 못 살 줄 알았습니다. 아사달님 아니고는 나에게 기쁨을 주고 행복을 줄 이가 또다시 없는 줄 깨달았습니다. 세번째 석가탑 위, 지금 앉은 이 자리에서 혼절하신 모양까지 뵙게 된 것은 우리의 이상한 인연이 아주 굳어지고 만 것입니다."

비는 어느 결에 폭우로 변하여 촤촤 쏟아지기 시작하였다.

"옷이 다 젖으십니다. 이 바위 뿌리 밑으로라도 잠깐 의지를 하십시오."

아사달은 딱한 듯이 또 한 번 재우쳤다.

"왜 자꾸 딴말씀만 하세요. 이 옷이야 다 젖은들 어떠해요. 아사달님이 허락만 하신다면 이 비를 맞고 그대로 짓물러나도 좋아요. 그대로 잦아져도 좋아요. 네, 아사달님, 같이 가실 테지요. 함께 간단 말씀을 해요."

"……."

아사달도 노박으로 맞는 비를 피하려고도 아니하고 눈을 감아 버렸다.

이윽히 무엇을 생각하는 듯하다가 마침내 차마 하지 못할 말을 하고야 말았다.

"구슬아기님, 그것은 안될 말씀입니다. 나에게는 의엿한 아내가 있답니다. 나 돌아오기를 손꼽아 기다리는 아내가 있답니다."

이 말을 하기에 아사달은 가슴이 갈기갈기 찢기는 듯하였다. 자기의 둘도 없는 아름다운 동정자에게 이 말을 들리기는 너무도 면난쩍었다. 너무도 무참하였다. 그 어여쁘고 고운 염통을 칼로 저미는 것이나 진배가 없었다. 아까부터 몇 번을 이 말을 할까 말까 망설였었다. 목구멍까지 올라왔다가 스러지고 혀끝에 뱅뱅 돌면서도 입밖에 내지를 못하였었다.

그러나 이 말을 듣는 것은 한때의 고통. 이런 줄을 모르고 처녀의 마음을 끝끝내 바치게 하는 것은 크고 더 무서운 죄악인 양하였다. 그는 마침내 마음을 결단하였다. 이를 악물고 이 말을 하고 만 것이었다.

과연 열에 띠인 주만에게도 이 말만은 여무지게 울린 듯하였다. 화살을 맞은 비둘기 모양으로 그의 몸을 흠칫하였다.

그러나 그렇다고 움츠러들 주만이가 아니었다. 날카롭게 찔린 상처의 아픔을 지그시 견디는 듯하더니 아까보다 더욱 흥분된 목소리로 그 말을 받는다.

"나도 알아요, 부인이 계신 줄을 나도 알아요. 장인이요 스승이신 어른의 따님이 부인이신 줄 나도 알아요. 의젓하고 아름다운 부인께서 댁에서 아사달님 돌아오시기를 나날이 기다리시는 줄 나도 알아요. 나도 그 때문에 얼마나 고민을 하였을까, 애간장을 끓였을까…… 남의 남편, 남의 서방님을 흠모하는 이 몸이 얼마나 미웠을까……"
하고 주만은 지나친 흥분에 잠깐 말을 끊었다.

"그러나 그것도 인제는 지난날의 몹쓸 꿈으로 사라지고 말았습니다. 남편이 되고 아내가 되는 것보담 더 높은 정이 없을까, 더 깨끗한 사랑이 없을까요. 아무리 부인이 계시다 한들 사랑이야 어떡하실까. 나는 그 어른의 형님이 되어도 좋고 동생이 되어도 좋아요. 나는 다만 아사달님 곁에만 있으면 고만예요. 하루 한 번, 열흘에 한 번이라도 아사달님을 뵈올 수만 있다면 고만이에요."
비는 점점 소리를 치며 내려 붓는다.

62

불덩이 같은 주만의 머리와 뺨에 빗발이 젖자 무럭무럭 김이 서렸다.
"나는 아사달님과 부부가 되는 것도 원치 않아요. 그야 의젓한 부부가 될 수가 있을 말로야……"
하다가 주만은 코 안으로 흘러드는 빗물을 풀어내었다.
"그야 애당초에 안되기로 정해놓은 노릇. 나는 차라리 아사달님의 제자가 될 터예요. 겨누와 정을 매만져드리는 제자가 될 터예요. 10년을 배우고 20년을 배우면 설마 그 놀라우신 재주의 만분지 일이야 못 배울까……"

"이손 댁의 귀동따님이 석수장이의 제자가 되다니 안 될 말씀, 안 될 말씀"

하고 아사달은 고개를 흔든다.

"왜 안 돼요. 안 될 까닭이 무엡니까. 삼단 같은 머리를 끊어버리고 불제자도 되려든. 나무로 깎고 구리로 새겨 맨든 부처님의 제자도 되려든. 살아 있는 이를 왜 스승으로 못 섬길까. 눈앞에 보여주는 재주를 왜 못 배울까……."

"제발 마음을 돌려주십시오. 이 아사달이 빕니다."

아사달은 머리를 푹 수그렸다.

"아무리 아사달님이 빌어도 내 마음은 돌리지 못합니다. 동해에서 뜨는 해가 서악(西岳)에서 떠도 한 번 먹은 내 뜻은 꺾지를 못합니다."

"괴롭습니다. 이 아사달이 괴롭습니다. 제발, 제발……."

"괴롭다면 내가 괴롭지 아사달님이야 왜 괴로워요. 여제자 하나 더리는 게 그렇게 괴로워요."

"제발 그러지 말아주십시오. 부모님께서 정혼하신 자리로 떳떳이 시집을 가주십시오. 그리고 그 좋은 부귀와 영화를 누려주십시오."

"부귀와 영화가 아무리 좋다 한들 내가 싫은 바에야 헌신짝만도 못한 것……."

"가난뱅이 석수살이. 그 지긋지긋한 고생을 왜 사서 하시려고……."

"아무런 고생살이라도 제가 질겨하는 거야 누구를 탓을 해요."

"말씀은 쉬워도 고생살이란 진저리 나는 것. 풀자리에 베

이불을 어떻게 견디실까. 안 될 말씀, 안 될 말씀."

"돌 위에 그냥 자도 내 좋으면 그만이지요. 나무껍질을 벗겨 먹어도 내 기쁘면 고만이지요. 아사달님을 그리고는 끊어질 이 목숨. 목숨도 태웠거든 세상에 못 견딜 일이 무에 또 있을까."

바로 머리 위에서 벼락이 떨어지는 듯 천지가 뒤짚는 울림이 일어났다. 정열의 용솟음에 허덕이는 그들도 아뜩하며 귀를 막았다. 눈에 불이 주렁주렁 흩어지며 세상에도 빠르고 세상에도 세찬 무엇이 휙 지나치는 듯하였다. 팽팽 내어 둘리는 눈길에도 저 건너 산허리에 수없는 불바위가 디굴디굴 맞부닥뜨리며 굴다가 이내 스러져버리는 광경이 환하게 보였다.

일순간 번하게 밝아오는 듯하다가 다시 자욱해지더니 비는 꼬지락이로 따르었다. 대번에 탑 위에 물이 펑하게 고이며 양가로 철철 흘러떨어지는 소리가 난데없는 폭포를 이룬 듯하였다.

"이리로 오십시오. 이 돌부리 밑에나마 좀 들어 앉으십시오."

아사달은 캄캄한 가운데서 더듬거리며 주만을 불렀다. 아무리 주만으로도 폭포수같이 내리지르는 이 빗줄기를 그냥 맞기는 어려웠으리라. 그는 몸을 일으키려 하였으나 벌써 흠빡 젖은 옷자락이 다리에 휘감기어 댓자욱을 떼놓을 수 없었다.

아사달의 손은 가까스로 질척질척하는 주만의 소매를 잡을 수 있었다.

물펑덩이가 다 된 주만의 몸을 옆으로 반나마 안다시피 하여 어홍하게 떨어낸 바위 부리 밑에 들여앉힐 수 있었다.

그 바위 밑은 둘이 맞비비대고 몸을 웅크려야만 간신히 노박이 빗발을 가릴 만큼 좁았다.

"아사달님 어디로 나가서요, 어디로. 이렇게 비가 딸쿠는데."

주만은 자기를 안아다가 놓고 몸을 일으키는 아사달을 보고 부르짖었다.

"여기도 괜찮아요. 여기도 의지깐이 있습니다."

아사달은 분명히 거짓말을 하는 모양이었다.

"거기 무슨 의지깐이 있어요. 노박이로 비를 맞이실 걸 뭐."

"괜찮아요. 아무 말씀도 마시고 조금만 그러고 계십시오. 인제 곧 비가 뜸해질 것이니까요."

아사달의 말을 반박이나 하는 것처럼 비는 더욱 줄기차게 쏟아진다.

"고새라도 이 줄기찬 비를 그대로 맞으시면 병환이 더치실걸. 어떡하나, 어떡하나."

주만은 보이지도 않는 아사달을 찾으며 조바심을 하였다.

"여기도 괜찮습니다. 여기도 비를 맞지 않습니다."

아사달의 목소리는 아까보다 얼마를 떨어져나간 듯하였으나 그 숨길은 몹시 거칠게 들려왔다.

63

부석의 병은 아사달이 떠나던 그 해에는 벌판으로 점점 나아갔다.

봄이 지나고 여름이 되자 그 몹쓸 해소도 도수가 드물어지고 손수 정을 들어 여러 제자들에게 돌 쪼는 비결조차 가르쳐줄 만큼 되었다.

그가 이렇게 속하게 건강을 회복하게 된 것은 첫째 온화한 기후 관계가 크기도 하였지만 외동사위를 멀리 떠나보내고 심신이 긴장한 탓도 탓이리라.

그는 세상없어도 아사달이 대공을 이루고 돌아올 때까지는 살아야 한다. 그 능란한 솜씨로 서라벌 석수들을 어떻게 쩔끔하게 하고 천하에 으뜸가는 탑을 어떻게 지어내었다는 이야기를 듣기 전에는 눈을 감으려야 감을 수 없다.

만일 그 동안에 제 명이 이어가지 못한다면 홀로 남은 아사녀는 어떻게 될 것인가. 생각만 해도 아슬아슬하였다.

그는 아사달이 있을 때보다 제 몸을 돌보고 주의를 게을리하지 않았다. 조죽이나마 억지로라도 몇 술을 더 떠넣었다. 병상에 누워 있는 때를 할 수만 있으면 줄이고 웬만하면 기동을 해보았다.

그러나 여름이 다 지나고 가을 바람이 불기 시작하면서부터 그 무서운 기침은 또다시 그를 찾았다. 온몸의 힘을 쥐어짜내고 오장육부까지 뒤틀어 오르게 하는 그 무서운 해소는 맹렬하게 그의 덜미를 짚었다.

기침 한번 한번에 늙고 쇠한 기운은 빠져 달아났다. 몸에 억지를 부린 탓으로 그 반동은 더욱 무서웠다.

한겨울이 되자 몸져 눕고 말았다.

아사녀는 병상 곁에서 꼬바기 여러 밤을 밝혔다.

호된 기침을 하고 난 뒤에는 거물거물 그 자리에서 숨이지는 듯도 하였다.

"아버지, 아버지, 눈을 떠보십시오, 눈을 떠."

아사녀는 울며 부르짖었다. 푹 꺼진 눈자위는 눈알맹이가 있을 성싶지도 않고 가르렁 가르렁하던 담 끓는 소리도 가라앉고 숨소리가 들릴 듯 말 듯하자 아사녀는 질색을 하며 아버지를 깨워보는 것이었다.

"음, 음, 왜?"

하고 그 진땀이 배어서 번질번질해진 눈시울을 뜨면 아사녀는 돌아간 아버지가 다시 살아난 것같이 기뻐하였다.

"아버지."

"왜?"

"아버지가 이렇게 편찮으시다가 만일……."

"만일에 죽으면 어떡하느냐 말이지. 안 죽는다, 안 죽어, 쿨룩쿨룩."

말끝은 기침으로 마쳐졌으나 부석은 자신 있게 딸을 위로하였다.

"아사달이 돌아오는 걸 못 보고 내가 죽다니 말이 되느냐, 아사달을 다시 못 보고 눈을 감으랴니 감을 수 있느냐."

"아버지께서는 그 탑이 얼마쯤이나 되었을 듯해요?"

"가만 있자, 그 애 간 지가 한 일년 되었느냐?"

"올봄에 갔으니 아직 일년은 채 못 되었지요."

"옳아, 그 애가 올봄에 갔것다. 공을 들이자면 그래도 일년은 걸릴걸."

"뭐 일년 템이나."

"참, 짓는 탑이 둘이라지. 훌륭한 석수를 만나 하나씩 맡

아 짓는다면 일년에 끝을 내겠지만 두 탑을 혼자손으로 다
맡는다면 이태는 더 걸릴걸."

"어유, 이태!"

아사녀는 한숨을 내쉬었다.

"이태가 그렇게 먼 듯하냐? 까다로운 공사나 만나고 생각
이 잘 안 돌면 4, 5년도 걸리는 수가 있느니라."

"그렇다면 큰일나게요, 큰일나게."

아사녀의 눈은 호동그래졌다.

일년이 채 못 되어도 이렇게 그립고 기달리거든, 이태 삼
년이 걸린다면 아버지보다도 제가 먼저 말라죽을 것 같아
였다.

"여기서 서라벌이 얼마나 되어요?"

"글쎄 몇 리나 될까. 한 500리는 더 될걸."

"500리, 그렇게 멀어요. 걸어간다면 여러 날 걸리겠는데요."

"암, 여러 날 걸리지. 발이 부르트고, 쿨룩쿨룩."

"노독이나 나지 않았을까."

아사녀는 혼잣말같이 중얼거렸다.

위태한 고비를 몇 번 넘기기는 하였지만 그 해 겨울은 아
무튼 무사히 지낼 수 있었다.

그 이듬해 봄이 되고 여름이 되자 기침은 또다시 뜸해졌지
만 너무 지쳐서 기운을 차릴 수가 없게 되었다.

64

그 이듬해는 여름이 되어도 몹시 지친 부석의 몸은 좀처럼 소복을 못 하고 호정출입까지 어렵게 되었다.

위험 시절 가을은 또 닥쳐왔다. 혹독한 기침은 썩은 나뭇가지를 분질러내듯 쇠약한 부석의 몸의 모든 부분을 샅샅이 바수어내었다.

인제 쿨룩쿨룩하는 소리도 제대로 나오지를 않았다. 소리를 낼 만한 근력 한푼어치도 그에게 남지 않은 모양이었다.

주름살 많이 잡힌 얼굴이 마치 으등그린 송충이처럼 흉헙게 찡그려붙고 입을 딱딱 벌리는 것을 보아 그가 지금 기침을 하고 있음을 짐작할 따름이었다.

어복이 말라붙은 종아리는 촛대뼈와 종지뼈가 앙상하게 드러나서 하릴없이 장작개비와 같이 뻣뻣하였다.

그가 살아 있다는 오직 한 개의 증거는 가르렁 거르렁 씩씩 갖은 소리를 내는 담 끓는 것뿐이었다.

금일 금일 하면서도 그의 생명은 기적적으로 끊어지지는 아니하였다.

"아사달을 다시 한 번 못 보고 내가 죽다니 말이 되느냐. 안 될 말, 안 될 말."

그는 조금만 정신기가 나면 언제든지 다 부서진 제 몸에 용을 쓰며 중얼거리곤 하였다.

아사녀는 하도 여러 번 그 소리를 들어서 귀가 따가웠다.

이렇게 용을 한번 쓰고 나면 그 흐릿한 눈동자에는 언제든지 눈물이 친친하게 괴어 올랐다.

제 평생을 두고 닦고 배운 재주를 모조리 전장한 아사달, 그의 쓸쓸한 인생에 오직 한 개의 보옥인 딸까지 맡긴 아사달.

그가 대공을 마치고 영광에 싸여 돌아오는 날까지는 세상 없어도 이 쇠잔한 목숨을 지탱을 해야 한다.

그의 잿불처럼 꺼져가는 생명을 부지하는 기적이 실상은 이 원력인지 모르리라.

아사녀는 이 용 쓰는 것과 눈물이 보기 싫었다. 처음에는 그럴 적마다 울기도 여러 번 울었으나 인제 와서는 그 광경을 차마 볼 수 없어 퉁퉁하게 부은 눈을 외우시고 만다. 이렇게도 원을 원을 하시는 것이 암만 해도 원을 이루지 못하고 마실 것이 더욱 가슴을 찢어갈기는 듯하였던 것이다.

어찌 어찌 그 무서운 겨울을 넘기기는 넘기었다.

추녀 끝에서 눈 녹아내리는 소리가 또닥또닥 난다. 사자수가 풀리느라고 얼음장이 찡찡 우는 것이 제법 멀리 들려왔다.

물동이를 이고 강가에 나간 아사녀는 어제 오늘 다르게 얼음이 한뼘 한뼘 녹아 없어지고 그 대신 찰랑찰랑하는 파란 물둘레가 넓어가는 것이 신통하였다.

바가지로 물 한 동이를 퍼내놓은 뒤에는 어린애 모양으로 두 손으로 그 수정 같은 물을 움켜 떠보고 손가락 새로 흘려버리곤 하며 때 가는 줄도 잊었다.

봄이 온다.

아사녀의 염통은 뛴다. 겨우내 그 조그마한 가슴을 엎누르고 지지르던 그 두꺼운 얼음장도 녹아내려 버린 듯하였다.

봄이 오면 첫째로 아버지의 병환이 돌리시리라. 그 무서운 기침이 차차 도수가 줄어지시리라.

지팡이를 끄시고 뜰에 내려오시어 양지 쪽 봉당에 앉으시게만 되면 그 몹쓸 병은 물러나는 날이다. 재작년도 그러하였고 작년도 그러하였으니 금년이라고 아니 나으실 리가 있으랴. 전보다 너무 지치신 듯한 것이 적이 염려가 되기는 되었지만.

그리고 더 좋기는 아사달님 돌아오실 날이 가까워온 것이다. 떠나신 후 벌써 세번째 봄이 돌아오지 않느냐. 아버지 말씀대로 탑 둘을 혼자손에 다 맡아 짓는다 해도 이태면 된다 하셨으니 이번 봄이 오면 햇수로는 벌써 3년, 날수로 따져도 고스란히 이태가 되지 않느냐. 설마 세번째 봄이야 넘기실 리 있으랴. 이번 봄에는 기어이 돌아오시고야 마시리라.

참 세월이 쉽기는 쉽구나. 단 한 달도 단 일년도 그릴 것을 생각하매 까마득하더니 어느 결에 이태 삼년!

아사녀는 정신을 놓고 물을 움키고 또 움키다가 이른 봄의 강물은 아직도 차서 손이 쓰린 것을 깨닫고 치마꼬리에 손을 씻었다.

"내가 미쳤나. 손이 이렇게 쓰린 것도 모르고……."

아사녀는 해죽이 웃고 치마꼬리에서 빼어낸 새빨갛게 된 손을 호호 불었다.

다가드는 봄 자취와 함께 그의 집에는 기쁜 일과 좋은 일이 꼬리를 맞물고 한꺼번에 닥쳐오는 듯하였다.

65

물동이를 부엌에 내려놓고 아사녀는 쏜살같이 아버지께로 뛰어들어갔다. 오래간만에 저를 찾아준 기쁜 생각을 한시 바삐 병든 아버지에게 알려주고 싶었던 것이다.

아버지는 막 기침을 하고 나셨는지 헉헉하는 숨길이 턱에 닿고 번열이 난 탓으로 이불자락을 반나마 걷어쳤는데 그 칼등같이 드러난 갈비뼈를 보매, 아사녀는 지금 당장 꾸고 온 아름다운 꿈이 무참히도 부서지는 것을 느꼈다.

아무리 봄이 온다기로 이렇게 육탈한 아버지가 과연 회춘을 하실 것인가. 그렇게 기다리시던 아사달을 만나보실 수 있을 것인가.

그래도 아사녀는 그렇게 좋은 공상을 단념하기에는 너무도 아까웠다.

"아버지 아버지, 인제 봄이 와요."

아사녀는 무두무미하게 아버지의 귀에다 대고 부르짖었다. 작년 겨울부터 귀까지 절벽이 되어서 작은 말낱은 알아듣지 못하는 아버지였다.

아버지는 감았던 눈을 번쩍 떴다. 무슨 보에 쌓인 듯이 흐릿해 보이는 그의 안광이 이때 따라 생기가 도는 듯하였다.

"응 누가 와, 아사달이가 와!"

하고 올강볼강하는 팔꿈치로 한옆을 짚고 힘을 부진부진 준다. 그는 분명 몸을 일으키려고 애를 쓰는 모양이었다.

"아녜요, 아녜요. 아사달님이 온다는 게 아녜요. 봄, 봄이 온다는 말씀예요, 강물이 다 풀리고……"

"뭐, 뭐, 봄, 봄이 와?"

부석은 싱겁다는 듯이 떠들썩하게 쳐들었던 몸을 메다부치듯 가라앉히고 만다.

"얼음장이 풀리고 물이 제법 졸졸 소리를 내고 흘러요."

"……."

부석은 자기에게 아무 상관이 없다는 것처럼 스르르 눈을 다시 감아 버린다.

"봄이 오면 그 몹쓸 병환도 나으실 게고……."

"봄이 온다고 내 병이 나을 듯싶으냐?"

"그러면요. 일기만 따뜻해지면."

부석은 고개를 흔들었다. 고개를 흔들었다느니보다 차라리 흔드는 시늉을 해보였다. 그리고 역정이 몹시 날 때 하던 버릇으로 눈썹을 치켜올리고 그 영채 없는 눈으로 잔뜩 천장을 노렸다.

봄이 온다는 말이 이렇게도 아버지의 귀에 거슬릴 줄이야.

아사녀는 한참 무료하게 앉아 있다가 문득 아침밥이 늦어가는 것을 생각하고 몸을 일으켰다. 아침을 짓는대야 아버지는 미음을 끓여드리고 밥 먹을 이는 저 하나뿐. 그리고 누룽지를 치워줄 삽사리 한 마리. 신신치 않은 일이나마 문병 오는 제자들이 달겨들기 전에 아침밥을 먹어 치워야 한다.

아사녀는 막 방문을 열고 나가려 할 제 부석은 매우 못마땅한 눈치로 거의 흘겨보다시피 돌아본다. 말은 안 하여도,

"나 혼자 남겨놓고 또 어디를 나가느냐?"

하고 꾸짖는 것 같았다. 아버지는 요새 와서 걸핏하면 화를 내시고, 더구나 아사녀가 곁을 떠나는 것은 질색이었다.

어질고 자상스럽던 성미도 병에 부대끼어 변해진 듯하였다.

아사녀는 다시 아버지 곁으로 왔다.

"아버지, 잠깐만 혼자 계십시오. 아침밥을 짓고 들어오께."

아사녀가 다시 들어오자 아버지는 돌아누워 버리고 알은
체도 하지 않았다.

"네 아버지, 아침을 지으러 나가야 되지 않아요."

"그래라"

하고 대꾸는커녕 고개까지 끄덕여주지 않았다.

"네 아버지, 저는 나가봐야."

또 한 번 재우쳐 보았건만 아버지는 눈까지 감고 제 딸이
거기 서 있는 것조차 잊어버린 것 같았다.

아사녀는 망단하여 서성거리며 아버지의 축난 얼굴을 물
끄러미 들여다 보았다.

그 폭 꺼진 눈자위에 눈물이 펑하니 고이어 오른다.

"아버지, 아버지!"

아사녀는 억색하여 부르짖었다.

"그래 봄, 봄이 오면 아사달이 온다더냐?"

다시 눈을 뜨는 아버지는 눈귀와 눈초리가 깊은 탓인지 눈
물은 흔적도 없이 잦아져서 방장 우신 것 같지도 않으나 그
말소리는 몹시 떨렸다.

그러면 아버지도 자기와 꼭 같은 생각을 가지고 계셨던가.

"오고말곱시오. 떠난 지 벌써 세번째 봄이 오는데."

"음, 세번째 봄이. 음, 봄이 완구히 오기 전에 아사달이 와
야 될 텐데. 요 며칠 안에 아사달이 와야 될 텐데……."

"……."

아사녀는 무슨 뜻인지 잘 알아차릴 수 없었다.

"음, 요 며칠 안에…… 암만해도 너 혼자 남겠고나……."

아버지는 수수께끼 같은 말을 남기고 다시 눈을 감아 버린다.

66

부석은 자기가 염려하던 바와 같이 그 봄이 채 다 못 와서 썩은 나무가 물 오르기 전에 부러지듯이 세상을 떠났다.

죽기 전 며칠은 제법 정신기가 돌아났다. 시늉만 보이던 그 악착한 기침도 도수가 줄어진 것 같고 담 끓는 소리도 한결 나은 듯하였다.

하루 아침은 물을 길러 나가려는 아사녀를 눈으로 불렀다. 곁에 와 앉은 딸을 퀭한 눈으로 쳐다보며 자꾸 안간힘을 쓴다.

"아버지 아버지, 왜 이러셔요?"

팔뚝 전체로 방바닥을 짚고 모로 다리를 꼬는 병인을 보고 아사녀는 또 무슨 변이 생기는가 하고 질겁을 하며 부르짖었다.

"왜 이러셔요, 아버지. 글쎄 아버지, 가만히 좀 누워 계셔요."

그래도 병자는 부진부진 혼자 애를 쓰다가,

"이, 일으켜. 나를 좀 일으켜"

하고 버르적거린다.

"어유, 큰일 나게. 안 됩니다, 안 돼요. 몸을 움직이시면 또 그 몹쓸 기침이 나게요."

아사녀는 질색을 하였다.

"내 딸아, 아사녀야. 나, 나를 좀 일으켜다오, 후, 후."

한참 기를 쓴 탓에 지쳤던지 숨을 모두꾸려 쉬며 마치 애원이나 하는 것 같다.

"숨길이 이렇게 가쁘신데 일어나셨다가 더치시면 어떡하게."

"누웠으니 답답해, 어유 답답해. 이, 일으켜라, 일으켜, 좀."

"글쎄 안 됩니다, 안 돼요. 병환이……."

"병은 인제 다 나았다. 나를 일으켜라, 응. 아가, 아가."

비두발괄이나 하는 것 같다. 이 안타까운 청을 아니 들으랴 안 들을 수 없었다.

아사녀는 두 손을 병자의 등 밑으로 넣었다. 손에 만져지는 아버지의 살은 마치 물기 도는 바위와 같이 엄청나게 무겁고 미끈거렸다.

아사녀는 제 팔이 천 근들이 쇳덩이나 얹힌 것처럼 휘어지는 것을 느끼는 순간 아버지는 뜻밖에도 거뜬하게 일어나 앉는다.

아사녀는 병자가 쓰러지지 않도록 이불을 둘레둘레 모아 앞과 양옆을 두리꺼리고 뒤에는 안석 삼아 두둑하게 고였다.

아니나다를까, 아버지는 일어앉기가 무섭게 한바탕 된통 기침을 하였으나 그 몹쓸 고통도 잊은 듯 그 눈물이 핑한 눈으로 웃어 보였다.

오래간만에도 그 엉덩그려 붙인 얼굴을 펴는 웃음살!

한번 일어나 보시는 것을 이렇듯 신기해 하시고 기뻐하실 줄이야! 그런 줄 알았더면 진작 일으켜드릴 것을!

아사녀도 눈물겹도록 그 웃음이 반가웠다. 하마터면 깨어질 듯하던 제 환상이 그대로 들어맞은 것이 어떻게나 기쁜지 몰랐다.

봄이 온다! 강물도 풀리고 아버지의 얼굴에도 봄이 온다.

그 날 아침에는 물을 길면서 저도 모르게 콧노래까지 옹알거렸다.

강물은 엊저녁보다 몰라보리만큼 더 풀렸다. 도끼로 찍어도 깨어지지 않을 성싶던 그 두껍고 튼튼하던 얼음장이 둥둥 떠서 헤실헤실 녹으며 흘러간다. 아직 덜 풀린 얼음장 위에도 덧물이 져서 콸콸 소리를 치며 오는 봄을 그리는 것 같다.

그 날 저녁에 아버지는 밥을 달라고 떼를 썼다. 미음도 잘 못 넘기던 어른이 죽도 마다하고 밥을 먹겠다는 데는 아사녀도 기가 막혔다. 부녀간에 얼마를 실랑이를 하다가 끝끝내 밥을 반 주발이나 말아서 자시었다. 매우 염려를 하였지만, 그 날 밤에 배탈도 나지 않았다.

그 이튿날 아침에는 아사녀가 채 눈도 뜨기 전에 병자는 제 혼자힘으로 일어앉고 말았다.

"어떻게 혼자 일어나셨습니까?"

아사녀는 하도 신통해서 웃으며 물었다.

"왜 나 혼자는 못 일어난다더냐?"

하고 아버지는 웬일인지 웃지를 않았다. 또 무엇에 역정이 난 것 같았다.

"쌀이 얼마나 남았느냐?"

아버지는 불쑥 이런 말을 물었다.

"입쌀은 한 댓되밖에 안 남았어요."

"그리고 좁쌀은?"

"저번에 팽개님이 팔아온 것 서 말은 남았을까?"

"팽개, 팽개가 좁쌀을 팔아와?"

매우 불쾌한 눈치를 보이다가 땔나무는 누가 해오느냐, 내 옷은 몇벌이나 되느냐, 너는 봄이 되어도 입을 옷이 있느냐, 내가 잘 간직해 두라던 돌 다루는 기구는 다 어찌하였느냐, 갖은 것을 미주알 고주알 파고 캐며 챙겼다.

그 날 해가 어슬어슬해지자 아버지는 오한이 든다고 이불을 덮어도 또 덮어라 하였다.

며칠 뻔한 탓에 마음을 놓았던 아사녀는 더욱 허둥지둥하였다.

밤중이 되자 아사녀의 눈에는 아버지의 얼굴빛이 아주 달라지는 듯하였다.

"아버지 아버지, 여러 제자들을 불러, 불러오리까?"

아사녀는 울며 부르짖었다. 병자는 손을 내어젓고 무슨 말인지 입만 달싹달싹한다.

"네 아버지, 네 아버지."

딸은 아버지의 입에 귀를 대었다. 병자는 차오르는 숨길 가운데 낱도 없는 말을 중얼거렸다.

"아, 아, 사달."

이것이 마지막 말이었다.

67

초종은 여러 제자들의 운력으로 어렵지 않게 치를 수 있었다. 그 중에도 가려운 데 손이 닿도록 오밀조밀한 팽개의 힘이 더욱 크고도 곰살궂었다.

얼른 보기에 덜렁하고도 투미할 듯하던 그가 큰일을 당하매 이대도록 차근차근하고 자상스러울 줄은 정말 생각 밖이었다.

그는 아사녀가 입을 상복의 치수까지 아는 듯하였다. 어느 때 어떤 절차로 절을 하고 곡을 하는 것까지 또박또박이 알렸다. 제수에 드는 것은 하나도 빼어놓지 않을 뿐인가, 고기가 얼마, 생선이 얼마, 심지어 여러 가지 과실 개수까지 남고 모자라는 것이 없도록 분별해서 사들였다.

그러고 상청에 들어서면 어느 제자보다 가장 섧게 울었다. 울음이 끝난 뒤에 여러 제자들은 아사녀를 위로하는 척하고 둘러앉아서 지싯지싯 실없는 수작도 더러는 꺼내었지만, 그는 제 할일만 끝나면 선선히 일어서서 사랑으로 나가 버렸다.

그의 아사녀에 대한 태도는 너무 점잖아서 오히려 데면데면한 편이었다.

장달과 싹불 같은 다른 제자들은 아사녀와 말 한 번 주고받을 기회만 얻으면 할말을 다 하고 난 뒤에도 딴청을 부리고 수작을 질질 끌려 하였다. 그러나 절차를 어떻게 할 것과 흥정을 어떻게 할 것 등으로 아사녀와 접촉할 기회가 가장 많은 팽개는 단 한두 마디로 일을 처리할 뿐, 아사녀를 거들떠보지도 않았다.

아버지마저 여의고 홀로 남은 아사녀, 의지할 곳 없는 아
사녀, 홀아비의 손엘망정 귀히 고이 자라나고 풍파란 겪어보
지 못한 아사녀, 아직도 나이 스물 셋! 세상물정을 모르는
그는 팽개의 이 행동이 어떻게 고마운지 몰랐다. 어떻게 든
든한지 몰랐다.

슬픔과 설움이 겹겹이 쌓인 중에도 날과 달은 흘렀다.

엉덩둥 장사도 지났다. 닥쳐오는 하루하루, 휘젓하고 무서
운 하루하루가 한 달 두 달이 되었다.

장달, 작지, 싹불, 웃보는 번차례로 혼자 오고 둘이 오고
대들고 대나며 아사녀를 찾아주었다. 외로운 그이거니 그
들의 오는 것이 반갑지 않음이 아니지만 그 눈치와 말투들
이 괴란쩍을 때가 많았다. 걸핏하면 싸움판도 벌어지기도
하였다.

하루는 꼭두 식전에 장달이가 그 길다란 키를 휘영휘영 흔
들며 들어오다가 먼저 와 앉아 있는 웃보를 보고,

"요 녀석이 어느 틈에 벌써 왔어? 새침데기 골로 빠진다고."

"왜, 못 올 데 왔단 말이냐?"

"요 녀석이 왜 새벽대령을 하고. 무슨 자갑스러운 짓을 저
지를랴고."

장달은 그 멍청이 같은 눈알을 디굴디굴 굴린다.

"이 싱거운 키다리가 못 할 말이 없네. 그건 어따하는 수
작이야? 이 기급절사를 할 놈아."

"그러면 왜 왔어, 왔어?"

"너는 왜 왔니? 그 짤막한 키를 질질 끌고, 맙시사"

하고 웃보는 아사녀를 향해 웃어 보였다.

"요 녀석이 살살 눈웃음을 치고 간지럽게. 아사녀님이 아무러한들 너 따위에 넘어갈 줄 아느냐?"

"왜 아사녀님이 무동이라 법사를 넘느냐? 넘어가시게, 하하."

웃보는 제 재담에 만족한 듯이 또 한 번 웃어 보였다.

"요 녀석이 칠월 열중이 모양으로 입만 까가지고."

"너는 입을 안 까고 그 황새 같은 다리부터 먼저 깠니? 킥킥."

"요 녀석이 또 웃어? 요 녀석아, 네가 그 웃음으로 건너 마을 술청 갈보는 호려내었지만도……."

"이 얼간 망둥이 같은 녀석을 그대로 내버려 두니까……."

웃보는 눈살을 꼿꼿이 세우더니만 대번에 장달의 따귀를 갈겼다.

장달이 화닥닥 일어서자 웃보도 발딱 몸을 일으켰다. 장달은 그 휘청휘청하는 긴 팔을 늘이어 웃보의 멱살을 잡았다. 웃보는 그 턱 밑에서 뺑뺑 돌며 그 작달막한 다리로 후당통탕 장달의 허벅지를 차느라고 애를 썼다. 장달은 멱살을 잡은 손에 힘을 주며 웃보를 회술레를 돌렸다. 웃보는 깡충 몸을 솟구치듯 하더니 그 여무진 대가리로 장달의 턱을 냅다 받았다.

"아야야!"

장달은 비명을 치고 멱살을 놓자 이번에는 웃보의 어둥거리는 다리가 정통으로 허벅지를 내리지르고 작으나마 세찬 주먹이 장달의 앙가슴을 쥐어질렀다.

"헉!"

외마디소리를 지르며 그 꾸부정한 등을 훨씬 펴는 듯하더니 그대로 털썩하고 나동그라졌다.

"이를 어째, 이를 어째?"

아사녀는 쩔쩔매며 자빠진 장달에게로 또 달겨들려는 웃
보의 팔뚝에 매달렸다.

"놓아주세요, 놓아주세요."

"이런 놈은 버릇을 단단히 알으켜놓아야."

웃보는 무엇이 그리 분한지 어깻숨을 쉬며 몸을 부르르 떨
었다.

68

장달과 웃보가 싸웠다는 소문은 대번에 좌하고 퍼졌다. 한
입 두 입 건너는 동안에 터무니없는 귀가 달리고 발이 붙어
서 소문은 별별 괴란쩍고 망측스러운 형상을 갖추게 되었다.

"웃보가 턱거리를 하는 바람에 장달의 턱이 떨어지고 말
았대."

"웃보란 놈이 키는 작아도 다부지기는 무섭지. 그 키다리
가 나가떨어지는 걸 좀 봤더면 정말 장관이었을 텐데……."

"아무리 하면 근력이야 장달을 당할 수가 있나. 그 검센
주먹으로 내리쳐서 웃보의 갈빗대가 부러졌대."

"아마 두 개가 부러졌다지?"

"아니야, 세 개래."

부러진 갈빗대 수효까지 따지며 살가죽을 헤치고 보고 나
온 듯이 말하는 위인도 있었다.

"대체 싸움은 왜 했다는 게야?"

"입때 그것도 모르시오? 그야말로 종일 통곡에 부지하 마누라 상사격이구려. 장달이가 막 들어서니까 웃보가 아사녀를 끼고 앉았더래."

"저런 망할 녀석 봤나."

"아니야, 그 싱거운 키다리가 새벽같이 달려들어 채 잠도 안 깬 아사녀에게 덤벼들었대."

"그 코끼리 같은 놈이?"

"그래 그걸 보고 웃보가 후려갈겼다나봐."

"웃보란 놈은 새벽에 뭣하러 아사녀한테 갔던가?"

"그야 모르지."

"아니래. 웃보가 먼저 가 있었대."

"장달이가 먼저 갔대도 그러네."

"그야 어느 놈이 먼저든지 똑같은 놈들이지."

"그는 그래."

"아무튼 아사녀가 큰일났군. 아사달이란 놈은 한 번 가더니 죽었는지 살았는지 소식도 없고 아비마저 죽고 없으니 그 젊은 것이 탈이 아니 날까?"

"그 승냥이떼 같은 제자놈들이 그냥 둘 리 없지."

"이뿌기나 여간 이뻐야지."

"이놈, 너도 생각이 다르고나?"

"말이야 바른 말이지, 침이 그대로 꿀떡꿀떡 넘어가는 걸 뭐."

손바닥만한 동리의 늙은이 젊은이 할 것 없이 뭇 입길에 아사녀의 이름이 오르내렸다.

제자들은 아사녀에게 달려와서 제각기 분개한다.

"그놈들이 어데 싸움할 데가 없어서 여기를 와서 치고받고 하다니 고약한 놈들 같으니."

"그놈이 사람이란 말이오? 스승의 상청이 바루 여기 있는데."

"돌아가신 스승의 눈에 채 흙도 들어가기 전에 그 외동 따님을 놀려내다니 똥으로 쳐죽여도 시원치 않을 놈들 같으니"

하고 작지는 입에 게거품까지 흘렸다.

"그런 놈들은 인제 이 문전엔 발그림자도 얼씬 못 하게 해놓아야."

싹불이가 이를 갈아부쳤다.

"그래, 웃보란 놈이 아주머니 젖가슴에 손을 댔다지요?"

작지는 흥장이 막힌다는 듯이 숨을 헐레벌떡거리며 물었다.

"아녜요. 그런 일은 없어요."

아사녀는 고개를 빠뜨리며 얼굴을 붉혔다.

"아니, 그놈이 아주머니를 두리쳐 끼고 입을……."

아사녀는 귀를 막고 싶었다.

새빨갛던 그의 얼굴은 대번에 파랗게 질렸다.

"이 사람이 무슨 말을 이렇게 함부로 하나. 설마 그럴 리야 있겠나?"

"그럴 리가 다 무엔가? 나는 장달에게 바루 들었는데."

"아니라네. 나는 웃보에게 들은 말이지만 장달이란 놈이 아주머니를 무릎 위에 올려놓고……."

아사녀는 그 자리에 고꾸라질 듯하는 몸을 가까스로 버티고 있었다. 이럴 때에 팽개라도 왔으면 싶었다. 그가 왔으면 이 무도한 자들을 물리쳐줄 것 같았다. 저희들끼리는 서로 뜯고 으르렁거려도 팽개의 앞에는 고개를 못 드는 그들이었다.

그러나 팽개의 발길은 너무도 드물었다.

그는 특별한 일 없이 결코 아사녀를 찾지 않았다. 그리고 올 적마다 빈 손으로 오지 않았다.

쌀이 떨어질 만하면 영락없이 쌀을 팔아가지고 오고, 나무가 거의 다 없어져서 오늘 저녁을 어떡하나 할 때에는 기별이나 한 듯이 나무를 꾸려가지고 왔다. 하다 못해 고기매와 생선마리라도 들고야 왔다.

온다 해도 방에는 말할 것 없고 마루에도 잘 올라앉지 않았다. 아무리 아사녀가 권하여도 마루 끝에 그냥 걸터앉았다가 그대로 일어서 버렸다.

말을 한 대야 집안 두량에 관한 말뿐 별로 다른 수작이 없었다.

다른 제자들은 오기만 하면 눌어붙고 상없고 무참한 소리를 거침없이 지절거리는 데 진절머리가 난 아사녀에게는 그가 마치 거룩한 부처님같이 보였다. 너무 설면설면한 것이 도리어 야속할 지경이었다.

69

기다리고 기다리던 팽개는 그 날 다 저녁 때나 되어서 매우 침통한 얼굴찌로 나타났다.

아사녀는 반색을 하며 일어나 마루 끝까지 나와 맞았다.

"어서 오세요, 올라오세요."

그러나 팽개는 그 말에는 대답도 하지 않고 석고대죄나 할 사람 모양으로 두 손길을 마주잡고 허리를 구부리고 선 채 이윽히 말이 없다.

지금까지 시끌덤벙하던 뭇 아가리들도 재갈 먹인 말처럼 쭉 닫혀지고 말았다. 나이 탓도 탓이려니와 워낙 얻어먹은 것이 있기 때문에 그들은 팽개라면 꿈쩍도 못 하였다. 더구나 오늘같이 된 소리 안 된 소리 떠들고 있다가 팽개의 엄숙한 거동을 보매 더욱 찔끔 한 것이었다.

한참 만에야 팽개는 무거운 입을 열었다.

"아주머님, 세상에 그런 변이 어디 있겠습니까? 오직이나 놀라셨을까? 모든 것이 내 불찰입니다. 그런 놈들을 단속을 못 한 내 잘못입니다. 무슨 낯으로 아주머님을 뵈올까?"

"왜 팽개님 탓이에요, 왜 팽개님 탓이에요?"

하고 아사녀는 억색하여 한 말을 되풀이하며 무에라고 뒤끝을 맺을지 몰랐다. 장달과 웃보의 싸움도 싸움이려니와 그 싸움으로 말미암아 해괴한 소문이 나서 차마 입에도 못 담을 소리를 들은 것이 더욱 분하고 원통하였다. 그렇다고 싸움한 것은 사실이지만 이러이러한 것은 생판 헛소문이라고 변명도 할 수 없는 노릇이었다. 그런 더러운 말을 어찌 입결엔들 올릴 수 있으랴. 그는 오라비 겸 아버지 같은 팽개에게 매달려 실컷 마음껏 울고 싶었다.

"그런 짐승만도 못한 놈들. 스승의 따님이면 저희에게도 누님이 되려든. 그러니 그런 해참한 일들이 어디 있단 말씀입니까?"

"오라버님!"

아사녀는 한번 힘있게 불렀다.

"그러면 오라버님도 그 터무니없는 소문을 믿으십니까?"

아사녀는 그 자리에 엎더져 울었다.

"아닙니다, 아닙니다."

팽개는 제 말이 조금 지나친 것을 깨닫고 당장에 돌려대었다.

"내가 왜 그 종작없는 소문이야 믿겠습니까? 그놈들도 설마 사람인데 그런 일이야 있겠습니까? 내 말은 그놈들이 아주머님께 어쩌고저쩌고 했다는 것을 가르키는 게 아니라 아주머님 앞에서 말다툼인들 왜 하느냐 말입니다. 더구나 치고받고 하다니 그런 해참한 일이 어디 있겠습니까?"

팽개는 십년 공부가 나무아미타불로 돌아갈 것을 염려하는 사람으로 뿌옇게 변명을 늘어놓았다.

"우리 아주머님 앞에 언감생심인들 그놈들이 그럴 리야 만무하고말고, 만무하고말고. 내가 미쳤다고 그런 소문을 꿈엔들 믿겠습니까?"

얼락 녹을락 하는 제 변명에 아사녀가 솔깃해지는 눈치를 차리자 팽개는 슬쩍 싹불을 보고 눈짓을 하고 나서,

"다들 사랑으로 나가!"

불호령을 내리며 눈으로 휘몰아내듯이 좌중을 부라리었다.

싹불이가 무엇에 튕기는 듯이 발딱 일어나 서며,

"자, 우리가 여기서 이렇게 떠들고 있을 게 아니라 일어서 나가세"

하고 제가 먼저 마루에서 내려선다. 여러 제자들도 쭉 따라 일어서는 수밖에 없었다.

팽개의 일령지하에 찍소리도 못 하고 움직이는 광경이 아사녀의 눈에 팽개를 여러 곱 돋보이게 한 것은 말할 나위도 없으리라.

장사를 치르고 난 뒤에 묵혀둔 사랑에는 먼지가 켜켜이 앉았다. 싹불은 앞장을 서서 비를 들고 나가서 부산하게 쓰레질을 하였다.

팽개의 명령으로 장달과 웃보도 불려왔다. 당사자 둘을 대면시키고 그 확변을 듣자는 것이었다.

여러 제자들은 그 두 사람을 치훑고 내리훑어 보았으나 장달의 턱도 그대로 붙어 있고 웃보의 갈비뼈가 부러졌다는 것도 새빨간 거짓말인 듯하였다.

팽개의 문초에 그들은 서로 손찌검을 저편에서 먼저 하였다고 빡빡 세우며 끝장이 나지 않았다.

"너희놈들끼리 손을 먼저 대고 나중 댄 것은 여벌 문제다. 아사녀에게 손을 먼저 댄 놈이 어느 놈이냐?"

팽개는 원님보다 더 무섭게 호령하였다.

"어느 놈이냐? 어느 놈이야?"

몇몇 제자들도 목에 핏대를 올리며 부르짖었다. 기실 두 놈이 싸운 것보다 이 문제가 그들에게 가장 크고 가장 흥미가 있었던 것이다.

"누가 아사녀에게 손을 대여?"

장달은 무슨 영문인 줄도 모른다는 듯이 도로 묻는다.

"이놈, 웃보, 너는?"

"이 키다리가 아사녀 듣는 데서 내가 술청 갈보를 호려내었다고 해서……."

"이놈아, 누가 술청 갈보 말이냐, 아사녀 말이지."

"그놈 멀쩡한 놈, 왜 갈보 얘기를 꺼집어낼까?"

"그래 이놈아, 네 눈은 아사녀가 갈보로 보이더냐?"

"그놈 혓바닥을 끊어놓아라."

여럿이 욱대기는 바람에 옷보는 얼굴이 노래지고 변명 한 마디 못 하였다.

아무튼 두 놈이 다 같은 놈이니 이후로는 스승의 문전에는 발그림자도 못 하도록 결말을 지었다.

70

제절제절 제비가 지저귀는 소리에 아사녀는 잠이 깨었다.

가뜩이나 수수산란한 심사가 장달과 옷보의 사단으로 말 미암아 더욱 어지러워져서 한 정만 자고 나면 도무지 잠이 오지 않았다.

아사달이 집에 있고 아버지 생전에는 누가 동여가도 모르 던 잠이었다. 그러던 것이 남편이 떠나면서 잠마저 가져간 듯, 난생 겪어보지 못한 잠 안 오는 밤이 이따금 그를 찾게 되었다.

첫 이별의 쓰라린 맛도 견디기 어려운데 소태 같은 불면증 까지 그를 괴롭게 할 줄이야. 그러나 그것도 한 해 두 해가 지나가자 고달프고 고소한 잠이 다시 애젊은 그를 찾아왔더 니만 아버지마저 세상을 떠나시매 슬픔과 설움도 둘째 셋째 요, 첫째 휘젓하고 무서운 증이 나서 또다시 잠을 이루려 이룰 수 없었다. 금방 들다가 금방 깨고 코 한번 옳게 못 골아보고 횐하니 밝는 수도 항다반 있게 되었다.

더구나 아찔은 삽사리가 허덕대고 짖는 것이었다. 그 컹컹 소리만 들으면 아사녀는 질겁을 하고 일어앉았다. 간이 콩만 해지고 가슴은 까닭없이 뚝딱거린다.

'누가 오나!'

이런 생각을 하면 괜히 머리끝이 쭈뼛해지고 마음이 오마조마하였다. 햇구멍 막히기가 무섭게 닫아 걸었지만 문새들이나 잘 걸려졌는지 방안을 두리번 두리번 살피기도 하였다.

'혹시 아사달님이 오시나!'

문득 이런 생각이 떠오르면 아무리 무서워도 기어코 방문을 바시시 열어보아야 직성이 풀렸다.

텅 빈 뜰에 달 그림자만 어른거릴 때도 있고, 또는 바람이 일렁일렁 불어 일기도 하였다. 어느 때는 캄캄한 밤에 아무것도 보이지 않고 아무것도 들리지 않는데 개는 이리 오르르 저리 오르르 뛰어다니며 세차게 짖었다. 하도 여러 번 속아서 인제 개짖는 소리도 시들해지고 혼자 자는 데 단련이 되어 어찌하면 잠도 곧잘 오게 된 판에 그 지긋지긋한 사단이 벌어졌다.

이럴까 저럴까, 천가지 만가지 사려에 어제 밤도 고스란히 밝혔다가 새벽녘에야 잠깐 눈을 붙인 것이 해가 돋도록 지나쳐 자고야 만 것이다.

방문을 열고 나와보매, 제비 두 마리가 빨랫줄 위에 납신 올라앉아서 추녀 끝을 쳐다보며 그 어여쁜 대가리를 갑신거리며 연상 재갈거린다. 햇빛을 담속 안고 그 흰 뱃바닥과 남빛 날개는 윤이 자르르 흐른다.

아사녀는 가벼운 하품을 한번 하고, 그 혀를 돌돌 말아붙이고 꽈리를 불어 터뜨리는 듯한 소리를 어느 때까지 듣고 있었다.

아버지 돌아가시기 며칠 전에 움트기 시작한 '봄'은 벌써 활짝 피었다.

'제비도 옛 집을 찾아오는데.'

아사녀는 날짝지근한 몸에 기지개를 한바탕 늘어지게 켜면서 혼자 생각하였다.

아사달은 웬일일까. 늦잡아도 이태면 이룩될 탑이거늘 어째 입때 오지를 않는가. 올 때 지난 지가 벌써 오래이거든 어째 온다는 낌새조차 보이지 않는가.

오늘 따라 아사녀는 아사달의 생각이 더욱 간절하였다. 아침 저녁 밤과 낮으로 문득문득 생각 안 나는 것이 아니지만 인제 기다리기에도 지쳐서 처음 모양으로 뼈끝이 저리도록 기다려지지는 아니하였다. 더구나 요새 와서는 제자들이 들고 나고 엄벙덤벙하는 바람에 마음놓고 아사달 생각조차 못하였던 것이다.

그러다가 제비가 온 것을 보자 심청이 나도록 아사달이 그리웠다.

'제비도 왔으니 그도 오려나.'

불현듯 이런 예감이 그의 뒤숭숭한 머리를 스쳐 지나간다.

'그도 오늘은 꼭 올 거야, 꼭 올 거야.'

마침내 스스로 단정을 해버렸다. 세상없어도 오늘이란 오늘은 아사달이 터덜거리고 들어닥치고야 말 것 같았다.

금시로 들어설 듯 들어설 듯하여 사립문을 내다보고 또 내다보았다.

'어서 밥을 지어놓아야.'

그는 부리나케 물을 긷고 쌀을 씻어 지었다. 밥솥에 불을 지피면서도 몇 번을 내다보곤 하였다.

밥을 다 지어놓고 아사달의 몫으로 밥 한 그릇을 떴다.

삽사리도 주인의 뜻을 아는지 그 몽탕한 꼬리를 흔들며 앞발을 들어 치맛단 위에 깡충깡충 뛰어올랐다.

"너도 서방님이 오늘 오실 줄 아니?"

하고 아사녀는 그 숱 많은 대강이를 어루만져 주었다.

오래간만에 차려놓은 겸상! 밥 한 그릇 더 올려놓은 것만 보아도 휑뎅그렁한 집안이 그득이 차는 듯하였다.

밥상을 차려다놓고 행길에 나와서 서울길을 눈이 빠지도록 바라보았다.

'내가 미쳤나?'

다시 들어와 숟가락을 들었으나 목이 메어 밥이 넘어가기를 않았다.

'설마 오늘 해 안으로야.'

그래도 아사녀는 희망을 잃지 않았다.

71

그 날 해도 떨어졌건만 아사녀의 바라고 기다리던 보람도 없이 아사달은 영영 그림자를 나타내지 않았다.

저녁이 되었다.

온 하루를 속았건만 또다시 남편의 저녁밥을 떴다.

암만해도 마음이 킨다.

이대도록 마음이 키이기는 갈린 지 3년 만에 처음인 양하였다. 세상 없어도 오늘 밤에는 들어닥치고야 말 것 같았다. 하필 오늘 제비가 날아오고 아침밥 뜨는 것을 보고 삽사리가 꼬리를 흔들며 좋아라고 뛰던 것이 심상할 까닭이 없다.

온다, 온다, 아사달은 분명히 온다.

어둑한 밤길을 재촉하며 허위허위 걷는 아사달의 모양이 자꾸만 눈에 밟혔다.

어디만큼 오시는가. 방장 숫재를 넘어서시는가.

'입때 숫재를 넘어서야 될 말인가. 그야말로 오밤중에나 들어오시게.'

아사녀는 고개를 살래살래 흔들었다.

숫재는 오늘 낮에 넘어섰으리라. 도둑놈이 덕시글덕시글한다는 그 험한 재를 이 밤에 넘으실 리 만무하다. 하마 고란사 앞을 지나시는지 모르리라. 벌써 버드나뭇골 여울을 건너 우리 마을 골목으로 휘어잡아 드신지 모르리라……

장사 지내고 남은 초로 불까지 환하게 켜놓고 아사녀는 턱없는 공상에 자자졌다.

오늘 밤 따라 삽사리도 철이 났는지 수선도 피지 않고 허청으로 짖지도 않는다. 비록 미물일망정 제 주인의 발자국소리를 들으려고 귀를 쫑긋거리고 있는지 모른다.

아사녀는 웃목에 묻어놓은 밥그릇을 몇 번을 다둑거리고 몇 번을 만져보며 귀에 정신을 모으고만 있었다.

어제 밤에 잠을 설친 탓인지 또는 외곬으로 정신을 모은 탓인지 이내 꾸벅꾸벅 졸며 쓰러졌다. 손으로 밥그릇을 부둥켜 쥔 채로.

얼마만에 아사녀는 번쩍 눈을 뜨고 질겁을 하며 일어났다.

'분명히 아사달님을 기다리고 있었는데 어느 틈에 잠이 들었는가.'

속으로 속살거리고 아무도 없는 방안을 휘 둘러보며 무안한 듯이 해죽이 웃었다.

잠을 깨우려 하면 할수록 게름이 길길이 나고 두 눈은 조아붙는다.

'사립문을 단단히 걸어두었는데 만일 내가 깜박 잠이 들고 정작 아사달님이 돌아오시어 문을 뚜다려도 모르면 어떡하나.'

졸린 중에도 이런 생각이 떠오르자 그는 정신을 차리고 몸을 일으켰다.

그는 문간으로 나갔다. 잠 오는 품이 암만해도 한번 잠이 들면 좀처럼 깨어날 것 같지 않다. 차라리 자물쇠를 열고 문고리를 벗겨두는 것이 나을 성 싶었다.

자물쇠를 열어가지고 들어와보니 또 허순해서 도무지 마음을 놓을 수 없다.

문을 열어놓다시피 하고 홀로 자다가 무슨 변이 정말 생기면 그야말로 큰일이 아닌가.

자물쇠를 쥐고 한참 망단해하다가 마침내 다시 나가서 채우고 들어왔다.

'잔뜩 정신만 차리고 잔다면야 설마 그렇게 잠귀가 어두울까.'

사면이 솔가지로 되는대로 막아놓은 엉성한 울타리지만

사립문이라도 잠가놓으니 아까 열어놓은 때보다 한결 든든하였다.

그 대신 밤마다 닫아 걸던 방문 단속을 그는 잊어버리고 말았다.

꼬끼요, 어디선지 첫닭이 운다.

"닭이 울어도 안 오시네."

그는 소리를 내어 종알거렸으나 반은 잠꼬대였다.

잠을 설자리라 하고 여러 번 마음에 새기었지만 변으로 고단한 잠은 요도 안 깔고 쓰러진 그의 몸에 나른하게 퍼졌다.

앞뒤 정전을 돌며 캥캥하고 사납게 짖는 삽사리 소리를 듣고 잠결에도,

'인제야 아사달님이 오시는가보다.'

생각을 하고,

"요 개, 요 개"

하며 손까지 내저었으나 꼬박꼬박 오는 잠은 쉽사리 물러서지를 않았다.

뒤곁에서 버석 울타리 뜯는 소리가 나고, '쉬쉬' 하며 개를 으르는 인기척까지 어렴풋이 들렸으나 잠은 막무가내하로 퍼붓는다.

'아사달님이 왔고나'

하는 생각이 번개같이 번쩍 들며 아사녀가 질겁을 하고 일어날 때는 사푼사푼하는 발자국 소리가 이미 앞으로 돌았다.

천방지축으로 방문을 열고 나선 얼떨떨한 아사녀의 눈에 웬 검은 그림자가 성큼하고 마루에 올라서는 것이 보였다.

72

"아사달님!"

아사녀는 허둥지둥 마주 달려나가며 그 검은 그림자를 향하여 부르짖었다.

"응, 응."

그 검은 그림자는 고개를 수그리고 옷에 먼지를 툭툭 털며 웅얼웅얼 대답을 한다.

"아사달님!"

아사녀는 또 한 번 부르짖고 회오리바람처럼 그리고 그리던 남편의 가슴팍에 몸을 던지려 하였다. 그 순간 그 검은 그림자는 슬쩍 몸뚱이를 모로 돌리고 왼팔을 꾸부정하게 들어 옆으로 어색하게 아사녀를 껴안으며 오른손으로 눌러쓴 벙거지 차양을 밑으로 잡아 늘였다.

"객지에 고생이 오죽하셨을까"

하고 아사녀는 두 팔로 남편의 등과 배를 얼싸안으며 그 겨드랑이에 얼굴을 비비대고 복바쳐나오는 울음을 걷잡을 수 없었다.

남편은 너무 어색하여 말을 이루지 못하는 듯,

"응, 응."

역시 코대답만 하고 아내를 안은 팔뚝에도 정겨운 힘다리 하나 없었다. 매우 난처나 한 것같이 엉거주춤하고 서 있을 뿐. 아내는 한참 만에야 샘솟듯 하는 눈물을 가까스로 거두고,

"그래 대공은 다 마치셨어요?"

가장 먼저 알고 싶은 말부터 묻고 갸웃이 남편의 얼굴을
쳐다보았다.

"그래, 그래."

남편의 대답은 또한 자세치 않았다.

촛불 빛이 약하여 워낙 마루까지는 흘러나오지 않았고,
더구나 모로 선 까닭에 귀밑 언저리만 으렷이 보일 따름이
었다.

'3년 동안에 변하기도 무척 변하였고나.'

아사녀는 마음 그윽히 놀랐다.

밤눈에나마 목덜미와 귀의 모양까지 변한 듯하였다. 그렇
다면 제 팔안에 든 등과 배도 떠날 때와는 달리 두툼하게 살
이 오른 것을 느꼈다.

더구나 그 음성조차 못 알아듣도록 달라졌다. 그 상냥하고
부드러운 목청은 어디로 가고, 몇 마디 들어보지는 못했지만
어쩐지 꺽꺽하게 쉬어진 것 같다. 서라벌 사투리가 우락부락
하다더니 그새에 사투리가 목소리에까지 젖고 말았는가.

"내가 왜 이러고만 있을까. 오죽이나 다리가 아프실라구.
어서 방으로 들어가세요"

하고, 아사녀는 남편의 겨드랑이에 댄 이마를 떼었다.

그럴 겨를도 없이 그 검은 그림자는 얼른 제가 앞장을 서
며 팔을 뒤로 돌려 아사녀를 옆에 끼고 어구적어구적 걸었
다. 한번 잡은 아내를 놓칠까보아 두리는 듯.

아내는 뒤에서 남편이 방문에 들어서는 것을 보고,

'에구머니나, 키도 작아졌네.'

혼자 속으로 속살거렸다.

'몸이 난 까닭에 키까지 달라붙어 보이는가?'

방 안에 들어선 남편은 아랫목으로 아니 가고 웃목 촉대 앞으로 먼저 갔다.

내젓는 손이 얼찐하고 불 위를 스치는 듯하였다. 그 마디가 굵은 뭉툭한 손가락이 환하게 아사녀의 눈에 뜨이자마자 갑자기 촛불은 탁 꺼지고 말았다.

"왜 불은 꺼요?"

아사녀는 기겁을 하였다.

"손길에……."

그 검은 그림자는 황급하게 변명을 하였다.

"그러면 석유 황개피를 찾아야"

하고 아사녀는 끼인 몸을 재빠르게 빼어 석유 황개피를 얹어 둔 문틀 위를 더듬더듬 찾는데 별안간 그의 가슴은 두방망이질을 하고 손이 사시나무 떨듯 하였다.

아니나다를까, 그 검은 그림자는 등뒤에서 다짜고짜로 아사녀를 부둥켜안으려 하였다.

아사녀는 선뜩 몸을 빼쳤으나 때는 이미 늦었다. 그 억센 오른 손아귀에 아사녀의 왼손목이 붙잡히고 말았다. 아사녀는 손을 뿌리치려고 바둥거리며,

"누구요, 누구요."

소리를 질렀다.

"내다, 내다."

그 검은 그림자도 허청거렸다.

"내가 누구란 말이오. 내란 누구야?"

"나를 몰라, 나를 몰라?"

"몰라요, 몰라."

돌변한 아사녀의 태도에 검은 그림자도 화증을 더럭 내었다.

"아사달을 몰라?"

내던지듯 한 마디 하고 잡힌 손을 으스러지도록 쥐어 낚아챘다.

"아야야, 아니야, 아사달이 아니야."

아사녀는 휘둘리어 쓰러지려는 몸을 간신히 버티며 외쳤다.

"아니면 어떻고 기면 어떠냐?"

마침내 검은 그림자가 거짓탈을 벗어버리고 제 손아귀에 더욱 힘을 주어 다시 한 번 회술레를 돌리는 바람에 아사녀의 가냘픈 몸은 헛것같이 자빠졌다.

어두운 가운데도 아사녀는 그 검은 그림자가 뒤덮는 듯이 제 몸 위에 떨어지는 것을 보았다.

"사람 살리우, 사람 살리우."

아사녀는 바윗덩이에 지질린 것 같은 제 몸을 버르적거리며 악을 악을 썼다.

73

"사람 살리우, 흥, 누가 죽이느냐."

검은 그림자는 씨근씨근 짐승 같은 숨길을 자빠진 아사녀에게 내뿜으며 덤벼들었다.

"애구 죽겠네. 사람 살려, 사람 살려."

천 근이나 되는 듯한 사내의 몸뚱어리가 무겁게 엎누르는 것을 떠다박지르며 아사녀는 바락바락 악쓰기를 그치지 않았다.

"이렇게 된 바에야 악지가 무슨 악지냐."

검은 그림자는 버둥거리는 아사녀의 두 손목을 한 손에 겹쳐 잡으려고 곰이 끼었다가 소리치는 입부터 틀어막으려 들었다.

밑에 깔린 이가 고개를 사납게 뒤흔들기도 하였거니와, 어두움 속이라 누르고 있는 놈의 손은 허청만 짚고 얼른 입을 찾을 수 없었다.

"사, 사람 살려."

쇠된 목소리는 연거푸 밤공기를 찢었다.

검은 그림자는 할수없이 깔아붙였던 몸뚱이를 웅크리며 두 손으로 아사녀의 입을 움키려 하였다.

그 서슬에 아사녀는 잽싸게 몸을 빼쳐 화닥닥 일어나며 젖 먹던 힘을 다 들여 대드는 검은 그림자를 뿌리쳤다.

"도적이야, 도적이야."

소리소리 지르며 아사녀는 문을 박차고 뛰어나가려 하였건만 문은 손쉽게 열리지 않았다.

마침내 쇠깍지 같은 팔뚝은 아사녀의 가는 허리를 휘청하도록 부둥키고 말았다. 장작개비처럼 뻣뻣한 팔꿈치로 잡힌 이의 겨드랑이를 치슬러 버통개를 지르며 억센 손은 더듬어 올라와 아사녀의 코와 입을 얼사 틀어 막는다.

"끙, 끙."

아사녀는 인제 소리는커녕 숨도 옳게 못 쉬고 안간힘만 쓰며 몸부림을 쳤으나 마치 독수리의 발에 챈 참새가 팔딱거리는 데 지나지 못하였다.

몸부림을 치면 칠수록 그 흉측한 팔뚝과 손아귀에는 더욱 무서운 힘이 오르며 잡힌 몸이 바스러지는 것 같다.

'내가 매친 년이야, 매친 년이야.'

경황없는 가운데에도 아사녀는 제가 저를 꾸짖었다.

천 리 밖에 있는 남편이 어떻게 오리라고 그 걸신을 하였던고. 하마하마 들어닥칠 줄을 어찌 어림없이 믿었던고. 다른 날 다른 밤을 다 내놓고 하필 이 끔찍한 오늘 밤에 그가 돌아온다 생각하였던고.

아무리 잠결인들 이 흉한 놈이 울타리 뜯는 것을 번연히 듣고도 그냥 내버려 두다니. 그 흉물스런 발자취를 아사달님의 기척으로 반기다니.

어림없이 마음이 달뜬 탓에 이런 욕을 볼 줄이야.

이 짐승 같은 놈을 남편으로 그릇 알아본 이 눈을 빼고 싶다. 이 흉측한 놈을 아사달님이라고 부른 입술을 뜯고 싶다. 그 더러운 몸뚱어리를 얼싸안은 이 팔뚝을 잘라 버리고 싶다……

아사녀는 인제 팔딱거리는 기력조차 풀려지는 것을 느꼈다. 제 입술을 깨물며 마지막 용을 쓰는 순간, 그 흉한도 대항거리로 우쩍 기운을 내어 아사녀를 팔랑개비같이 쓰러뜨렸다.

아까 한 번 놓친 데 혼이 났던지 흉한은 쓰러진 이의 가슴을 무릎으로 잔뜩 깔아 용신을 못 하게 하고 한 손으로는 여전히 입을 틀어막고 있다가 무엇을 생각하였던지 제 벙거지를 벗었다.

벙거지를 뚤뚤 말아 아사녀의 복장과 제 무릎 밑에 끼우고 나서 다시 제 허리끈을 끌렀다.

그리고 다시 제 벙거지를 빼내어 도리질하는 아사녀의 입을 아갈잡이를 하고 허리끈으로 친친 동여맨다.

"이래도 소리를 지를까, 씩."

흉한은 코웃음을 치고 발버둥치는 아사녀의 두 다리를 제 두 무릎 사이에 끼어누르며 이번에야말로 맥이 풀린 아사녀의 두 손목을 한 손에 휘잡게 되었다.

"인제도, 인제도, 흥, 흥."

아사녀는 무엇보다도 그 흉한의 웃는 소리가 소름이 끼쳤다.

놈의 말마따나 인제 아무리 앙탈을 해도 헤어날 길이 없다.

"죽여라, 죽여!"

아사녀는 울 때에 피를 끓여올렸으나 소용이 없었다.

개도 제 주인으로 속았는지 짖지도 않는다.

그때였다. 뒤곁에서 두런두런하는 인기척이 아드막해진 아사녀의 귀에도 들려왔다.

"그놈이 여기를 뜯고 들어갔네그려."

"원, 죽일놈 같으니."

죽은 듯이 아무 소리가 없던 삽사리가 이제야 어디서 내닫는지 캥캥하며 오르르 뛰어나온다.

별안간 방문이 환해지며 횃불을 들고 오는 듯한 발자춰가 벌써 우둥우둥 마루에서 났다.

74

인기척이 나자 흉한의 손짓은 더욱 황급해졌다. 헤치던 옷자락을 인제 마구 찢어 제친다.

그러나 뜻밖의 사람소리에 새 기운을 얻은 아사녀가 모질음을 쓰는 바람에 한 손에 겹쳐 쥐었던 두 손목을 놓치고 말았다.

추근추근하고 미련한 흉한도 그제야 만사가 틀린 줄 깨달은 모양이었다.

"엑, 에잇!"

혀를 한 번 차고 꼬았던 다리를 풀고 달아날 문을 찾았으나 그 손길이 채 문에 닿기 전에 바깥에서 먼저 문을 열어 젖뜨렸다.

흉한의 코빼기를 지질 듯이 횃불을 들이대고 들어오는 사람은 팽개와 싹불이었다.

"이놈 작지야."

팽개는 흉한을 보고 호통을 쳤다. 흉한은 허리끈을 끄른 탓에 고이춤이 훨렁 벗겨져 내려가는 것을 두 손으로 잔뜩 쥔 채 핏발선 눈을 히번덕거리며 이 생각지 않은 방해자들을 노려본다.

이런 경우에도 찬찬한 팽개는 천천히 방안으로 걸어들어와 횃불로 먼저 초에 불을 다리고 아사녀 곁으로 와서 우선 아갈잡이한 것부터 끌러놓았다.

풀어 헤쳐진 젖가슴에는 사나운 손자국의 지나간 자취가 불긋불긋 여기저기 꽃잎을 그리고 짓수세미 다 된 아래옷이

그나마 갈기갈기 찢어져 눈덩이 같은 허벅지가 반나마 드러
났다.

깨문 입술에는 피가 방울방울 맺혀 떨어진다.

"아주머니!"

팽개는 억색한 듯이 한 마디 부르짖었다.

아사녀는 긴장했던 마음이 일시에 풀리자 정신조차 잃어
버린 듯 눈까지 감고 그 자리에 그대로 늘어졌는데 쌔근쌔근
하는 가쁜 숨길만 지나간 모진 싸움의 벅차고 괴롭던 것을
알리는 듯하다.

"아주머니!"

팽개가 또 한 번 부르짖자 그 으능껍질 같은 눈시울이 살
짝 열리다가 제 꼴이 너무 사나운 것을 알아차렸던지 옳게
깔아놓지도 못한 이불자락 속으로 기어들어가서 돌아누워
버린다. 팽개는 분해서 못 견디겠다는 듯히 몸을 부들부들
떨며 작지에게로 고개를 돌렸다.

작지는 팽개가 아사녀의 곁으로 간 틈을 타서 몸을 빼치려
하였으나 싹불이가 문을 막아서 서 있기 때문에 달아나지도
못하고 엉거주춤하고 숨만 헐레벌떡거린다.

"이놈, 이 짐승만도 못한 놈. 이게 무슨 짓이냐."

팽개는 어느 틈에 작지 옆에 와서 섰다.

작지는 맹렬한 기세로 돌쳐서며,

"네놈은 그게 무슨 짓인지 입때 모르느냐. 네놈은 왜 아닌
밤중에 남의 홀앗이 자는 방엘 들어왔느냐"

하고 시뻘건 눈을 부라리며 도리어 소리를 버럭버럭 지른다.

"이놈이 별안간에 환장을 했나. 이놈아, 내가 네놈 모양으

로 혼자 왔느냐?"

팽개는 적반하장 격으로 대어드는 작지의 기세에 적이 서먹서먹해졌다.

"이놈아, 둘이만 다니면 고만이냐. 싹불이는 네놈의 병정. 싹불이 같은 놈 열 놈을 데리고 다니면 무슨 소용이 있단 말이냐. 네놈이 눈 한 번만 껌적하면 언제든지 꽁무니를 뺄 놈인데……."

"이놈을, 이놈을"

하고 싹불은 펄쩍 뛰며 작지의 뺨을 냅다 갈겼다.

"오냐, 너희놈은 두 놈이고 나는 혼자다. 실컷 때려라 때려. 이놈 싹불아, 너도 사람의 외양을 갖춘 놈이 그래 쌀됫박이나 얻어먹는다고 친구 여편네 호려내는 데 병정이나 서고 다닌단 말이냐."

"이놈이, 이놈이."

싹불은 치를 떨며 작지의 멱살을 잡아 끈다.

"이놈, 이리 나오너라, 마루로 나오너라."

"나가마, 염려 마라. 너희들이 헤살을 논 다음에야 내가 아사녀 방에 만 년을 있으면 뭘 하느냐."

후당퉁탕 두 놈은 마루에서 엎치락뒤치락하였다.

팽개도 평일의 점잔 빼던 것은 어디로 갔는지 덤벼들어 늘씬하게 작지를 후려갈겼다.

"이런 놈은 죽여 버려야."

싹불은 작지의 목을 지극히 밝았다.

"어규, 어규, 사람 죽네. 이놈들이 사람 죽이네. 이놈들아, 웃보와 장달도 발을 끊었고 나도 내일부터는 이 문전에 얼씬을 않을 테니 너희 두 놈이 아사녀를 볶아먹든지 삶아먹든지 마음대로 뜻대로 하려무나. 왜 이놈들아, 너무 좋게 되어서 사람을 죽이랴 드느냐?"

"이놈이 그래도 아가리를 함부로 놀려."

"그놈을 아갈잡이를 해라. 저 방에 끌러놓은 제 벙거지와 제 허리끈으로 우리 아주머니 원수를 갚자."

"흥, 우리 아주머니! 이놈 팽개야, 이 음흉한 놈아, 낫살이나 먹은 놈이 어디 계집이 없어서 아주머니 아주머니 하면서 행투를 내랴 드느냐. 아서라, 아서."

작지는 죽도록 얻어맞으면서도 노상 입정을 놀렸다.

75

그 이튿날부터 팽개와 싹불은 아사녀 집의 사랑방을 치우고 들게 되었다.

장달과 웃보 사단쯤은 오히려 깨소금이요, 무참한 작지의 흉행이 또다시 생기는 날이면, 한번은 천우신조로 요행히 모면을 하였지만 두번째까지야 외롭고 연약한 아사녀로 다시 막아내기 어려운 노릇이니, 돌아가신 스승의 은혜를 생각한들, 멀리 간 친구의 우정을 생각한들 제백사하고라도 외동따님과 젊은 아내를 극진히 두호하고 방비를 해야 한다.

이것은 물론 팽개의 발설로 아사녀에게 그런 사연을 떡먹듯이 일러듣기었고, 당일도 또 조무래기 제자들을 모아놓고 어엿이 공포를 하였다. 우두머리 제자들이라야 장달 웃보 작지를 빼어내놓고는 팽개와 싹불뿐이요, 그 중에도 우두머리가는 팽개의 처단하는 일이니 어느 뉘 하나 감히 반대들을 못하였다.

따는 그런 고약하고 흉측한 일이 꼬리를 물고 일어나는 바에야 밤낮으로 파수보는 사람 하나둘은 있기도 있어야만 할 일이었다.

"스승의 뼈가 아직 썩지 않고 아사달이 서라벌에 눈이 등잔같이 살아 있거늘 이런 변괴가 어디 또 있단 말이오. 아무리 말세가 되었기로 그런 인륜도 모르고 스승의 은혜도 모르는, 죽여도 죄가 남을 놈들이 어디 있단 말이오?"

팽개가 눈물과 소리를 한꺼번에 떨어뜨리며 한바탕 늘어놓을 제 어린 제자들 중에는 덩달아 눈물을 흘리고 작지의 소행에 이를 갈아붙이는 이도 있었다.

아사녀도 팽개와 싹불이가 인제 노박이로 와 있다는 말에 마음이 얼마나 든든한지 몰랐다.

그 날 밤에 작지가 팽개와 싹불에게 얻어맞으면서 끝까지 발악을 하던 말을 아사녀가 아니 들은 것도 아니었다. 어찌하면 '그놈이 그놈이다' 하는 의심이 그의 놀란 가슴을 다시 두근거리게 하지마는 뒤미처,

'아니다, 아니다. 그이는 그럴 이가 아니다, 만 사람을 다 못 믿어도 그이만은 믿어도 좋다.'

이날 이때까지 팽개의 행동을 되삶고 곱삶아보아도 그런 사색조차 챈 일이 없다.

다른 제자들은 입정도 마구잡이요, 음담패설을 함부로 늘어놓는다. 적이 염량이 있는 위인도 입으로는 딴청을 부려도

자기를 보는 그 눈에는 음탕한 빛을 감추지 못한다. 그 중에 점잖다는 장달이 그러하였고 살살 웃음으로 발라맞추는 웃보가 그러하였다. 더구나 없는 정도 있는 듯이 척척 부닐고 추근추근하게 수작을 붙여보려고 곱들이 끼었다.

그러나 팽개는 언제든지 제 할말만 하면 그만이요, 한번 자기를 바로 보는 눈길조차 보지 못하였다. 지그시 아래로 내려감든지 그렇지 않으면 딴데를 보았지, 다른 제자들처럼 낮이 간지럽도록 맞대해 바라보는 법도 없었다.

그런 이가 그런 나쁜 심정을 가졌다고 생각만이라도 하는 것이 도리어 미안한 일이다, 은혜를 모르는 일이다, 하늘이 무서운 일이다.

작지가 악풀이로 휘동대동 함부로 팽개를 먹어낸 데 지나지 않는다.

'그이가 그럴 리야, 그 어른이 그럴 리야.'

속으로 뇌고 또 뇌며 아사녀는 여러 번 고개를 흔들었다.

그래도 작지에게 워낙 혼이 몹시 난 터라, 아무리 팽개를 믿지마는 밤이 되면 방문을 꼭꼭 닫아 거는 것을 아사녀는 잊지 않았다.

인제 그는 아사달이 돌아오기를 그리 몹시 기다리지도 않는다. 오지도 않는 남편을 까닭없이 오려니 달뜬 생각을 하였다가 그런 몹쓸 변을 당하지 않았는가. 애달픈 그리운 정이 드는 것도 인제 이에 쓴물이 난다. 정말 아사달이 왔다 해도 밤에는 만나지 않으리라고 속으로 맹세하였다.

그런 끔찍한 일이 골똘한 저 생각으로 말미암아 일어난 줄이야 아사달이 꿈에도 모를 노릇이로되, 어쩐지 요새 와서는 남편이 야속하고 무심한 것만 같다.

아무리 부여와 서라벌이 멀다 한들 어찌 편지 한 장이 없을까. 3년이나 길고 긴 동안에 설마 인편 한 번을 못 얻을까.

'서라벌에는 아름다운 여편네도 많다는데!'

언뜻 이런 생각이 떠오르면 아사녀는 안절부절 못하였다. 믿고 믿는 남편이지만 '혹시나!' 하는 터무니없는 공상이 독사와 같이 그 부드러운 창자를 물어뜯었다.

팽개와 싹불이가 사랑에 와서 지킨 지도 어느덧 달포가 넘었다.

아사녀의 어림짐작이 그대로 들어맞아 싹불은 더러 안에 드나들었지만 팽개는 이렇다 할 볼일이 없고는 결코 안에 들어오지 않았다. 아사녀가 정 심심하면 도리어 사랑으로 놀러를 나갈 지경이었다.

하루는 싹불이가 안에 들어와 마루에 걸터앉으며,

"아주머니, 난 오늘 서라벌 소식을 들었어요."

무두무미하게 불쑥 이런 말을 하였다.

76

"네? 서라벌 소식을 듣다니요?"

아사녀는 제 귀를 의심하는 듯이 채쳐 물었다.

"오늘 아침결에 서라벌에서 온 사람을 만났지요."

"그래 아사달님이 잘 있대요?"

하고 아사녀는 무릎을 세워 손으로 턱을 고이고 맥맥히 싹불의 입을 바라본다.

"잘 있기는 있답디다마는……."

싹불은 아사녀의 눈길이 부신 듯이 얼굴을 외우시며 어물어물한다.

"있기는 잘 있는데…… 혹은 무슨 일이?"

아사녀는 눈이 둥그래진다.

"아주머니 들으시기엔 그리 좋은 소식이 아니라서……"

하고 싹불은 또 말끝을 흐리마리해 버린다.

"좋으나 나쁘나 적실한 소식만 들어도 얼마큼 속이 시원할 것 같애요."

"바루 며칠 전에 서라벌을 떠나온 사람이요, 제 귀로 듣고 제 눈으로 보고 왔다니까 소식이야 적실하지요만, 별로 신통치를 않아서……."

싹불은 채 말도 다 하기 전부터 장히 언짢은 듯이 눈살을 잔뜩 찌푸려 보인다.

"대관절 아사달님께 무슨 변고나 생겼대요? 어서 말씀을 좀 하셔요"

하고 아사녀는 날아 나갈 듯이 주저앉는다.

"허, 바른대로 말씀을 하면 아주머님께서 상심만 하실 게고…… 어떡하나. 애당초에 말을 꺼집어내지 말걸. 방정맞게 입이 가벼워서."

싹불은 매우 난처한 듯이 스스로 개탄하고 스스로 꾸짖는다.

아사녀는 갈수록 초조해졌다. 무슨 소식이길래 저렇게도 말하기가 거북할까. 뜻밖의 불행과 변괴가 겹겹이 닥치는 내

팔자이거니 남편의 신상인들 좋은 일이 있을 리 있으랴. 무소식이 호소식으로, 불길한 소식이라면 차라리 귀를 막고 듣지 않는 것이 나을지 모르되 한번 허두를 듣고서야 뒤끝이 궁금하여 또 견딜 수 없었다.

"아무리 언짢은 소식이라도 들려주세요. 이 위에 더 큰 불행과 슬픔이 있다 해도 나는 조금도 겁을 내지 않을 테니까요."

아사녀의 목소리는 벌써 울멍울멍해졌다.

"차마 아주머니께는 알리기 어려운 소식인데!"

하고 싹불은 제 머리를 짚는다.

"대관절 탑은 어떻게 되었답디까?"

"탑이고 뭐이고…… 탑보담 더 큰 일이 생겼답니다. 그래서 탑 공사도 벌써 끝이 났을 텐데 입때 미룩미룩하고 있답니다."

"탑보담도 더 큰 일이 무슨 일일까요? 그러면 그렇게 원을 하던 대공도 아직 못 이루고!"

"대공을 이루기는커녕 까딱하면 귀어허지(歸於虛地)가 될 모양이랍디다."

"녜?"

아사녀는 거의 외마디소리를 쳤다. 그 차마 하지 못할 이별을 한 것도, 자기가 이 악착한 고생을 하는 것도 오직 대공을 이루기 위함이 아니었던가? 그 탑 쌓는 일조차 허사라면!

아사녀는 눈앞이 캄캄해지는 것을 느꼈다.

"사람의 마음이란 정말 알 수가 없는 것입니다. 그렇게 단단하고 착실하고 얌전한 사람이 그렇게 변할 줄이야."

싹불은 딱하다는 듯이 고개를 빠뜨리고도 슬쩍슬쩍 아사

녀의 기색을 곁눈질하며 괴탄을 한다.

"아사달님이 사람이 변하다니오?"

갈수록 심상치 않은 저편의 말에 아사녀의 가슴엔 무엇이 와지끈와지끈 부서지는 듯하다.

"그렇게도 아주머니와 금슬이 좋던 그 사람이 변심이 될 줄이야, 변심이 아니라 무여 환장이라니까요."

싹불의 한 마디 한 마디는 비수와 같이 아사녀의 가슴을 에어내었다.

"우리도 처음에는 서라벌에서 온 사람 말을 믿지 않았습니다. 그 여무진 사람이 그럴 리가 있느냐고 곧이듣지를 않았지요. 그런데 그 사람인즉 바로 불국사 아랫마을에 사는 사람인데 제 말이 거짓말이라면 눈이라도 빼어놓겠다고 다짐까지 두었습니다. 그 사람이 올 때에 아사달을 보고 내가 지금 부여로 가는 길이니 가신이라도 있거든 전해주마고 부탁까지 하였는데 편지 한 장을 부치지 않더라니 그것만 보아도 아사달이 마음이 변한 것이 아니냐고요. 젊은 아내가 빈방을 지키며 남편 돌아오기만 고대고대를 하는데 저는 그래 한다 하는 신라 귀인의 집에 장가를 들어 거드럭거리다니 그런 고약한 인사가 어디 있느냐고 노발대발을 하잖겠습니까?"

"설마 장가야 들었을까?"

그래도 남편을 어디까지 믿는 아사녀였다.

싹불은 비웃는 듯이,

"설마 장가가 다 뭐예요. 벌써 자식까지 낳았다는데."

"벌써 자식까지!"

아사녀는 부르짖고 그 자리에 꼬꾸라지고 말았다.

77

팽개는 사랑방에 번듯이 누워서 눈을 껌벅껌벅하며 무엇을 골똘히 생각을 하고 있다가, 싹불이가 들어오는 것을 보고 벌떡 일어 앉는다.

"어떻게 되었나?"

싹불이가 채 자리도 잡기 전에 황황히 물었다.

"어떻게 되긴, 그야 여부없지"

하고 싹불은 싱글싱글 웃는다.

"그래 아무 의심도 않고 자네 말을 꼭 믿는 듯하던가?"

"믿는 듯하기만 해. 내님의 말솜씨가 어떠마한데 제가 안 넘어가고 배기나."

"어유, 장하다."

"장하다뿐이냐. 세상에 날고 기는 놈도 내님의 능청에 안 속을 장사가 없거든 고까짓 계집애의 여린 속쯤 뒤흔들어 놓기야 여반장이지"

하고 싹불은 의기양양하게 뽐낸다.

"그래, 자네 말만 들을 만하고 있고 아사녀는 아무 말도 않던가?"

"말이 무슨 말인가. 그 자리에 그냥 고꾸라진걸."

"그 자리에 고꾸라지다께?"

"아사달이 자식을 낳았다니까 대번에 폭 고꾸라지고 말데."

"자식까지 낳았다는 건 너무 과한데."

"장가만 들었다니까 어디 믿던가? 그래 얼른 자식까지 낳은 걸 보고 온 사람이 있다고 꾸며대었지."

"원수놈, 능청맞게 자식 낳았다는 건 어떻게 생각이 났더
람"
하고 팽개는 무릎을 탁 친다.
"따는 말을 들여대자면 게까지 가기는 가야 될 거야."
"자네 시키는 대로 계집만 얻었다면 기연가 미연가하지만
자식을 낳았다고 해야 아주 콱 믿는 것이거든."
"아사달이 그놈도 객지에서 3년이나 뒹굴었으니 그 흔한
서라벌 계집애 어느 눈먼 년 한 년 안 걸릴 리 없지만두 자식
까지 낳았다는 건 생판 거짓말같지 않을까."
"원 이런 사람 보게. 아니 그러면 귀인 댁에 장가들었다는
건 곧이들리겠나. 시골뜨기 석수장이 따위에게 어느 귀인 댁
따님이 미쳤다고 거들떠나 볼 것인가?"
"그렇게 따지고 보면 그렇기도 하지. 아무러나 아사녀가
감쪽같이 속아넘어가기만 하면 고만이니깐."
"그 말을 듣자 그 자리에 기급절사를 하였다는밖에."
"그래 고꾸라진 걸 어떡하고 나왔나. 또 음충맞게 겨드랑
이에 손을 넣어 껴안아 일으키고 수선을 피웠겠고나."
팽개는 능글능글 웃으며 농담 비슷하게 말은 하나마 그 눈
에는 쌍심지가 선 듯하였다.
"그야말로 삼십리 강짤세. 누가 눈독을 들인 게라고 내가
손가락인들 대겠나."
"그러면 뒷수쇄는 어떻게 했단 말인가."
"뒷수쇈지 앞수쇈지 아주 학질을 떼었네. 누가 뒤에서 세
찬 발길로 냅다 질르기나 한 듯이 콧방아를 찧고 폭 엎더지
며 숨도 쉬지 않네 그려. 그대로 기색이나 될 줄 알고 아주

쩔쩔매었네. 급한 마음으로는 잡아 일으키고도 싶었지만 자네 강짜가 무서우니 손도 댈 수 없고."

"그 좋은 계제에 자네 같은 개잘량이가 손을 안 대고 배겨" 하고 팽개는 눈을 홉뜨다시피 하고 싹불을 노려본다.

"맙시사, 왜 또, 작지놈의 신세가 되게, 헤헤."

한번 웃고 싹불은 개가 제 주인을 쳐다보듯 팽개의 눈치를 살피고 나서,

"그래 할 수 있던가. 손은 근처에도 가시 말라고 뒤젖힘을 잔뜩 하고…… 헤헤…… 입만 아사녀 귀에다 대고 초혼 부르듯 불렀지."

싹불은 두 손은 비끄러맨 듯이 엉덩이에 붙이고 입이 거의 방바닥에 닿도록 고개를 숙여 그때 시늉을 해보였다.

팽개도 의심을 풀고 껄껄 웃었다. 싹불은 팽개가 웃는 바람에 더욱 신이 나서,

"아주머니 아주머니, 왜 이럽시오. 제발 정신을 좀 차립시오, 네, 아주머니, 아주머니 하고 한동안 비대발괄을 하다시피 하니까 그제야 엎더진 채로, '괜찮아요, 아무렇지 않아요' 하는 그 꾀꼬리 같은 고운 목소리가 들려오겠지. 그러더니 바시시 몸을 일으키는데 그 상기된 얼굴은 발그스름하게 도화빛이 돌고 어떻게 어여쁜지 송두리째 아삭아삭 깨물어 먹고 싶으데."

"예끼, 흉측하게. 남은 죽네 사네 하는 판인데."

"누가 죽네 사네 하게 만들었기에. 이번 일엔 상금이 후해야 되네."

"성사가 된다면야 주다뿐이냐."

"속기는 아주 쩍말없이 속았느니. 몸을 일으키는 길로 뒤도 아니 돌아보고 제 방으로 들어가더니 문을 탁 닫아버리데. 아사달을 바라고 기다리는 게 헛일인 줄 안 다음에야 자네 품속으로 기어들 것은 뻔한 노릇 아닌가."

78

그 이튿날 한낮이 겨워도 아사녀가 일어나는 기척이 들리지 않았다.

아침밥을 지으러 물동이를 이고 나갈 때면 으레 사랑방을 갸웃이 디밀어보고 방긋 웃으며,

"안녕히 주무셨어요?"

하고 인사를 하는 법이었다. 그런데 오늘은 그림자도 나타내지 않을 뿐인가, 팽개와 싹불이가 번차례로 안을 기웃기웃 엿보았으나 아사녀가 방문을 열고 나오는 낌새조차 보이지 않는다.

"오늘은 어째 일어나지를 않을까?"

팽개가 싹불을 보고 걱정을 한다.

"아사달놈이 자식을 낳았다는 바람에 무척 속이 상한 게로군. 그것 보게, 내님이 구변이야말로 사람을 죽이고 살리고 하는 재주를 가졌단 말이어"

하고 싹불은 맹숭맹숭한 턱을 쓰다듬으며 거드럭거린다.

"또 제 자랑인가. 너무 구변이 좋아서 아주 죽을 작정을 하고 일어나지 않는 것도 큰일인데."

"그쯤 되어야 아사달놈을 잡아먹고 싶을 것 아닌가."

"웬만하고 마음이 돌아서야지, 너무 애절을 하는 것도 도리어 일에 방해가 되지 않을까?"

"원 그 사람 다심도 하네. 계집이란 한번 토라지면 고만이지 방해가 무슨 방해란 말인가?"

"계집의 독한 마음에 자결이나 해버리면 그야말로 십년 공부 아미타불 아닌가."

"죽기를 그렇게 간대로 죽어. 몇 번 쪽쪽 울고 제 손으로 제 가슴이나 뚜다리다가 말겠지. 그 기틀을 자네가 잃지 말고 슬슬 녹여내어야 되는 법이거든"

하고 싹불은 팽개를 보며 눈을 끔쩍끔쩍해 보인다.

"괜히 섣불리 서둘다가는 죽도 밥도 안되게. 한동안 뜸을 들여야"

하고 팽개는 무엇을 생각하는지 멍하니 천장을 쳐다보다가,

"아무튼 계집의 질투란 무서운 거야. 아사녀같이 부처님 가운데 토막 같은 계집도 제 사내가 외도를 했단 말에 그렇게 치를 떠니……."

"인제야 알았나."

"우리 단둘이 얘기지만 실상 이번 꾀도 내 여편네가 가르쳐준 것이나 진배없네."

"그러면 아주머니께서도 그 켯속을 아신단 말인가?"

"원 그 사람, 그 왈패가 알아보게, 큰일나게. 스승의 따님이 홀로 있는데 뭇 제자놈들이 덤비니 스승의 은혜를 생각한들 극진히 보호를 해야 된다고 그럴싸하게 꾸며댔지만 산전 수전 다 겪은 그 왈패가 어디 곧이를 듣는가. 압다 성인군자

또 나셨네. 그래 당신이 다른 아무 마음 없이 아사녀를 보호만 하겠소. 그야 말짝으로 괭이에게 반찬가게를 보라는 격이지. 그래서 부부간에 대판 싸움까지 하였다네."

"그 아주머니 눈이 무섭지 무서워. 벌써 자네 속을 훼경 들여다보듯 환하게 아시네그려."

"아사녀 그년도 매친년이지. 제 서방이 벌써 3년째 안 올 때는 벌써 알아볼 쪼지, 빈방만 지키고 있으면 뭘 한단 말인고. 열녀비나 하나 얻어 걸릴 줄 알고. 냉큼 적당한 자리에 개가나 갈 게지, 하지 않겠나. 그 말을 듣고 보니 따는 아사달놈이 3년 템이나 계집 없이 얼무적거릴 리도 없겠고 아사녀도 제 사내가 딴 계집을 얻었단 말만 들으면 피장파장으로 놀아날 것도 같단 말이거든."

"어규 용해라. 나는 그 꾀만은 그래도 자네가 지어낸 줄 알았더니 그것도 아주머니 꾀란 말이지."

"슬쩍 지나가는 말이라도 얼른 듣고 터득을 해내는 것이 더욱 용하지 않은가."

"성사가 되어도 걱정은 걱정인데, 아주머니가 가만히 있을 리 만무하지 않은가."

"아사녀 마음이 내한테로만 쏠린다면야 그까짓 계집 열 명을 버린들 아까울 거야 있겠나. 그것도 아사녀에게서 미끄러진 바람에 화풀이로 얻은 것이니"

하고 팽개는 한숨을 휘 내쉬었다.

실상 아사달과 경쟁을 하다가 무참히 패한 팽개는 꽃거리로 달뜬 마음을 달리었다. 지금 같이 사는 계집은 그때에 얻은 것으로 의젓한 장가처도 아니지만, 아사녀에게로 골똘히 쏟아진 마음 때문에 다른 좋은 자리가 바이 없지도 않았으되 입때까지 그럭저럭 지나온 것이었다.

"그 아주머니가 어떠신데 자네가 함부로 내버렸다가는 큰 코 다치리. 요새도 자네는 하루가 멀다고 변을 들지 않는가."

"어떡하나. 이 일이 되기 전에야 제 비위도 맞춰줘야지. 잠깐 잠깐 다녀오는 것이지만 이틀 밤만 걸러도 마구 강짜를 부리니."

"누구 계집은 안 그런 줄 아나. 그러기에 계집 둘 가진 놈의 창자는 호랑이도 먹지를 않는다는밖에."

"정작 둘이나 되고 그러면 좋기나 하게."

"그야 떼어놓은 당상이지, 헤헤."

"사람 놀리지 말고 아사녀에게 좀 들어가보게."

79

팽개의 안에 들어가보란 말에 싹불은 고개를 쩔레쩔레 혼들었다.

"나는 싫의. 인제는 자네가 어쩌든지 하게. 나는 그 우는 꼴을 다시 보기 싫의."

"누구는 그 우는 꼴이 보기 좋다던가? 자네가 꾸며논 일이니 자네가 들어가보게나."

"자네는 장래 실속이나 바라지만 내야 무슨 까닭인가. 그 말끄러미 바라보는 눈길과 딱 마주치면 아주 아찔이야. 까닭 없이 가슴이 뻑적지근해지고……."

싹불은 연상 고개를 흔든다.

"이제 쌀 닷말 보낸 것이 적어서 그러나. 지금 와서 그런 약한 소리를 하면 어떡한단 말인가."

"그 고개를 배틀고 앉은 꼴은 차마 볼 수가 있어야지"
하고 싹불은 그 밀룽밀룽한 눈두덩을 잔뜩 찌푸린다.

두 짝패는 한동안 실랑이를 하다가, 필경엔 둘이 다 같이 들어가보기로 하였다.

팽개와 싹불은 아사녀의 방문 앞까지 왔다.

"아주머니, 아주머니."

싹불이가 먼저 불러보았다. 방안에서는 사람이 있는 것 같지도 않고 아무 대꾸가 없었다.

"아주머니, 아주머니, 왜 어디가 불편하십니까?"
하고 싹불은 넌지시 방문을 잡아당겨 보았으나 문고리가 안으로 걸린 듯하였다.

싹불은 팽개를 돌아보고 눈을 두리번두리번하며 가만히 속살거렸다.

"문까지 꼭꼭 닫아 걸었는데."

"또 좀 불러보게. 잠이 든지도 모르니."

팽개는 싹불을 재촉하였다.

"아주머니, 아주머니, 문고리를 좀 벗겨 주세요."

싹불은 또다시 외쳤다.

방 안에서 뒤쳐 눕는 기척이 나며,

"나가주세요. 제가 몸이 아파서……."

모기만한 소리가 들려왔다.

"편찮으시고 왼 종일 아무것도 자시지 않으면 큰일납니

다. 편찮으실수록 곡기를 하셔야 기운을 차리시지요."

이번에는 팽개가 자상스럽게 타일렀다.

"오라버니세요?"

방 안에서도 팽개의 목청을 알아듣고 반색을 하는 모양이
었다.

"됐네, 됐네. 자네 목소리를 듣고 저렇게 반길 때는……."

싹불은 눈을 깔아메치며 팽개를 보고 수군거렸다.

팽개는 터져나오는 웃음을 억지로 참으며 싹불을 쿡쿡 쥐
어지르고 나서,

"네, 팽개도 왔습니다. 문을 잠깐 열어주십시오."

방 안에서는 이윽히 문을 열까 말까 망설이는 눈치였다.

"그럼 조금 이따 들어오십시오. 방을 좀 치워야……."

"방이야 치우시지 않아도 좋습니다. 잠깐 뵈옵기만 하면
고만이니까요. 그대로 누우셔도 좋습니다. 별일 없으신 신관
만 뵈오면 고만입니다."

팽개의 말씨에는 정이 뚝뚝 떨어졌다.

"어떡하나."

방 안에서는 난처한 듯이 혼잣말하는 소리가 들렸다.

"그러시다면 나갔다가 다시 들어오겠습니다마는!"

"아녜요, 아녜요. 그냥 들어오십시오"

하고 문고리를 벗기는 소리가 났다.

팽개가 앞서고 싹불이가 뒤따라 들어오는데 아사녀는 기
신 없는 몸을 끌다시피 하여 벽에 쓰러진 듯이 기대고 이불
자락으로 미처 버선도 못 신은 발을 가렸다.

어찌하면 하룻밤 사이에 이렇게 여위었을까. 철색진 두 볼

은 우벼 파간 듯이 말라붙었고 그 어여쁜 눈시울은 통통이
부어올랐다. 볼록하던 가슴 언저리가 눈에 뜨이리만큼 가라
앉았는데 숨 한 번 들이쉬고 내어쉬는 것도 무척 힘이 드는
듯 어깨가 들먹들먹한다. 팽개와 싹불이도 차마 바로 보지를
못 하였다.

"어디가 그렇게 편찮으신지 우선 약을 지어와야겠는데."

팽개는 눈을 떨어뜨려 방바닥만 내려다보며 딱한 듯이 물
었다.

"약 안 먹어도 차차 낫겠지요."

"아닙니다. 하룻밤 사이에 저렇듯 얼굴이 틀리신 걸 보면
여간 중병이 아니신데 약을 안 잡수서야 될 말입니까."

"약을 먹는다고 나을 병이 아녜요"

하고 아사녀는 입술을 지그시 깨문다.

"이 싹불에게 들어 알았습니다마는 아사달이가 괘씸이야
하시겠지만 그래도 너무 상심을 하시면 몸이 부지를 하실 수
있습니까?"

위로한다는 팽개의 말이 도리어 아사녀의 속을 점점이 에
어내는 것 같았다.

"죽어도 아깝지 않을 목숨인데 몸이 좀 축가는 거야……"

아사녀는 호 한숨을 내쉬었다.

80

그 이튿날부터 아사녀는 몸져눕고 기동조차 못 하게 되었

다. 머리는 쪼개는 듯 몸은 불덩이같이 달고 뼈 마디마디가 쑤시고 저렸다. 그의 마음의 병은 마침내 몸의 병을 이루고 만 것이다.

잠이나 들었으면 그 몹쓸 고통을 잊으련만 잠을 청하려 눈을 감으면 오라는 잠은 아니 오고 갖가지 무서운 환영이 그를 사로잡고 괴롭게 굴었다. 기껏 잠을 이룬대야 이내 가위가 눌리고 정체 모를 어마어마한 괴물이 가슴이 으스러지도록 그를 찍어눌렀다.

"윽, 윽"

하고 비명을 치는 소리가 분명히 제 귀에도 들리건만 얼른 잠이 깨지 않아서 무한 애를 켠다. 그 괴물은 어느 때는 징글징글한 작지의 모양도 되어 보이고 어느 때는 웃보, 장달, 싹불의 낯짝으로 나타나기도 하였다. 어찌 보면 이 네 사람 얼굴 외에 난생 처음 보는 기괴한 탈을 뒤집어쓴 무리들이 떼를 지어 달려들기도 하였다.

간신히 그 지긋지긋한 잠을 깨고 나면 처음에는 천장도 보이고 벽도 보이고 방바닥도 보이고 이것이 우리 집이거니, 이것이 내 방이거니 생각하매 겨우 안심의 숨길을 돌릴 수 있었다.

그러나 그것도 잠시 잠깐이었다. 뒤미처 그의 핑핑 내어둘리는 시선에는 더 진저리나고 악착한 헛것이 보였다.

귀밑머리를 충충 땋은 아름다운 서라벌 계집을 끼고 아사달이 현연히 내닫는다. 그 아름다운 눈매는 그 계집을 살가워 못 견디겠다는 듯이 들여다본다. 그 연연한 입술엔 행복에 가득 찬 웃음을 웃고 있다. 그의 팔은 다시 떨어지지 않을 것처럼 그 계집의 허리에 감긴다…….

'무슨 그럴 리야, 무슨 그럴 리야.'

아사녀는 뇌고 또 뇌며 고개를 설레설레 흔들었지만 제 눈시울 속속들이 들어박힌 듯한 그 헛것은 더욱 또렷또렷하게 생생하게 살아온다.

아사달이 아이놈을 갸둥질쳐주는 광경까지 보인다.

아이놈의 상판은 쥐새끼같이 작고 가무잡잡한 것이 볼품이 없었으나 그 숱 많은 머리가 다팔다팔하며 좋아라고 깔깔거리는데 그걸 보고 그 계집과 아사달이 입이 벌어져서 찢어지도록 웃어댄다…….

'나는 이 고생을 하는데…….'

아사녀는 그만 새삼스럽게 설움이 복바치고 눈에 불이 번쩍번쩍 나는 듯하였다.

처음 싹불에게 아사달이 딴 계집을 얻어 자식까지 낳았다는 소문을 들을 때 아사녀는 앞뒤를 생각할 나위도 없이 벼락이 내리치는 것처럼 정신이 아뜩하고 말았었다.

가까스로 정신을 수습해가지고 방으로 들어와 되는대로 쓰러져서 곰곰이 생각하면 생각할수록 미쳐 나갈 것만 같았다.

이 세상에 육친이라고 오직 한 분밖에 없는 아버지를 여의는 큰 슬픔을 지그시 견딘 것도, 모래알을 씹는 듯한 길고 긴 3년의 날짜를 보낸 것도, 생각만 해도 소름이 끼치는 그 해참한 변을 겪은 것도 누구를 위함이었던가. 무엇을 바람이었던가.

지금 방장 당하는 처지가 쓸쓸하면 쓸쓸할수록, 답답하면 답답할수록, 지긋지긋하면 지긋지긋할수록 아사달을 만나는 날의 기쁨이 크고 더 알뜰하고 더 깨가 쏟아질 것이 아니었던가.

지금은 캄캄한 어둠이 저를 겹겹이 에둘렀지만 내일이면 찬란한 햇발이 저를 맞으리라.

방장 걷는 이 길은 가시덤불을 헤쳐나가는 것 같지만 모레면 꽃밭 속으로 포근포근한 잔디를 밟게 되리라……

아무리 슬픈 가운데도, 아무리 억색한 가운데도, 아사녀의 앞에는 언제든지 희망의 오색 영롱한 무지개가 뻗쳐 있던 것이다. 작지의 변을 죽을 애를 쓰고 모면을 하고 나매, 그 달뜨는 정은 얼마쯤 움츠러들었지만 기다리지 않는 척하고도 기다리는 마음은 더욱 간절하였다.

'웬걸 올라고'

하며 마음을 단속을 하면서도 실상인즉 무망중에 쑥 들어닥치면 더욱 반가울 것을 미리 장만을 해두려는 것이다.

'아직 공사 끝날 날이 멀고말고.'

스스로 조비비는 듯한 마음을 타이르고 꾸짖었지만,

'이 보름 안으로야, 이달 그믐 안으로야'

하고 전보담 날짜만 멀리 잡아보았었다.

가깝게 잡은 날짜가 맞지 않는 것은 오히려 심상하였지만, 멀리 잡은 날짜도 맞지 않는 데는 화증이 절로 났다.

'혹시나' 하는 검은 구름장이 그 빛나는 희망의 무지개를 가끔 흐리게 시작하기는 이때부터였다.

——(하)권에 계속

□ 지은이 소개

1900~1943. 소설가. 대구 출생.
《개벽》지에 발표한 단편소설 〈희생화〉로 문단에 데뷔.
대표작으로는 〈술 권하는 사회〉, 〈할머니의 죽음〉, 〈B사감과
　　러브레터〉, 〈빈처〉, 〈불〉 등이 있음

무영탑(상)　　　　　　　　　　　값 6,000원

1991년　5월 30일　초판 1쇄　발행
2001년　3월 5일　2 판 1쇄　발행
2004년　2월 25일　2 판 2쇄　발행

지은이　현　진　건
펴낸이　윤　형　두
펴낸데　범　우　사

등　록　1966. 8. 3. 제 406-2003-048호
412-832　경기도 파주시 교하읍 문발리 535-10
대　표　031) 955-6900 / FAX 031) 955-6905

＊ 파본은 교환해 드립니다.　　　　교정·편집 / 박희영·조한욱
ISBN 89-08-03234-7 04810　(홈페이지) http://www.bumwoosa.co.kr
　　89-08-03202-9 (세트)　　　(E-mail) bumwoosa@chol.com

범우비평판 세계문학선

범우 비평판 세계문학선이
체계화·고급화를 지향하며
새롭게 다시 태어나고
있습니다.
작가별로 고유번호를
부여하고 완벽하게 보완해
권위와 전문성을 높이고,
미려한 장정으로
정상의 자존심을
지켜나갈 것입니다.

(전책 새로운 편집·장정,
크라운 변형판)

범우비평판 세계문학선

범우 비평판 세계문학선은
수많은 국외작가의 역량이
총 결집된 양식의
보고입니다.
대학입시생에게는 논리적
사고를 길러주고
대학생에게는 사회진출의
길을 열어주며, 일반 독자
에게는 생활의 지혜를 듬뿍
심어주는 문학시리즈로서
이제 범우비평판은 독자
여러분의 서가에서
오랜 친구로 늘 함께
할 것입니다.

㉑ 마가렛 미첼 21-1.2.3 **바람과 함께 사라지다(상)(중)(하)**
　　　　　　송관식·이병규 각권 10,000원
㉒ 스탕달 22-1 **적과 흑** 김봉구 값 10,000원
㉓ B. 파스테르나크 23-1 **닥터 지바고** 오재국(전 육사 교수) 값 10,000원
㉔ 마크 트웨인 24-1 **톰 소여의 모험** 김병철(중앙대 명예교수·문학박사) 값 7,000원
　　　　　　24-2 **허클베리 핀의 모험** 김병철(중앙대 명예교수) 값 9,000원
　　　　　　24-3.4 **마크 트웨인 여행기(상)(하)** 박미선 각권 10,000원
㉕ 조지 오웰 25-1 **동물농장·1984년** 김회진(서울시립대 영문과 교수) 값 10,000원
㉖ 존 스타인벡 26-1.2 **분노의 포도(상)(하)** 전형기(한양대 영문학과 교수) 각권 7,000원
　　　　　　26-3.4 **에덴의 동쪽(상)(하)** 이성호(한양대 교수) 각권 10,000원
㉗ 우나무노 27-1 **안개** 김현창(서울대 서어 서문학과 교수) 값 6,000원
㉘ C.브론테 28-1·2 **제인에어(상)(하)** 배영환 각권 8,000원
㉙ 헤르만 헤세 29-1 **知와 사랑·싯다르타** 홍경호 값 9,000원
　　　　　　29-2 **데미안·크눌프·로스할데**
　　　　　　　　홍경호(한양대 교수·문학박사) 값 9,000원
　　　　　　29-3 **페터 카멘친트·게르트루트** 박환덕(서울대 교수) 값 9,000원
　　　　　　29-4 **유리알 유희** 박환덕(서울대 교수) 값 12,000원
㉚ 알베르 카뮈 30-1 **페스트·이방인** 방 곤(전 경희대 불문과 교수) 값 9,000원
㉛ 올더스 헉슬리 31-1 **멋진 신세계(외)** 이성규·허정애 값 10,000원
㉜ 기 드 모파상 32-1 **여자의 일생·단편선** 이정림(번역문학가) 값 9,000원
㉝ 투르게네프 33-1 **아버지와 아들** 이철(외대 노어과 교수) 값 9,000원
　　　　　　33-2 **처녀지·루딘** 김학수(전 고려대 노어노문학 교수) 값 10,000원
㉞ 이미륵 34-1 **압록강은 흐른다(외)** 정규화(독문학 박사·성신여대 교수) 값 10,000원
㉟ 디어도어 드라이저 35-1 **시스터 캐리** 전형기(한양대 영문학과 교수) 값 12,000원
　　　　　　35-2.3 **미국의 비극(상)(하)**
　　　　　　　　김병철(중앙대 명예교수·영문학) 각권 9,000원
㊱ 세르반떼스 36-1 **돈 끼호떼** 김현창(서울대 서어 서문학과 교수) 값 12,000원
　　　　　　36-2 **(속)돈 끼호떼** 김현창(서울대 서어 서문학과 교수) 값 13,000원
㊲ 나쓰메 소세키 37-1 **마음·그 후** 서석연(경성대 명예교수) 값 12,000원
㊳ 플루타르코스 38-1~8 **플루타크 영웅전 1~8**
　　　　　　　　김병철(중앙대 명예교수·영문학) 값 8,000원
㊴ 안네 프랑크 39-1 **안네의 일기(외)** 김남석·서석연 값 9,000원
㊵ 강용흘 40-1 **초 당** 장문평 값 9,000원
　　　　　　40-2 **동양선비 서양에 가시다** 유 영 값 10,000원
㊶ 나관중 41-1~5 **원본 삼국지 1~5** 황병국(중국문학가) 값 9,000원
㊷ 귄터 그라스 42-1 **양철북** 박환덕(서울대 독문학 교수) 값 10,000원
㊸ 아쿠타가와 류노스케 43-1 **아쿠타가와 작품선** 진웅기·김진욱 값 8,000원
㊹ F. 모리악 44-1 **떼레즈 데께루·밤의 종말(외)** 전채린 값 8,000원
㊺ E. 레마르크 45-1 **개선문** 홍경호 값 12,000원
　　　　　　45-2 **그늘진 낙원** 홍경호·박상배 값 8,000원
　　　　　　45-3 **서부전선 이상없다** 박환덕 값 12,000원
㊻ 앙드레 말로 46-1 **희 망** 이가형 값 9,000원
㊼ A. J. 크로닌 47-1 **성 채** 공문혜 값 9,000원
㊽ H. 뵐 48-1 **아담, 너는 어디에 있었느냐(외)** 홍경호 값 8,000원
㊾ 시몬느 드 보봐르 49-1 **타인의 피** 전채린 값 8,000원
㊿ 보카치오 50-1.2 **데카메론(상)(하)** 한형곤(외대 교수·문학박사) 각권 11,000원

2000년대를 향하여 꾸준하게 양서를!

범우사 서울시 마포구 구수동 21-1
전화 717-2121 FAX 717-0429

▶ 계속 펴냅니다

시대를 초월하여
인간성 구현의 모범으로
삼을 만한 책을 엄선

온고지신(溫故知新)으로 21세기를!

범우고전선

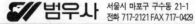 범우사   서울시 마포구 구수동 21-1
전화 717-2121 FAX 717-0429

범우학술·평론·예술

범우사 서울시 마포구 구수동 21-1
전화 717-2121 FAX 717-0429

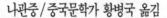